琼 瑶
作品大合集

菟丝花

琼瑶 著

琼瑶,本名陈喆,作家、编剧、作词人、影视制作人。原籍湖南衡阳,1938年生于四川成都,1949年随父母由大陆赴台生活。16岁时以笔名心如发表小说《云影》,25岁时出版首部长篇小说《窗外》。多年来笔耕不辍,代表作包括《烟雨蒙蒙》《几度夕阳红》《彩云飞》《海鸥飞处》《心有千千结》《一帘幽梦》《在水一方》《我是一片云》《庭院深深》等。

多部作品先后改编成为电影及电视剧,琼瑶也因此步入影视产业。《六个梦》系列、《梅花三弄》系列、《还珠格格》系列等,影响至深,成为几代读者与观众共同的记忆。

琼瑶以流畅优美的文笔,编织了众多曲折动人的故事。其作品以对于梦的憧憬和爱的执着,与大众流行文化紧密结合,风靡半个多世纪,成为华文世界中极重要的文学经典。

我為愛而生，我為愛而寫
文字裡度過多少春夏秋冬
文字裡留下多少青春浪漫
人世間雖然沒有天長地久
故事裡火花燃燒愛也依舊

瓊瑤

第一章

那一切终于都过去了。

当我站在这间我和妈妈共同居住了十二年的小屋内，收拾着我的行装时，脑中仍然是昏昏蒙蒙的。似乎从妈妈咽气的一刻开始，我就没有好好地清醒过一分钟。我的哭喊，挤满屋子的妈妈的同事，殡仪馆、花圈、祭吊、火葬场，围绕在棺木前垂泪的小学生，林校长主持的追悼会……这一切一切，难挨的时光，可怕的时光，忙碌而又昏乱的时光，终于都过去了。而今我孤独地在室内整理着妈妈的遗物，收拾我要带走的东西，心中是那样恍惚和迷茫。妈妈去了！多少天以来，我把自己陷在处理后事的忙碌中，虽然曾经抚棺呼唤，曾经号啕痛哭，但是，那份凄楚和无助还远不如现在面对这空旷的屋子时来得深切。妈妈去了！我唯一的亲人！这以后，十八岁的我，将面临怎样的一份前途和命运？

室内那样寂静，那样凄冷。午后的阳光从窗户斜射进来，漠然地照射在石灰剥落的墙壁上。墙上原来挂着两个镜框：一个是我和爸爸、妈妈的合照，那年我才六岁，照这张照片的第二年爸爸就去世了，所以是我们唯一的一张全家福；另一个镜框是妈妈早年画的一张油画，画面是平原、石峰和落照。现在，这两个镜框都已被我收进了箱子里，墙上只留下两块淡淡的灰黄的痕迹。两张单人床，一张属于妈妈，一张属于我，都已经只剩下光秃秃的木板。棉被、蚊帐和妈妈的衣物，全遵照妈妈的意思送给了给我们洗衣服的"欧巴桑"。妈妈！我真佩服她的冷静，在卧病的期间内，她已把一切身后的事都安排得那么井井有条，包括我在内！

"听我说，忆湄，如果妈妈死了，你办好丧事，就离开高雄，到台北去投奔罗教授。他会给你安排一份很好的生活。"

"不！"我叫，"没有那一天！永不会有那一天！"

"会的，"妈妈说，温柔而平静地望着我，"忆湄，你是个从不肯面对现实的孩子。但是，记住，逃避现实不能解决问题，不久之后，我会留下你而去，你一定要学习面对现实，学习独立，和——变成大人。"

如今，是我学习独立和面对现实的时候了。到台北去！投奔罗教授去！这是我唯一的一条路，是妈妈给我安排好的一条路，我没有考虑的余地。但是，罗教授是怎样一个人？他会不会拒绝我？他又会怎样来安排我？……未来的问题似乎还有一大串，不过，那些，都还没有到我的眼前来。目前，我所要做的，是尽快收拾好衣箱，赶下午四点半的柴油特快到台北去！我把最后的几件衣服从壁橱里取出来，收进了衣箱里。薄薄的一口小皮箱，里面已容纳了我春夏秋冬四季的衣服。只因为我和妈妈一直很贫穷，靠着妈妈这份小学教员的薪水，供给我整个中学的教育，已非常吃力了，我们没有余钱来多做衣服。合好了箱盖，我四面张望了一下：好了，什么都整理完了！我也该去向林校长和张老师、魏老师等告辞了。可是，伫立在这小屋中，我忽然失去了力量。这小屋，每一分每一寸的地方，都有着我和妈妈共同生活的痕迹。每一丁点空间，都盛载着过多的回忆。这么多年来，我属于妈妈，妈妈属于我，小屋属于我们两人！而现在，一眨眼间世界已经全变了。妈妈去了，我将离开，小屋不知又会迎接何人？

我伫立了那么长久，几乎忘记了赶火车的事，直到一声门响惊动了我。转过头来，是林校长。她匆匆地向我走来，把一只手同情地放在我的肩膀上。

"忆湄，你马上就去台北吗？"

"嗯，"我轻声地说，"四点半的火车。"

"为什么这样急？你实在可以再多住几天的！"

我摇摇头："反正要去，还是早点去。这间屋子，我一个人住着太难过。"

林校长叹了一口气，凝视着我说："忆湄，我不了解你母亲，我和她共事了十二年，也算得上是她的好朋友了，难道不放心我？认为我不能照顾你？为什么还要你跑到台北去投奔一个多年没有来往的朋友？那位罗教授，就真能照顾你吗？"

我不语。林校长是这所小学的校长，和妈妈已有十二年的交情。但，我知道妈妈为什么不愿把我交给她——妈妈希望我念大学。"只有一个人能为你安排，罗教授！"林校长是个好朋友，但她自己有六个子女，一个读大学，三个读中学，还有两个读小学。她无法再负担我。

"好吧！忆湄，"林校长终于说，"如果要赶火车，就该走了！你去看看情形，假若那边住不下去，还是回来吧！我家不怕多你一个人吃饭！"我点点头。真的，距离火车开行的时间已只有一小时了。我走向小屋的门口，林校长默默地走在我的身边，走出房门，我不胜依依地再回头看了一眼。这间只有六席大的教员宿舍！我和妈妈度过了十二年光阴的地方，再见了！一瞬间，我鼻中酸楚而泪眼模糊了。

"忆湄！"有人叫我，我回过头来，我面前竟黑压压地站着一大群人，张老师、魏老师、何老师……几乎所有妈妈的同事都来了。我吸了一口气，把眼泪逼了回去，我应该变成一个大人了！挺了挺背脊，我走上前去，和他们一一握别。我表现得那么沉静，那么稳重，简直都不像"我"了。我接受了无数的祝福，也喃喃地说了许多感激的言语。最后，我终于走出了××小学的大门，离开了我居住多年的地方。

林校长送我到火车站，站在月台上的车窗外面望着我。我坐在车内，倚着窗子，对着妈妈这位多年的老友，我有满怀愁绪，而又默默无言。只因为前途太渺茫，太未可预料，这份沉重压迫着我，使我无法说话。林校长也一反平日的豪放热情，而显得出奇地沉默，大概她在为我难过，为妈妈难过，也为她自己难过——她竟无力照顾一个老友的遗孤。一声汽笛响，"轰隆"一声，车子蠕动了。

林校长把头伸了过来，喊着说："忆湄！要写信哦！"

"我知道！"我也喊，"再见！林校长！"

"再见！……"林校长不由自由地追了车子几步，又传来一句话，"忆湄！学着自己照顾自己！从今起，你是个独立的人了！"

车子驰远了，林校长瘦瘦的身影消失在我模糊的视线之中。是的，我是个独立的人了，换言之，我是个无依无靠的人了。罗教授，他会成为我的倚靠吗？他会接纳我吗？仰靠在椅背上，凝视着车窗外飞驰而去的青山绿树，我是更加迷惘沉重了。

远在五年前，有一天早晨，妈妈放下了早报，长长地吁了一口气，怔怔地说："罗毅——居然来台湾了。"

"罗毅是谁？"我问。"一位地质学家。"妈妈淡淡地说，开始吃她的早餐。我把报纸拉到面前来，看到一条不大不小的消息。

　　名地质学家罗毅博士昨日携眷由港来台，将应聘为×大教授。

这消息引不起我的兴趣，那时是暑假，我正计划和同学游大贝湖。抛开了报纸，我不经心地问："你认识这位罗教授？"

"以前认识，在大陆。我和他太太是好朋友。"妈妈说，

5

"许多年没见过了。"

"你要去看他们吗?"我问,吃着烧饼。

"看他们?"妈妈愣了一下,"不!何必呢?他们很得意,我去倒显得——"妈妈把话咽住了,对我警告地说,"忆湄!你又弄了一地的烧饼渣!"

关于罗教授的谈话就这样结束了,以后妈妈再也没有提起过他。我呢?在几分钟之后就把他抛到九霄云外了。一直到三个月以前,妈妈已证明患上了子宫癌,我们母女都已很清楚地明白,死亡的阴影正笼罩着,随时可以降临。妈妈有一天让我去寄一封信,信封上收信人的名字是罗毅,地址是台北罗斯福路×段×巷×号。我寄了信回来,妈妈才和我谈起罗毅:"他是一位学者,和我们是世交,假如我有什么不幸,他是我唯一想得出来能够照顾你的人!"

正像妈妈说的,我是个不大肯面对现实的"孩子",或者由于我是妈妈的独生女儿,未免从小有点娇宠,养成了任何事情都不能承担的习惯。因此,虽然我很清楚地明白,妈妈患上了绝症,迟早要抛开我而去,但我拒绝去想它,拒绝去谈它,也拒绝去承认它。每当妈妈提起她身后的事,我就跺着脚嚷:"没有那一天,永远没有那一天!"然后跑开,找一个没有人的角落里去悄悄地哭。

可是,而今,"那一天"终于到我眼前了。我行囊中有妈妈临终前三天所写的一封信,嘱咐我面交给罗教授。信是妈妈亲手封好的,我不知道里面写些什么,我猜想,无非是托孤的意思。妈妈一生好强,从不肯向人低头或请求什么,没料到她走到生命的尽头,却必须向一个多年未谋面的朋友,请求收容她那"长不大"的女儿!

"长不大"的女儿!妈妈常常问我:"忆湄!什么时候你可以长大?什么时候你能懂事,不再是个毛毛躁躁的小女孩?"

小女孩!我但愿永不长大!永远缩在妈妈的怀里,任何事情,有妈妈帮我做主,我只要吃饭、睡觉、念书和欢笑!可是,妈妈去了!在失去欢笑的这一段日子里,我觉得我已经"长大"了!最起码,我已被迫去面临那许许多多无可奈何的"现实"!车窗外面,黑夜已在不知不觉中来到,旷野中,偶尔有点点的灯火在闪烁。车轮辗过了原野、城市、村庄,把我带向一个未可知的命运。车子误了点,抵达台北时已将近十一点了。下了火车,提着我的箱子,走出了火车站,站在车站门口,四面张望。台北!十二年来,我跟着妈妈住在高雄,一直没有到过这全省最繁荣的城市。抬起头来,霓虹灯在夜色中闪耀,旅行社、小吃店,林立在对街。台北!我久已希望来到的地方!望着成排的三轮车、计程汽车和街头仍然熙攘的人群,我有种慌乱和惶恐的感觉。头一次,我发现这世界竟如此之大,不再是只有六席大的小屋!那么复杂的道路,那么多的建筑,也不再是我和母亲共同生活的那样小小的天地。

一辆三轮车滑到我面前。"要车吗,小姐?"
我有些犹豫,终于说:"罗斯福路三段。"

"十块!"

十块!我不知道是贵还是便宜,因为我根本不知道罗斯福路在何方。上了车子,我才有些后悔,深夜十一点钟,贸贸然地跑去投奔别人,不是太晚了吗?或者他们已经睡了,把别人从睡梦中拖起来,多么不礼貌!妈妈总说我做事从不经过思考,看样子我仍然没有成熟。可是,现在,车子已经在黑夜的街道上滑行,初夏的晚风带着微微的凉意扑面而来,我似乎无暇再做别的计划了!

车子在巷子中足足兜了二十分钟的圈子,最后到达了目的地。下了车,我发现自己停在一条占地颇广的围墙前面,嵌在那围墙正中的,是两扇豪华而堂皇的红漆大门。看了看门牌号码,一切都没有错误,我付了车钱,望着三轮车隐没在巷子的尽头,才又怯怯地对那围墙和大门做了一番巡礼。大门边不及三尺的地方,一盏街灯正明亮地照耀着,我的影子瘦瘦长长地投在门前的地上,看来那样孤独、寂寞和渺小!

我手腕上是妈妈的旧表,时间已是十一时半。靠在门边,我迟疑了大约二十秒钟。从门缝中向里偷窥,黑影幢幢的深院内似乎还隐隐地有着灯光。好吧,既来之,则安之,管它是深更半夜,还是半夜深更!我总不能在门外站一夜!横了横心,我揿下了门铃。这屋子一定很深很大,我在门外无法听到门里的铃声。等了很久,里面毫无动静,大概主仆都已熟睡。不管一切,我连揿了三下门铃,揿得长长的。于是我听到门里有了脚步之声,这声音沉重而迅速地"奔"向门口。接着,大门豁然而开,一张满面胡子的脸庞突然从门里伸了出来，是个硕大的脑袋，张牙舞爪的毛发之中，一对炯炯有神的眼睛近乎狞恶地瞪视着我。

"你发什么神经？"一声低沉的怒吼对我卷了过来。

"我……我……"我接连向后退了两步，瞠目结舌，不知所措。这颗刺猬状的头颅惊吓了我。

"你……你……"他对我龇了龇牙齿，像一只猛兽，"你滚开吧！"

我还没从惊吓中恢复过来，门已经砰然一声合上了。我惊觉地扑上前去，用力地打了两下门。无论如何，我不能这样被关在门外，夜色已深，我又无处可去。我打着门，嚷着说："喂喂，等一等，我有话说！"

门又猛地打开了，那颗毛发蓬蓬的头颅差点撞到我的鼻子上，一声使人魂飞胆裂的巨吼震耳欲聋地对我当头罩下。

"滚！听到没有？谁是喂喂？喂喂是谁？"接着，那"怪人"一龇牙齿，又是一声大叫，"滚！"

门再度砰然合上，我目瞪口呆地站在那儿，心脏像擂鼓似的狂跳着，那"怪人"的几声狂吼使我心惊胆战。望着那两扇合得严密之至的门，我完全失去了主意。到台北来之前，我曾经有几百种对罗宅的想象，但没有一种想象是这样的。我曾害怕他们不接待我，但也没有想到会是用这种方式来拒绝我！那个须发怒张的怪人，几声大吼，我竟连见到主人的机会都没有！而现在，我被关在这门外，在深夜十二点钟，一个陌生的城市里。我，怎么办？

好半天，我就呆呆地站在门口，不知该何去何从。夜风拂乱了我的头发，天上疏疏落落地挂着几颗星星。北部和南部的气候相差了几乎一个季节，我裸露在短袖衬衫外的双臂已感到凉意。我总不能在这门口开箱子取衣服，于是只能忍受着夜风的侵袭。长长的巷子里寂无一人，更找不到一辆车子，我难道就从黑夜站到天明？仰视着夜空，孤独和无助使我想哭。怎么办？怎么办？怎么办？我那在泉下的妈妈，可曾知道我所受的"接待"？

我不知道站了多久，忽然间，有一辆脚踏车从巷子的那一头转了进来。我无意识地瞪着那辆车子。戛然一声，车子停在我的身边，一个男人从车子上跳了下来，诧异地望着我。我也望着他，只因为我不知他是谁，也不知该不该向他解释我站在这门外的原因。我们彼此瞪视了几秒钟，那男人先开了口："你在这儿干什么？"我睁大了眼睛，无法回答。干什么？我怎么述说呢？那男人把脚踏车架好了，望望我，又望望地下放着的箱子，点了点头，抱着手臂说："我猜，和妈妈吵了架，出走了，是不是？这样吧，告诉我你的住址，我送你回家。"

我凝视他，一个爱管闲事的男人，他把我当成三岁的小孩子了。在我的凝视下，我才发现他年纪很轻，不会超过二十六七岁，穿着件白衬衫，袖口随随便便地挽着，没有打领带，松着领口，还有一头乱蓬蓬的浓发。

"怎么样？"他继续问，"你准备在这儿过夜吗？要不然，你就进去坐坐吧！"他指指那两扇红门。

我的精神突然振作了，站直了身子，我问："你住在这儿？这是你的家？"

"我住在这儿，"他点点头，"虽不能说是我的家，也等于是我的家，我想，我可以想办法让你住一夜。但是，明天，你一定要好好地回家去。怎样？"

"我——我已经没有家了。"我低低地说，接着就甩了甩头，现在不是伤感的时候，我必须解决我的问题，"我是来找一位罗教授的，罗毅教授。"

"找罗教授？"他诧异地说，"那么，你为什么不按门铃？"

"我按了，"我说，"可是我给一个怪人赶出来了。"

"一个怪人？"

"嗯，"我点头，"一个满脸胡子，找不到眉毛嘴巴的人。"

他用有兴味的眼光盯着我，问："你找罗教授有事吗？"

"有，很重要的事。"我说。

"那么，你跟我进来吧！"

他从口袋里摸出了钥匙，开了门，一手推着车子，一手提起我的箱子，领头向门里走去。走进了门，我发现置身在一个花木葱茏的大院落中了。他把车子推进了大门边的一间小屋内，关好了小屋的门和大门，然后说："好吧，先到客厅去看看罗教授在不在。"

他走在前面，我跟在后面。夜色里，只隐隐地看到一幢幢的花木和树影，穿过了一条龙柏夹道的小径，我看到了那幢挺立在夜色中的建筑物。那是栋二层楼的房子，门前有着石阶，里面还透着灯光。跨上台阶，推开了一扇玻璃门，我走进一间黑暗的房间里。他不知道从哪儿摸到了电灯开关，于是，灯忽然亮了，我停在一间宽敞而漂亮的客厅内，墙边放着沙发，屋角有一架大钢琴，琴上是瓶康乃馨。

"你先坐一坐，我到书房去找罗教授。"

我坐了下来。他推开一扇小门走出去了。我忐忑不安地四面张望着，这客厅仿佛每一面都有着通往各处的小门，只有大门那一面是整面的玻璃长窗，垂着白纱镂空的窗帘。四周有份奇异的寂静，我觉得十分地不安，而且，我非常非常地疲倦。从清晨到现在，我就没有休息过一分钟，何况又有那么多的感触、伤怀、担忧……现在，我真渴望能回到我和妈妈共有的小屋内，好好地睡一觉。

一声门响，我迅速地回过头去，不禁大吃一惊，那个怪人不知从哪一扇门里跑了进来，圆睁着一对怒目，虎视眈眈地望着我。在明亮的灯光下，他的身影那么高大，乱发虬结的面孔又那么怪异，我的心脏一下子提升到了喉咙口。他对我大踏步地冲了过来，一瞬间，我以为他会把我举起来，扔出房间去。但，他并没有碰我，只跳着脚吼着说："谁让你进来的？谁许你进来的？"

"是我！"一个声音在另一扇门边响起。"怪人"回过头去，那个带我进来的青年正走进门来。

"你？"怪人咆哮的目标转移了，他对那青年舞了舞拳头，"你为什么放她进来？谁叫你放她进来？"

"她说要找罗教授，"那青年昂着头说，对怪人的咆哮仿佛一点也不在意，"她似乎有很重要的事要找你，我想你惊吓到她了，罗教授。"

罗教授！天哪！难道这个毫不友善的"怪人"就是妈妈心心念念要我来投靠的人？我瞪大了眼睛，惊异更超过了原先的恐惧。那位罗教授也瞪着我，然后，他用手揉了揉鼻子，不耐烦地蹙了蹙眉头，用忍耐的口气说："那么，你不是皓皓的女朋友了？"

我一愣，他在说些什么？但是，立即我就了解到我一定被误会成一个不受欢迎的人了。无论如何，我现在应该赶快把自己介绍出来。于是，我说："我姓孟，名忆湄，我是江绣琳的女儿！"江绣琳是妈妈的名字，"我母亲有一封信要我交给您。"说着，我从手提包里找出了妈妈的信，递了上去。

我的手停在半空中，那个怪人像是突然触了电，我的自报姓名如同仙人的魔杖，一下子把他点成了化石。他微张着嘴，注视着我，半天都没说话。然后，他突然醒了过来，抽出我手中的信，他迅速地拆开了信封，取出信纸。他的眼光在信笺上游移，他看得那么快，我相信他根本没有看清信里说些什么。他的眼光落回到我身上，近乎粗鲁地说："你母亲怎么了？"

"死——了。"我说。

他蹙蹙眉，鼻子里似乎哼了一声。

"怎么会死？"他简短地问，"死在哪儿？"

"子宫癌，"我也简短地回答，"高雄。"

"高雄，"他喃喃地说，像是在咒诅，又重复地说了一遍，"高雄。哼！"他望着我，发光的眼睛定定地停在我的脸上，迟疑了大约十秒钟，他又用手揉揉鼻子，忽然说："好吧，一切明天再谈，你好像累得眼睛都睁不开了，嗯？"他那粗鲁的声调中有股突发的温柔，"你最好是马上睡一觉，嗯，你从高雄来的吗？"

"是的。"

他看来有些懊恼。"刚刚我开门的时候你为什么不早说？"他责备地问，"假若不碰到中枬，你就预备在门外站一夜吗？"

"噢，"我困惱地说，"你并没有给我说话的机会。"

"哼！"他再哼了一声，转过头去看一直站在一边的那个青年，"过来，中枬！"

那青年走了过来，对我温和地微笑。

"带她上楼去！"罗教授用命令的语气说，又转向我，"喂喂，你说你姓什么叫什么？"

"孟忆湄。回忆的忆，水字边一个眉毛的湄。"

"孟——忆——湄——"他仿佛想把这名字记牢，接着就低低地叽咕了一串，大概是在咒骂什么，可能对我的名字不大满意，然后他挥挥手说，"孟就孟吧，这不是什么好姓！中枬，带这个孟小姐上楼，皑皑隔壁的一间房间，知道吗？"对着我，他用同一种命令的口气说："马上睡觉，明天我还有话和你谈！知道吗？"

我点头，嗫嚅着说："可是……我，想先洗个澡！"

"天哪，"罗教授不耐地喊，"怎么如此啰唆！"挥挥手，他嚷着说："上楼去！上楼去！"

我迟疑地站起身来，那位名叫中枬的青年已经提起我的箱子，领先向一扇门走去。我只好跟在后面，走到门边，我又回过头来，轻声地说："明天见，罗教授。谢谢你收容了我。"

他站着，那分不清眉毛嘴巴的脸似乎痉挛了一下，那些虬结的须发微微牵动，锐利的眼睛里闪过一抹近乎温柔的光。然后他掉转身子，用背对着我，低低地发出许多稀奇古怪的咒语般的言语，自顾自地在一张沙发里坐了下来，仿佛我已经不存在了。

跟着那位青年，我从一扇小门出去，走进了另一间大厅内，这大厅大概是罗宅的饭厅，宽敞而整洁，有一个宽宽的楼梯直通楼上。上了楼，是一条宽走廊，两边如公寓般分作许多房间。他带着我走向右面第三间，推开了门，开亮了电灯，微笑着对我说："孟小姐，我想，罗教授已经等待了你好几个月了，这间房间是三个月前就准备好了的！"

我眩惑地望着室内，这是间小巧精致的卧房，一张单人的弹簧床，一个梳妆台，一个大的衣橱，一张玲珑而精致的书桌，上面放着盏小小的台灯，还有一个玻璃门的书橱。床上被褥枕头都已齐全，书橱的顶上还有一瓶新鲜的玫瑰花。这一切的布置，就好像已料定我今天会到似的。我有些迷惑地转过头来，那位青年仍然对着我微笑。

"还不错，是吗？这是完全仿照皑皑的房间布置的，皑皑是罗教授的女儿。"他说，对我弯了弯腰，"孟小姐，欢迎你成为罗家的一员。我想我不打扰你了。明天见！"他向房门外退去，退了一半，又停住了，加了一句话："还有，浴室在走廊的最后一间。"

"谢谢你。"我说,咬咬嘴唇,不知该如何称呼他,因为我始终没弄清楚他是谁。

"我姓徐,"他看穿了我的怀疑,"徐中枏,中间的中,枏树的枏,木字旁一个丹心的丹字。"他凝视了我几秒钟,"我不知道你是谁,但,我想,我们在罗宅的地位可能是类似的。好,以后有机会再谈吧!再见!"

他退了出去,顺手带上了房门,我站在房子的中间,望着那扇门合拢,才轻轻地吐出两个字:"再见。"我不相信他会听到我的道别。流览着室内,我有种置身幻境的感觉,一种不真实感牢牢地抓住了我。这小房间太华丽,太舒适,太不可能是将属于我的!我把手指送到唇边去咬了咬,很痛!那么,这是真的了!我没有被拒绝,没有被嘲笑,却被安插在比我和妈妈的小屋强几百倍的环境中。走到窗边,我拉开了浅蓝色的窗帘,推开玻璃长窗,一阵夜风夹带着强烈的花香向我扑面吹来,我深深地吸了口气,神志恍惚地倚着窗子喃喃地问:"我是谁?一个刚刚失去母亲的孤儿。我在什么地方?一个陌生朋友的家中。这——会是真的吗?"

夜风吹过园中的树梢,在我身畔徘徊。掠身而去的风声,依稀在低回地重复着我的句子:"是真的吗?真的吗?"

第二章

　　我在晨光微现中醒了过来，一时间，非常朦胧和迷糊，不知自己身之所在。软绵绵的床垫，簇新的枕头，带着熏人欲醉的花香的柔风和那玻璃窗在风中轻微的震颤声，这一切，对我来说是那样的陌生而又新奇。我微微地张开眼睛，什么地方吹来的风？那样轻柔细致，那样香气弥漫，我吸了口气，是玫瑰，茉莉，还是早开的郁金香？在枕上翻了一个身，又合上眼睛，我仍然睡意浓厚。但是，有一些地方不对，风使我觉得双臂微寒，我拥紧了棉被，风依旧吹拂在我的脸上。难道昨夜忘记关窗？可是，我清晰地记得曾关好了窗子并拉紧窗帘。那么，什么地方吹来的风？我在枕上摇摇头，吃力地睁开眼睛，真的清醒过来了。

　　我的眼睛正对着那两扇玻璃长窗，一刹那间，我吃惊地愣住了。玻璃窗是敞开着的，浅蓝色尼龙的窗帘在晨风中飘荡。曙色正从窗口涌入，灰蒙蒙地塞满了整间屋子。使我吃惊、发愣的并非敞开的窗子，而是窗前正亭亭地站着一个白色人影，似真似幻地伫立在晓雾迷蒙之中。

那是一个女人的背影，她的脸向着窗外，背对着我，穿着件长长的、白色轻纱的晨褛，一头乌黑的长发一直垂到腰际。在晓风的吹拂下，她的衣袂翩然舞动，长发随风飘飞。她的个子高而苗条，透过那薄薄的衣衫，我几乎可以分辨出她那瘦伶伶的身子。我凝视着她，诧异她为何出现在我的屋内？她又是谁？我等待了一段时间，她并没有改变姿态，仿佛全心全意集中在窗外的某一点。我忍不住地轻咳了一声，于是，她移动了，慢慢地回过头，她朝我的床边走了过来。

她停在我的床前，低头注视我。我仰躺着，也睁大了眼睛注视她。这是一张奇异的脸：瘦削、苍白、凝肃。一对大大的眼睛是唯一能代表生命的地方，乌黑的眼珠空洞迷惘，定定地停在我的脸上。这张脸有股震慑人的神秘的力量，使我在她的眼光下瑟缩而无法发出言语。她那毫无血色的嘴唇也闭得紧紧的，似乎并不想对我说话。我们就这样僵持着彼此对视，谁也不开口。晓色在逐渐加重，室内光线也越来越明亮。跟着光线的转变，我可以更仔细地看清她。她已不再年轻，虽然她的皮肤仍然维持光洁细润，但眼角已有四散的皱纹，嘴边也有着时间刻下的痕迹。她的年龄应该已经超过了四十岁。时间不知道过去了多久，她移开了瞪着我的眼光，发出了一声悠长绵邈的叹息。这叹息那样长，那样幽幽的，给人一种森冷阴沉的感觉。然后，她望着窗外，低低地说："她——死了吗？"

我不知道她是不是问我,我也不知道这个"她"是指谁。不过,听到她说话使我振作,因为我曾怀疑她是属于幽灵一类的东西。言语应该能消除人与人之间的陌生,我渴望我们的关系能够融洽些,我猜,她可能是罗宅的女主人。于是,我热心地说:"您——在问我吗?"她看了我一眼,那冷冰冰的眼光使我打了一个寒战。

"你以为我在问谁?"她反问。

"噢,"我有些失措,"你指我母亲?她已经去世了。"

她望了我好一会儿,点点头,自言自语地说:"去了!死了!"她怅惘地看了看盛满阳光的窗子:"死了,也就解脱了。"她的话显然不是对我而发,再看了我一眼,她一声不响地走向门口,脚步轻悄得毫无声息。扭开门柄,她轻缓地走了出去。当她隐没在门外的那一刹那,我直觉地感到她对我有份敌意。我从床上坐了起来,双手抱着膝,沉思了几分钟,我想不出什么道理,只觉置身在一个奇异的环境中。不过,我迅速地摆脱了这份思想,妈妈常说我不务实际,就会胡思乱想。我要学着"长成",不再活在孩子气的遐想中。起了床,我换掉身上的睡衣,打开房门,走廊里寂无一人,也没有丝毫声音。腕表上指着八点整,看样子这家人是习惯于晚起的——除了我屋里那位神秘女人之外。

我到浴室里去梳洗了一番。我喜欢镜子里的自己,明亮的眼睛和宽宽的额角。妈妈以前说我从不知道忧愁,真的,妈妈生病以前,我的生命里是从无忧愁的。我喜欢笑,快乐得像一枝"忘忧草"。忘忧草!我不知道是否真有这种草,这

19

是妈妈对我的称呼，她叫我做她的忘忧草！可是，妈妈的病和死，卷走了我所有的欢乐。"忘忧草"也懂得了忧和愁，还有人世间许多的悲哀和无奈。

从浴室回到我的房间里，我惊异地发现一个十七八岁的女仆正在为我整理房间。棉被已整齐地叠好，睡衣收入了抽屉里，连我的箱子都已打开，里面的衣物挂进了橱里。只有那两个镜框并排地躺在书桌上面。

"孟小姐，"那女仆对我弯弯腰，"我叫彩屏，太太叫我来服侍你。"

"噢！"我有些受宠若惊，我从没有被人"服侍"过。望着那干净利落的女仆，我笨拙地说："其实我自己都会做的！"

彩屏望着我微笑，或者她认为我是个见不得世面的穷人家的女孩，但她的微笑里并无嘲弄的意味。抱起了书橱顶上的花瓶，她问我："孟小姐，你喜欢换一种花吗？"

"哦，"我说，"玫瑰就很好了！"

"我们小姐不喜欢红颜色的花，"彩屏说，"她要蓝颜色的花。你不知道蓝色的花多难种，又难得开花。太太是认定要白色的。"

"哦，这些花都是自己培植的吗？"我诧异地问。

"是的，外面是花园，我们还有一间暖房。"彩屏说，"罗家每个人都爱花。噢！"她惊觉地说："差一点忘了，老爷在餐厅里等你。"说着，她向门口走去，又回头说："还是插玫瑰花吗？"

"好的！"

彩屏抱着花瓶退了出去。我在梳妆台前站了站,梳平了我的短发,镜子里的我明朗清新,那两道微向上挑的眉毛使我带着几分男儿气概。有一绺鬈发垂到额前来了,我把它拂向脑后。我又闻到了花香,从敞开的玻璃窗里望出去,绿荫荫的树木中杂着彩色缤纷的花坛,红黄一片的花朵迎着阳光闪烁,我看呆了。新的环境使我兴奋和振作,妈妈去世的阴影在我心头悄然隐退,我那愉快的本性又逐渐抬头了。仰望青天白云,俯视绿草如茵,我觉得心胸开阔,几乎想引吭而歌了。走出我的房间,穿过长廊,我轻快地走向楼下。在那间大而明亮的餐厅里,我见着了罗教授。他正在吃早餐,大概听到我下楼的声音,所以仰着头望着我走下楼梯。在明亮的光线下,他那乱发蓬蓬的头一如昨日,胡子如同春日路边的杂草,茂盛地滋生着,掩盖了他的嘴巴。眼睛是"丛林"中的灯炬,灼灼地从乱草中射了出来。

"早,罗教授。"我微笑着说。

"唔。"他哼了一声,上上下下地打量我。"坐下来!"他命令地说。我在他的对面坐了下来,桌上放着香肠腊肉和小菜。一个中年女仆给我盛了一碗稀饭来。罗教授不再看我,低头吃着他的早餐。我好奇地望着他。猛然间,他抬起头,直视着我:"你为什么不吃饭?"他蹙着"眉"(如果分辨得出是眉毛的话)问:"你瞪着我干什么?"

"哦,我……"我仓促地说,"我只是有些奇怪,你怎么能顺利地把稀饭喝进嘴里而不弄脏你的胡子?"

我的话才说完,身后就有人爆发出一阵大笑。我回过头去，一个青年正从楼梯上跑下来。他径直走到我的身边，用很有兴味的眼光望着我，我立即发现，他那对炯炯逼人的眼睛简直是罗教授的再版。但是，他整洁而漂亮，下巴上剃得光光的，头发梳得十分平整，穿着件白衬衫，系着一条银灰色的领带。他对我咧着嘴微笑，眼睛里闪着一抹嘲谑的光芒，浑身都带着种玩世不恭的味儿。

罗教授对他狠狠地瞪了一眼："皓皓！你做什么？"

"这就是昨夜差点被你赶到门外去的那位小姐吗，爸爸？"那位青年说，又转向了我，对我深深一鞠躬，"小姐，容我自我介绍，罗皓皓。不过，我不喜欢我的名字，皓皓，像个女人，我宁可叫罗皓，简单明了！"

"你坐下！皓皓！"罗教授咆哮地喊。

罗皓皓坐了下去，仍然用那亮晶晶的眼睛一瞬也不瞬地望着我，他看来十分年轻，年轻得像个大孩子——顶多只比我大三四岁。"爸爸，这位孟小姐将在我们家长住吗？"罗皓皓转头去问他的父亲。

"唔，"罗教授哼了一声，"不关你的事！你今天有课没有？还不吃饭？"

"有课无课都一样，"罗皓皓满不在乎地说，望着我，"孟小姐，你的大名是——？"

"忆湄。"我说。他从口袋里抽出一支原子笔，在一本小册子上写了两个字给我看，写的是"意梅"，他用询问的眼光看我。

"是这样吗？"他问。"不！"我说，接过笔来，写下"忆湄"两个字，他点点头，笑着说："汉字很有意思，是不是？同一个发音，却有各种不同的字。"

"皓皓！"罗教授严厉地喊，"你出去！我有话要和孟小姐谈！"

"爸爸！"罗皓皓抗议地喊。

"出去！"罗教授怒吼着，瞪圆了眼睛。

"好好好，我出去！"罗皓皓站起身来，忍耐地说，再看我一眼，"孟小姐，有机会我们再详谈。我们罗家，父子是不能同在一间屋子里的，否则，屋顶会被掀掉。我们谁看谁都不顺眼！"说着，他头也不回地穿过一扇门走出去了。

这时，罗教授已经吃完了他的早餐。他站起身来，对我简短而有力地说："忆湄，我想我有权直呼你的名字。若干年前，你母亲是我们家的好友，她是个个性倔强的女人。三个月前，她有信给我们，却没有附上地址，我想她并不愿意我们找到她。她要我们照顾你，所以，你会得到照顾和保护。但是，有一点你必须注意，对于皓皓，你最好少理他，他是我们家的浪子，一个不长进的家伙！至于皑皑，我相信你会和她做朋友。"他看了楼梯一眼，似乎在找寻皑皑的踪迹，但楼梯上没有一个人影。他继续说："皑皑是我的女儿，和你差不多大。关于我的太太，"他望着我，声调突然变了，他不由自主地降低了声音，非常柔和地说，"她说今晨见到过你，嗯？"

"是的，"我说，想着那个消瘦苍白的女人，"我并不知道她就是罗伯母。"

"她的身体很坏,"罗教授说,"平常是不离开她的房间的,你——最好少打扰她。"

"我会——"我咬咬嘴唇说,"尽量不麻烦你们。"

他狠狠地盯了我一眼,说:"你大概和你母亲的脾气很像,嗯?很倔强,很多心,很执拗,又有——过分强的自尊心!"

"妈妈是个好母亲——"我像分辩什么似的。

"当然!"他打断了我,"吃你的早餐吧!你的饭冷了!"说完,走出了饭厅。

我独自一人在偌大的餐厅内吃完我的早餐,餐厅和客厅有类似之处,四面都有四通八达的门。其中有一面是整面的玻璃长窗,透过这扇长窗,可以看到园内花木扶疏。看样子,这幢房子超过我想象的大。假若不是因为我和罗宅还太陌生,我真愿意去"探险"一番。可是,在我和他们都还没有混熟以前,我想我还是收敛一些的好。放下饭碗,我四面张望了一下,壁上挂着好几幅油画,多半都是烟雾迷离的风景写生,每张的右下角都签着"K-K"两个英文字。

我上了楼,向我的房间走去。但,经过一间屋子时,我停了一下,这房门是敞开的,门内,罗太太正坐在桌前的一张椅子里。她已换了一件白色绣花的衣服,腰间松松地系着根带子,长发挽了起来,在头顶盘成一个髻,露出白皙而秀气的颈项。她的脸侧面对着门,是一张极美的侧面像,高高的鼻子和长长的眼睫毛,高贵、庄重、雅丽,像一张画。

"进来!"她忽然说。我吃了一惊,四面看看,并没有第二个人,那么,她是叫我了?我有些犹豫,不知该不该进去。

她已转过脸来正面向着我,大眼睛静静地落在我身上。

"我说,进来!"她说,语气冷淡而宁静。

我走了进去,想起清晨的见面,我可能对她有些失礼的地方,于是,我向她点头微笑,轻轻地说:"罗伯母。"

她凝视我,好长一段时间后,才说:"过来!"

我走近她,她上上下下地望着我,然后,她那美丽的大眼睛里忽然浮起一层朦胧的雾气,她轻轻地抬起一只手来,抚摸我的手臂,接着,她就用两只手分别握住了我的双手。她的手指枯瘦苍白,和我那被阳光晒成的健康肤色成了鲜明的对比。她把我的手握得非常紧,用一种做梦似的神情和语气,悠悠然地说:"多么美的皮肤,和你母亲一样!"她仰望着我的脸:"你的母亲,她和我如同姐妹。她总说:'你不要做这样,你不要做那样,你要多休息,要长胖一点!'她给我布置一个最好的环境,白色的窗帘,白色的床单,白色的桌巾,什么都是白色。她说:'雅筑,只有白色配得上你,你那么美,如果我有你的十分之一就好了!'她不让我劳动,不让我操心,宠我,像宠一个小娃娃。她说:'我会照顾你,永远,永远——'"她的声音低沉了下去,脸色显得更加苍白,眼光透过我的身子,眼神是涣散而昏乱的。

她的神情惊吓了我,我俯下身去,担心地问:"罗伯母,你怎么了?"

她的手仍然抓住我,眼光却更加昏乱和狂热。她注视着我身后的某一点,对于我的问话恍如未觉,只继续嚅动着嘴唇,轻轻地说:"她说:'你是我的小妹妹,我要照顾你,永

25

远,永远。'她说的,她要照顾我,永远,永远,永远……"

她开始喃喃地,重复着那几个句子,呓语般地讲个不停。大眼睛瞪得那样大,里面像发着热病似的燃烧着。我真的惊慌了起来,我试着要抽出我的手,但她牢牢地扣着我的手腕,像铁索般箍紧了我。她的呓语逐渐加快,逐渐语音模糊而不可辨。我慌乱地喊了起来:"罗伯母!罗伯母!你怎么了?你——"

我紧张地想从她的掌握中挣扎出来,她却紧扣着我不放。我们纠缠成了一团,忽然间,一个念头像电光般在我脑中一闪:她是个疯子!这念头使我恐怖,因为我对疯子的惧怕远超过妖魔鬼怪。我开始大声尖叫:"放开我!放开我!放开我!"

有人冲进了屋里,我转过头,是个美丽的少女,她只张望了一眼,跑了出去。立即,我听到有重重的脚步声奔上楼梯,接着,一个高大的人影蹿了进来,是罗教授!他一直跑到我们的身边,把两只巨大的手掌压在他妻子的肩膀上,沉着声音喊:"雅筑!"罗太太顿时松开了我,茫然地收回了眼光,望着罗教授,接着,她就哭泣了起来,一面哭,一面说:"她说她会照顾我,永远照顾我!"

"好了!雅筑!"罗教授说着,声音出奇地温柔,像在安抚一只小猫。他把她的头揽进他的怀里,那梳着髻的小小的脑袋紧倚在他宽阔的胸膛上。他的手拍抚着她的背脊,不断地说:"好了,雅筑。好了,雅筑。"

罗太太仍然在呜咽着,但她很快就平静了下去。半晌,她抬起泪蒙蒙的眼睛，迷迷离离地望着罗教授，显然已神志恢复，幽幽地说："我很抱歉，毅。"

"没事了，是吗？"罗教授说，眼光那么柔和，简直使我怀疑不是出自他的眼睛里。看到他那样暴躁粗鲁的人也会有温柔的一面，令我惊奇而困惑。他又拍了拍她的背脊："去躺一躺，好吗？我让彩屏来侍候你。"

罗太太顺从地点点头，站起身来，走到床边去，像只听话的小白兔。我退出了房间，罗教授紧接着也走出来了，看到了我，他的温柔一扫而空，他对我圆睁起一对怒目，气冲冲地说："你！谁叫你来招惹她的？我难道没告诉你，叫你别去打扰她？"我觉得一肚子的委屈，天知道我并不想去"招惹"她，而且，假若我知道她是这样碰不得的，我一定远远地避开。噘起嘴来，我低低地叽咕了一句："真不知是谁招惹了谁？"

罗教授瞪了我一眼，带着满脸不泽之色，转身走开了。我退到我的房门口，心中充满了懊恼和难堪。这是我到这儿的第一个早晨，就如此不吉利！推开房门，我走进去，在床沿上坐了下来。想到以后漫长的寄人篱下的生活，都要这样看尽别人的脸色，不禁长长地叹了一口气。

有一个阴影遮到我的眼前来，我抬起头，是刚刚那个曾冲进罗太太屋里的少女。她对我点点头说："你没有关门，所以我进来了。"

我望着她，她的年龄不会比我大。穿着件白色洋装，披着一肩柔发。不用任何人的介绍，我也知道她是谁。她像极了她的母亲，却比她母亲更美。那细腻而白皙的皮肤，和她母亲一样带着不正常的苍白。一对乌黑得像黑色潭水似的眼睛，深不可测。那长长的眼睫，弯弯的覆盖在眼睛上方的眉毛和那薄薄的嘴唇，都具有那样动人的美，使我眩惑而迷惘。虽然我不是个男孩子，但是，我一样为她着迷。我向来崇拜一切的"美"。不过，和她母亲类似，她身上也有那份特殊的气质：高贵、典雅，却令人难以接近。

"你是皑皑？"我问。她点点头。"我是孟忆湄。"我说。

她再点点头，有股冷漠与傲岸的神情，似乎并不想和我说话。于是，我也默默无言。好一会儿，她才又轻轻地说："妈妈有神经衰弱症，但是并没有太大的关系。有时她会忽然发病，只要有爸爸在，她总是很快就会过去的。"

我望望她，心中油然生出一股感动的激情。我想，她是特地为了对我讲这几句话而来的，她怕她的母亲惊吓了我。在她那冷淡的外表下，一定有一颗善良而真挚的心。有一种人，是天生不会表达自己的情感的。这样一想，我更加喜欢她了，我热心地说："是吗？为什么不请医生看看？"

她瞪了我一眼："你怎么知道我们没有请医生看？"

我的一腔热情又被一下子抛进冰窖里了。我想，我还是少说几句话的好，否则注定要碰钉子。闭上了嘴，我在心里发誓不再说话。可是，忽然间，窗外的花园里传来了一个少女的歌声，歌喉婉转抑扬，柔美而富磁性，唱的是一支我很熟悉的歌，因为妈妈生前也常唱：

花非花，雾非雾，
夜半来，天明去。
来如春梦不多时，去似朝云无觅处！

那歌声那样荡气回肠，我完全被它吸引了。忘记了刚刚有不说话的誓言，我抬起头来，兴奋地问皑皑："是谁在唱歌？"

"是嘉嘉。"她说。冷淡地转过头去，在我第二句问话"嘉嘉是谁？"还没问出来以前，她已自顾自地走出了我的屋子。我愣了愣，就被那歌声引向了窗口。从窗口望出去，花圃之后是一片浓荫，歌声由浓荫深处传来，只闻歌声，却不见人影。我侧耳倾听，那歌声一再反复着："花非花，雾非雾，夜半来，天明去……"

我忍不住自己的好奇心了。嘉嘉！罗宅的小一辈似乎都喜欢用重复字做名字，皓皓，皑皑，又一个嘉嘉！这嘉嘉是皓皓、皑皑的小妹妹吗？听那声音，她一定也是个美丽无比的女孩子！我走出房门，心里也隐隐地明白，我最好是留在屋里少出去，一个早上，我已经有些动辄得咎了。但，我无法抵制那歌声的吸引力，我急于找出这个唱歌的人来。下了楼，我循着歌声，向花园中走去。

第三章

推开了饭厅的落地长窗，跨下了好几级台阶，我走进了那宽大的花木葱茏的院子里。沿着一条龙柏和杉树夹道的小径，穿了出去，是一个圆形的花坛。花坛以一棵铁树为圆心，外面一层一层地栽植了各种不同的花，最外一层，占地最广，是清一色的玫瑰，香味浓郁地弥漫在空间，随着初夏的柔风向各处飘散。越过这花坛，就是绿荫荫的一座小小的林子。一眼望去，这林子似乎是毫无系统地种植着些树木，但走近细看，却显然经过极细密的一番布置。林木栽种得疏落得宜，大部分都是松与柏，并不高大，但枝干耸直，也劲健有力。松柏之间，还点缀着一棵棵的扶桑和茶花。这不是茶花的季节，可是，扶桑却绚烂地开着。绿树丛中，缀着朵朵不同色彩的花朵，分外别致和引人。树木的脚下，也散植着各种不同的花草，玫瑰、菊花、石榴、蔷薇……数不胜数，还有许多我根本叫不出名字的植物。走到林子的入口，我已经可以清清楚楚地辨认那歌声。抑扬地、轻柔地从林木深处传来，偶尔也会有片刻的停顿，似乎唱歌的人正在工作着。歌词是反复着唱的，同一支歌，永远是那样的几个句子，时断时续，时高时低，起伏间歇，别有韵致。跟踪着歌声，我走进了林里，绕过几株树木，面前陡然一亮。我绝没想到，在这浓荫深处，却还别有天地，一架小巧精致的花棚竖立在林木之中，花棚上爬满了紫藤花，一串串粉紫色的花朵在棚架上迎风轻颤，娇艳欲滴。花棚下是几张竹制的躺椅，椅上空无一人。我站住了，侧耳倾听，歌声忽然停止。我四面张望，看不到一个人影，眼前只有绿树青藤和枝头的轻红点点。穿过花棚，我向各处搜寻着望过去，到处都是树木和花朵，靠在棚架上，我思索着，也倾听着。风在林梢低吟，花棚上有几只麻雀在嬉闹。除此而外，听不到一点其他的声音，我有种被捉弄的感觉，扬起头来，我心有不甘地喊："喂喂！有人在吗？"

我的声音消失在林中的风声里。我又默立了片刻，周遭有种反常的寂静，似乎连小鸟的喧闹声都忽然停止了。我感到微微的不安，浓郁的花香使我熏然欲醉，眼前迷离的树影花影让我眩惑。转过身子，我找寻我来时的路径，想退出这片树林。但，我刚刚起步，那断续飘摇的歌声就响起来了：

　　花非花，雾非雾，
　　夜半来，天明去。
　　来如春梦不多时，去似朝云无觅处！

我捉住那个歌声的尾音，迅速地冲进了林子里，于是，我猛地站住了，我看见了她。

她蹲在一棵松树前面，背对着我。身边放着浇花的水壶和花锄。她俯着头，在清除着树根下的杂草，一面唱着歌，她工作得那么专心，以至于没有听到我的脚步声。我打量着她的背影，纤细、苗条，穿着一件印花的台湾绸的衫裤，头发却旧式地在脑后绾了一个髻。看装束，她应该属于女仆之类。我站住，喊了一声："嗨！"我喊得很响，但她却寂然不动，依旧唱着她的歌。我诧异地望着她，忽然，我发现她身上有什么地方不对，是了，她的头发！那头发是花白的！一个少女怎么可能有花白的头发？我无法按捺我的好奇了！绕过树木，我走到她的正面站住，再喊了一声："嗨！"这一次，她抬起头来了，也停止了她的歌声。我凝视着她，这是张奇异的脸，她应该是个老妇人了。但，就和她那少女的歌喉一样，她有张"娃娃"脸。尽管脸上皱纹遍布，可是，那神态，那眼神，却宛如一个三岁的小娃娃。她仰视着我，眼睛里流露的是天真的光芒，微微张着的嘴，带着股孩子气的憨态。无论如何，这张又老又小的脸让我觉得非常的特殊，但，她是不讨人厌的。我试着对她微笑，询问地说："这花园都是你照顾的吗？"

她从地上站起来，个子比我矮得多，大概只齐我的眉毛。她继续望着我，并不回答我的问话，却对我展开一个近乎痴呆的笑容。"你的歌唱得真好听。"我说，她的笑容对我是一个鼓励,我高兴我终于在这儿找到了"友善"。

她继续对我笑,仍然一语不发,笑得那么单纯,使人不能怀疑她的笑有何心机或嘲弄的意味。可是,我一连两句话都得不到反应,心里就有些不是滋味。鼓起勇气,我想我还是先把自己介绍出来好些。

"我是孟忆湄,将要在罗家长住。"

她还是笑,那张脸像个雕刻出来的笑面佛。我的言语如同落进了海浪里,连一点涟漪都掀不起来。我有些不高兴了,无论如何这罗家每一个人对我都不太真挚,我所伸出的友谊的手,竟无一人愿意接受!我掉开头,有些气愤地说:"我很好笑,是吗?你干吗那样盯着我笑?我又没有少一个眼睛或多一个鼻子!"大概我的话使她不好意思了,她低下头去,然后就重新蹲下身子,用手去清除那些杂草,对我看都不看一眼。这份冷漠使我难堪而尴尬,我下意识地把大拇指送到嘴边去咬着,一面呆愣愣地站在那儿,考虑我要不要收拾东西离去,回高雄去。林校长虽然清寒贫苦,无法供给我一份好的生活,但她热情诚恳,是个有血有肉有感情的"人"。

我正想得出神,那位"嘉嘉"忽然又抬起头来了,她仰视着我,依然带着那天真的笑容,对我指指面前的松树,一个字一个字地说:"要开花了!"我愕然。要开花了!什么东西要开花了?顺着她的手指,我向那棵松树看过去。于是,我发现在那棵松树的树干上,缠绕着一株小小的、黄褐色的藤蔓,藤蔓上没有叶子,只有成串的小花苞在风中摆动,有股楚楚可怜的、妩媚的味儿。我有些惊喜,一来高兴她终于对我说话，二来也对那成串的小花苞产生浓厚的兴趣。我用手指轻轻地拨弄着那些粉白色的花苞，愉快地问："这种花叫什么名字？"

她傻傻地望着我，仿佛我说的是蒙古话。

"要——开花了。"她重复地说，站起身来，抚摸着那映着阳光而变成金色的藤蔓。"要开花了。起风的时候，叶子落了，花也开了。"她抬头看看天，脸上有种专注的神情。"起风的时候，叶子落了，花也开了。"她再重复一遍。

我诧异地望着她。"为什么要起风的时候呢？"我问。

她不答，望着我一味地傻笑。半晌，才又说："你看见了吗？"

"什么东西？"我一愣。

"花——要开了。"她指指松树。

我凝视她，这个女人是怎么回事？一切似乎都很反常，我有些神智迷茫了。就在我望着她发呆，她望着我傻笑的时候，一个人从树荫间走了出来。我抬头，是那个昨天带我走进罗家的徐中枂！他仍然衣着随便，但神情洒脱。胁下夹着本很厚的书，他大踏步地向我走来，看样子精神振作而心情愉快，眉宇间浮动着开朗的笑意，和清晨的阳光一样温暖和煦。

他对我点点头："早，孟小姐。"

"早，徐先生。"我也点了一下头。

"早，嘉嘉，"他再对那老妇人点点头，走过去拍拍老妇人的手背，像哄孩子似的说，"花开了吗？"

"花——要开了。"嘉嘉热心地指着藤萝。

"噢,"徐中枘高兴地叫了起来,"还是真的要开了呢!今年会提前开花了。"他再拍拍嘉嘉的手背说:"好好地照顾它们,今年,不用等到起风的时候,花就会开了!"他转向了我:"孟小姐,我们在林子里走走,如何?"

"好的。"我说。

我们在浓荫间缓缓地迈开了步子,他说:"你不必费心和嘉嘉'谈话',她什么都不懂,她是一个白痴。""哦!"我惊叹着。"但是,她是善良而无害的,"徐中枘说,"有的时候,她又好像并不是完全昏昧无知。例如,她很喜欢人夸赞她,她很懂得把自己收拾得干干净净,她又会照顾花草,懂得区别杂草和花苗。有时,我甚至觉得她近乎聪明,她对某一些事或一个人,常会有奇异的记忆力,就像那支她常唱的歌,她从不会把句子漏掉或唱走了调。"

"哦,"我诧异而好奇地听着问,"她是罗家的什么人?"

"一个远房的亲戚,是罗家把她从大陆带出来的。事实上,她等于是罗家的园丁,她照顾整个花园。你一定认为罗家的花园还不坏吧?全亏嘉嘉管理!她对花草很有耐心,而且也很有感情。她能记住每种花的花期……很奇妙,是不是?"

"嗯。"我深思地点点头。

"不过,她有她自己的措辞,她说起风的时候,是指台风季节来的时候。她特别喜欢那株藤蔓,她照顾它就像母亲照顾孩子一样。"

"那藤蔓叫什么名字?"

"噢，"他笑了，"我对植物是很陌生的，这花园里的许多植物我都叫不出名字，但我喜欢研究一切的东西。那藤蔓——你听说过一种植物叫菟丝吗？"

"菟丝？"我仰起头，"旧诗里倒常常看到这两个字。李白有一首很缠绵的诗，讲菟丝和女萝的。"

"对了，我怀疑所谓菟丝花，就是那枝藤蔓，但我并不能证实。有一次我查字典，找菟丝，它的解释和这藤蔓的情形很相似，所以我就叫它作'菟丝花'！"

"可惜没有一枝女萝草，"我笑着说，"否则，'百丈托远松，缠绵成一家'，这种韵味多美！"

他侧过头来，深深地望着我："你很爱诗？"

"不见得，我母亲常常念诗，我是耳濡目染，多少受点影响。不过我很没耐心去专攻一样东西，我的兴趣太广泛，又很不愿意受拘束。诗词这玩意儿，必须用全心灵去体会，对我而言，未免太艰深了。"

我们走到一个石头的长凳前面，他问我："坐一坐吗？"

我坐了下去，他坐在另一端，把胁下夹的书取了出来，放在膝上。我看过去，是一本《普通心理学》。

"你是学心理的？"我诧异地问。

"不，我学艺术。"他说，"可是我对什么都有兴趣，也很喜欢研究心理学。"

"你——"我凝视他，"为什么住在罗家？"

"我是罗教授的学生，念了两年地质系，觉得枯燥乏味，就转了系，学艺术。去年刚毕业，在×中学教书，罗教授找我来住在他家里，教他的女儿画画。"

"皑皑？"我问。

"不错！"他点点头，"皑皑的天分很高，是个非常可爱而用功的学生。"我想起皑皑，她那超凡出众的美和她的冷漠。

"你在这儿住了多久了？"我问。

"一年多。"

我沉思不语，四面张望了一下，我的眼光又落回到那本"心理学"上。"心理学记载些什么？"我问，"它能使你明白别人的心理吗？"

他把书抱在怀里，眼睛亮晶晶地盯着我，带着股调皮的笑意。"不错！"他说，"例如，我现在就可以分析你的心理。"

"试试看！"我说。

"你吗？"他凝视着我的眼睛，"你在想，罗宅的每一个人都出乎你的意料，你奇怪这个家庭的组合：一个脾气暴躁而怪僻的父亲，一个患神经衰弱症的母亲，一双特殊的儿女，还有个白痴的女园丁。再包括那个吃家教饭的我！你觉得这次投奔罗宅是件不理智的事。你认为你并不受欢迎，而感到自尊心受了伤，你正在计划，是不是离开罗宅，回到你原来的地方去更好些。"他对我微笑，把额前的一绺短发拂到脑后去："有一些对吗？"

"噢！"我非常地惊奇，张大眼睛说，"你可以成为心理学的权威了！"

他大笑了起来，笑得爽朗而开心。笑完了，他说："告诉你，这种分析与心理学风马牛不相及。事实上，心理学完全是一种科学,研究心理学和了解别人的心理是两回事,心理学里面全是些专门性的东西,与医药及人体构造有关,与心理并无太大关系。至于我能分析你的心理,那是非常简单的——一年前,我刚到这儿来的时候,就有你现在这种心理。我想,人同此心,心同此理!你一定会有和我当初类似的心理……"

"哦!"我也笑了起来,"原来如此。"

"很简单,不是吗?"他说。

"确实很简单,"我说,"但是,你怎么克服了你自己不受欢迎的那种感觉呢?"

他深深地望着我,沉吟了一会儿,表情很奇异。然后,他站起身来,凝视着我,慢慢地说:"有一天,你也会克服的。"说完,他望望林外,"我要去给皑皑上课了。"他走了两步,又站住,"你高中毕业了吗?"

"是的,毕业快一年了,我的学龄很早,因为妈妈病倒了,我就没有考大学。""要考吗?"我点点头。"预备念哪一个系?""噢!我还没决定。"

他再站了一会儿,微笑着说:"人类真奇怪,你觉不觉得?每一个人,同样具有两个眼睛一个鼻子一张嘴,却从没有完全相同的两张面貌;每个人都有一样的内脏、骨骼构造和大脑小脑,却没有相同的个性。至于智慧的悬殊,兴趣的差异,更是一人一个样子,上帝造人,居然不会造出一份重复的来?像你和皑皑,都是十七八岁的女孩子,但完全是两种典型。"

我笑了，说："这就是你研究心理学的原因吗？"接着我又想起来问："皑皑难道没有读书？"

"她只念了高一，就休学了。"

"为什么？"

"肺病，或许还有其他的病。她太孤僻，太不合群，不能适应学校生活，现在她的肺病已经好了，却不愿回到学校去。她兴趣十分狭窄，中学的通才教育不是她所能接受的。"

"换言之，"我说，"她在学校里功课很坏？"

"不错，她很少有及格的功课，除了美术音乐之外。可是，在艺术方面，她又有奇异的领悟力和天才。她的钢琴也弹得很好。对于这种有偏才的孩子，中学教育实在是一种创伤！"

"你很为她不平？"

"确实。她是个——"他深思了一下，"很特殊，但很可爱的女孩子。"我想着皑皑，没有人会认为她不可爱，"美丽"实在是件好东西。上帝造人的确奇怪，同样用眉毛眼睛鼻子来构造，怎么会有妍丑之分？"噢！"他大发现似的说，"我要走了，你可以继续散散步，林子里很阴凉，又有风。好！再见！孟小姐！"他走到林子口，回过头来，对我爽朗地一笑，再说："和你谈话，是一件最愉快的事，你有一个很清醒的头脑。"

我坐在那儿，目送他颀长的身子消失在林木之外。用双手抱着膝，我靠在一棵叫不出名字来的大树上，静静地沉思起来。风在林梢静静地摇撼，好几片落叶飘坠在我的裙子里，我拾起了一片心形的叶子，嫩嫩的浅绿色，带着淡淡的清香。

我把叶片放在鼻尖上摩擦，我喜欢叶子的那股香气。然后，我听到有脚步声，悄悄地、缓缓地向我移近，我回过头去，是嘉嘉！她站在我身边，用一种特殊的神态望着我，那不像个白痴的眼神！她定定地盯着我看，似乎在努力地思索和回忆。我拍拍身边的位子，对她鼓励地笑笑，说："你坐吗，嘉嘉？"

她那痴痴的笑容又浮了上来，转过身，她又悄悄地走开了，一面走过，一面嘴里喃喃地、低低地，不知道在说些什么，我只听清片段的几个字："她说……她喜欢的……她叫我管花……她说你和它们一样，没有照顾……活不了……"

我又独自坐了一会儿，腕表上已经快到十二点了。站起身来，我抖落了身上的落叶，缓步走出了树林。阳光正灼热地照射在花园里，那些五颜六色的花朵亭亭地伸展着枝子，绽开的花瓣正欣欣然地迎着阳光。我走到花坛旁边，摘下了一朵浅蓝色半开的小花，我不知道这花的品种，但那细碎的花瓣别有股娇柔的韵致。拿着花，我跨上台阶，推开玻璃门，走进了房间里。一瞬间，我愣住了。起先我到花园里去的时候，是从饭厅中出去的，但，我现在走进的房间，却并不是那间饭厅！这是间光线幽暗的房间，因为我刚从明亮的太阳底下走进来，一时竟有些目光模糊，接着我就看出这房子之所以幽暗的原因，除了我的入口是玻璃门之外，这间屋子有两面都是大的玻璃柜，里面陈列着许多稀奇古怪的石头，另一边有一扇小门，藏在一大排书架之间，整间屋子居然没有窗子！我好奇地左顾右盼，然后，我发现罗教授正坐在一张大书桌后面,全神贯注地注视着我。"哦,罗教授!"我说,"对不起,我想我走错房间了!"

他仍然注视着我,在那堆茅草般的须发之中,那对闪烁着异样光彩的眼睛看起来是奇怪的。

由于他没有答话,我感到微微有些窘迫,再望了这屋子一眼,我断定这是罗教授的书房,看情形,我的贸然撞入使他着恼了。"对不起,"我再道了一次歉,向门边退去,"好抱歉我打扰了您!"

"别走!"他忽然说话了,"你过来!"

我迟疑地走了过去。他审视着我,然后推了一张椅子在他面前,说:"坐在这儿!"我依言坐了下去,现在我和他面面相对了,我可以更清楚地看清他,他有两道浓黑的眉毛和饱满的前额(大部分掩盖在乱发中),还有个代表坚毅倔强的方形下巴。鼻准微微地隆起,应该是个强硬的人物!

"你,你在想什么?"他突然问。

"哦,我——"我吃了一惊,"我在想你刮光了胡子,会是怎么一副样子?"他对我翻翻眼睛。我很懊恼,我是怎么回事,永远会冒出一两句不该说的话?正像妈妈说的,我哪一天才能"长大"?我偷偷地从睫毛下望望他,还好,他并没有发怒的样子。

他的眼光从我的脸上移到我手中的花朵上:"你也爱花吗?"他问,语气竟非常平和。

"是的。"他从我手里取下那朵花,审视着。

"这是皑皑的花,"他说,"她叫它作勿忘我。"

"是吗？这就是勿忘我？"我问。

"或者是，"他抛下了花，"花草是女人爱的玩意儿！"他抬起眼睛来望我，忽然间，他定住了，出神地看着我的脸。好半天，他就那样一动也不动地盯住我，仿佛我脸上有什么稀奇的东西。接着，他举起一只粗大的手来，轻轻地拂开我额前的鬈发。这突兀的举动使我吓了一跳，但他是非常温柔而小心的。他的眼光在我脸上四处逡巡，然后他垂下手来，靠在椅子里，低沉地说："你并不很美，最起码，你没有皑皑美。可是，你有对很聪慧的眼睛和开朗的额角，我相信你的颖悟力是很高的。"他顿了一下，又继续打量我，好像他是个看相的人。"你还不止聪慧，你也很热情，是吗？"用不着答案，他又自顾自地说了下去，"美丽两个字应该不单单指外表。"他拍了拍我放在膝上的手："忆湄，你非常美丽！"

我被催眠了，他的眼睛有着异样的魔力，他温柔的语气使我激动。这是怎样的一个男人？那多变的性格下有一颗怎样的心？那毛发蓬蓬的脸——你能说他不漂亮吗？不！他很漂亮，一张十足男性化的脸！像——像什么？像一只气态昂藏的雄狮。雄狮！我想起雄狮的鬣毛和眼前这张脸上的胡须，忍不住扑哧一声笑了起来。

"噢！"他蹙起了眉头，"你常常这样突然发笑的吗？"

"哦，对不起，"我有些慌乱地说，"我常常笑得不是时候，我一定——尽量改正。"

"你说说看，什么事让你觉得好笑？"

"是……是……"我结舌地说，"是……雄狮。"

他狠狠地盯着我,刚刚的温柔已消失得无影无踪。

"你常常这样胡言乱语的吗?"

"不,不,不是胡言乱语。"我嗫嚅着,"只是——说得不大完全。"

他审视了我几秒钟,转开了头,突然显得不耐烦了。把椅子挪后了一些,他冷淡地说:"今天——是你假期的最后一天!"

"什么?"我没听懂。

"明天起,定一个作息时间表,开始念书准备明年考大学!我让徐中枬来做你的家庭教师,他文理功课门门都强。这是你母亲的希望,你好自为之吧!你可以出去了!"

我站了起来,有些错愕地望着他,但他似乎不准备再说话了。拿起桌上的一本书,他自顾自地看了起来,不再望我。我走向那扇小门,照我想象,它应该是通饭厅的,推开来,果然不错。那个中年女仆已在摆中饭了。我走进饭厅,合上那扇小门,略一迟疑,我又推开门,伸进头去说了一句话:"罗教授,谢谢你,谢谢你待我的一切。"

他瞪着我发愣,好像根本不知道我在说些什么。

43

第四章

　　我在罗家住下来了。到罗家的第三天，徐中枏就奉罗教授的命令，来做我的家庭教师。他是×中的图画教员，每天下午要去上课，一、三、五的晚间还有别家的家教，常教到深夜十一二点钟才回来。上午十一时至十二时是属于皑皑的时间。于是，我的课程就从每天早晨八点钟开始，到十一时为止。徐中枏很科学地给我定了一张作息时间表，八时至九时，九时至十时，十时至十一时，像上课般分成三节，分别补习三种不同的功课。每星期一、三、五及二、四、六补习的功课又各各不同。因为我决定考乙组，所以功课都偏于文科。下午是我自己温习及做练习的时间，黄昏和晚上，依徐中枏的说法是应该："休息，娱乐，散步，看小说！尽量放松你自己！"

　　我立即开始了念书。同时，在罗家居住四五天之后，我对这家庭和每个人的生活习惯也逐渐熟悉了。罗家一共是八个人（除我以外），是罗氏夫妇、皓皓、皑皑兄妹，徐中栩，李妈（中年女仆），彩屏，外带一个非主非仆的嘉嘉。八个人的组合，应该是个很热闹的家庭，但罗宅却大部分时间都是安静得找不出人声的。只有嘉嘉的歌声，会不论清晨黑夜，随时飘送。而且，罗家有个很大的特点，是我进入罗宅第二天就发现了的——他们不像一个"家庭"。例如，他们从不会全家团聚在一张桌子上吃饭，永远是各吃各的，谁先到谁先吃，而皑皑和罗太太，还经常是在自己屋子里吃饭，根本不下楼。罗教授和皓皓这一对父子，有些水火不相容：皓皓经常整日整夜不回家，还常常会有些太妹型的女孩子上门来找他，罗教授就不分青红皂白，咆哮着赶出去。再有，他们彼此之间，都非常地不亲热，就像皑皑，我从没有看到她依偎在罗太太面前撒撒娇，如同妈妈在世时我所常做的那样。总之，这家庭给我的印象，是特殊而奇怪的。

我刚刚到的那一天，曾经觉得罗家的人对我都很不欢迎，可是，随后我就发现，他们并非特别对我冷淡，而是他们本来就是这个样子的。事实上，罗教授对我确实很宽大，我有一间华丽而精致的卧室，一个安静的读书环境，还有一位帮我补习功课的家庭教师。我，孟忆湄——一个无父无母孤苦无依的孤儿，这已经是走入天堂了，我还能有什么更好的希望？有了"家"（我已算它是家了），有了安定的生活，有了家庭教师，又有了作息时间表。我应该定下心来，好好努力念书，以期不辜负我的母亲和罗教授的一番栽培。我想，这以后，我的生活会是平静而单纯的，向唯一的一个目标——

考大学——迈进。

我也静下心来接受这份生活了，除了夜深人静，我偶尔会躲在棉被里偷偷啜泣，思念那离我而去的妈妈之外，平日，我尽量使自己安详明快，尽量想使生活宁静和平。按道理，生活中应该是没有波澜的，但是，事实上并不如此。

这是一个晚上，我到罗家已将近一星期了。白天念了过多的书，晚上就不愿再埋进书本里，倚着窗子，看到的是月色朦胧下的满园花影，听到的是夜风吹拂中的树梢低唱。一切那么美，那么静谧，"夜"是上帝所创造的最奇妙的时光。大地沉睡着，月光把所有的东西都染上一层淡淡的白，黑影幢幢的树林迷离而神秘。

无法抵制夜色的诱惑，我离开了窗子，打开房门，沿着楼梯走下去，到了花园里。闻着花香，踏着树影，我穿过龙柏夹道的小径。碎石子铺的小路回应着我的足音，我的影子长长地投在地上，时而和树影相合，时而又倏然呈现在开阔明朗的地上。不知不觉地，我已越过了花坛，而在那小树林之外缓缓地踱着步子。我不想走进树林，因为那盛满风声的树林过于幽暗，给人一种奇异不安的感觉。在林外兜了一圈，我下意识地觉得这花园中并不止我一人，仿佛有一对眼睛正在一个黑暗的角落里注视着我。我站住，四周张望，有花，有树，有月光，还有楼房庞大的黑影，只是，没有人。我继续走，又猛然站住，我几乎听到了呼吸声，一个沉重的呼吸声音。我确定，这花园中还有另外一个人！

停在林外，我的目光向树林中搜索过去，在这样明亮的月光下，只有树林中可以隐住身形。风在林间摇撼着，虬结的树木伸展着枝丫，重重叠叠的树影中偶尔会筛落几点月光，在地上闪烁，如同许许多多镜子的碎片。

然后，我看到了，就在离我身边不远的林内，在一片浓荫里，有一点红色的火光，正静静地闪烁着。有人在树林中抽烟！我可以嗅到花香中所掺杂的那一缕烟味。这是谁？他应该是看到我的，因为我正暴露在月光之中。为什么他竟如此安静？我感到一阵不安，背脊上微微有些凉意，瞪视着那如豆的火光，我问："是谁在树林里？"没有答复，那点火光依旧一明一灭。我的不安加深了，与不安同时而来的，是模模糊糊的一层恐怖感。提高了声响，我再问："有谁在树林里面？"仍然是一片沉寂。我再伫立了几分钟，那点火光突然在半空中画了一个弧线，坠落在草地上，显然抽烟的人已抛掉了烟蒂。我凝视着那躺在草地上的一点微光，只一会儿，就被草上的露水所扑灭了。林子内剩下一片幽暗和繁星一般穿过树隙的几点月光。掉转头，我想我最好是回到我的房里去，夜的世界里永远会包含着一些不可解的神秘。对这个家庭而言，我至今也还是个一无所知的陌生者。追究谜底往往比不追究更可怕。我开始举步，向来时的路走去。

我只走了十几步，就听到身后另一个踏在碎石子路上的脚步声。我停住，那脚步也停了；我再走，那脚步又响了。我手臂上的汗毛全竖立了起来，手心中微微地沁着冷汗，背脊发冷。略一迟疑，我断定这人是在跟着我，而且从我在林外散步起，他就在窥探着我。为什么？他是谁？存心何在？

许多问题在我脑中一闪而过,但,最具体的是妈妈生前常向我说的一句话:"面对现实!"于是我倏然地回过头去。

那是一个男人,月光下,他的身形面目都清晰可辨,那是张年轻而漂亮的脸,乌黑的眼珠在夜色中闪着光。当我回头面对他的那一刹那,他仰了仰头,纵声大笑了起来,眼睛愉快而揶揄地看着我,带着股得意和调皮的神情。我惊魂初定,用手抚着胸口,我相信我的脸色一定不太好看。我盯着他,有些愤怒地说:"是你,罗先生?为什么要这样装神弄鬼地吓唬人?"

他向我走了过来,咧着嘴对我微笑。"你最好叫我皓皓,我不习惯被称作先生。"他说,"希望我没有惊吓到你。"

"假如符合了你的'希望',你大概就该'失望'了,"我说,仍然怒气未消,"我想你是有意要'惊吓'我的!"

"你——生气了吗?"他斜睨着我说,唇边的笑意更深了。看他的神情,对我的"生气"和"惊吓"似乎都同样地感兴趣,我想,如果要挫折他,最好是对这个恶作剧装作满不在乎。于是,我也微笑了。

"怎么会呢?"我说,"你仅仅使我有点吃惊而已。"

"我喜欢开玩笑,"他说,"你慢慢会对我习惯的。你很喜欢在月光下散步吗?"

"不错。尤其有这么好的花园。"

他好奇地凝视我:"你不会觉得这个花园太大?有些阴森森?"

"你这样觉得吗?"我反问。

"我不知道我父亲为什么看中这幢房子,"罗皓皓说,"现在我对这花园已经习惯了,但刚刚迁进来的时候,我真不喜欢它。尤其这个树林,假若夜里有一个人躲在里面,外边的人一定看不见。它不给人愉快感,而给人一种阴冷的、神秘的感觉。我是喜欢一切东西都简单明朗化,花园,种一些花就好了,要这么多树干什么呢?有一次,我曾经被嘉嘉吓了一跳。"

"于是,就给了你灵感来吓唬我吗?"我说。

他笑了,笑得很开心。

"你似乎胆量很大,皓皓晚上是不敢在树林旁边散步的,除非有人陪她。据说,在我们搬进来以前,这林子里曾经……噢,不说了,你会害怕!"

"说吧,"我的好奇心引起来了,"我不会害怕!"

"有人说,这林子里曾经吊死过一个女人。"他望着我,大概想研究我的反应,"而且,传说每到月明之夜,这女人会重新出现在林子里,吊在树上左晃右晃,还会叹气呢。"

我的后脑冒上一股凉意,但我不愿表现得像个弱者,尤其在他那微带戏谑的眼光里。

"难道你见过,或听到过她叹气?"我问。

"没有!"他仿佛很遗憾,"我的绰号叫'鬼也嫌',大概鬼真的讨厌我,所以从没在我眼前出现过。可是,李妈发誓听到过她的叹息和呻吟,所以,大家晚上都远远地避开这个树林。"

"鬼也嫌?"我对这绰号发生了兴趣,"多奇怪的绰号!"

49

"因为我太爱捣蛋,从小没人喜欢我!"他笑着说。

我真想摆脱掉那个关于"女鬼"的话题,虽然我对这位女鬼的传说也很好奇,可是在这样树影幢幢的月夜和这广大的深院中谈起来,总有些让人感到毛骨悚然。所以,我热心地抓住了这个话题:"你母亲一定很喜欢你的,是吗?"

"我母亲?"他深思了一下,"我可不能确定,母亲一生中大概有三分之二的时间都在生病,她时时刻刻都需要别人照料,实在没办法再去照顾儿女。如果她喜欢,也只是放在心里,缺乏行动来表现。"

我想着那脆弱而冷漠的女人和她那次突发的病症:她是怎样的一个人?我低头望着脚下的碎石子路,沉思着没有说话。地上,我和他的影子并排向前移动,瘦瘦长长的。我们正穿过曲径,绕向前面的院子里去。

"罗家的人都有些怪,你觉得吗?"他突然问。

"噢。"我抬起头来,罗家的人都有些怪?确实。但,这话竟由罗家的一分子问出来,好像有些奇妙。"怎么呢?"我泛泛地反问。

"你看,我父亲有他的怪脾气,你绝无法认为他是十分平常的人,是吗?我母亲,曾经有一个医生说她是神经病,该送医院。皑皑,是个用冰雕塑出来的美人,美则美矣,毫无暖气!至于我呢?正和皑皑相反,似乎太过于热情了,而且,我很乐意把我的感情广施天下,我的女朋友从女学生到酒家女应有尽有,我都一视同仁……你可别认为我是色情狂,我爱她们,也尊重她们!许多人说我用情不专,其实,根本不是这么一回事，女孩子好像是一朵花——你爱花吗？"

"当然。"

"可是，花有许多种类。玫瑰、蔷薇、康乃馨、百合、兰花、海棠、蒲公英……数不胜数，每一种花都有它特殊的可爱处，对吗？"

"不错。"我点头。

"所以，我每一种花都爱，女人也和花一样，每个女孩子都有她特殊的美处，所以，我也都爱！"

多么奇妙的理论！乍听起来好像还蛮有道理，仔细想想又有点似是而非，只是，一时间想不出理由来驳他。我望着他，他那对漂亮的眼睛也正在凝视着我，嘴边依然挂着那抹笑意。我不赞同他的理论，却很欣赏他那份坦率和洒脱，那微笑和眼神也有其动人之处。笑了笑，我说："怪理论！真的，你们罗家的人都有几分怪。"

"有一次，中枂和我谈话，"他笑着说，"他说我们罗家人人都有些神经病，可以称作'神经之家'！事后，我分析了一下，罗家的人确实都有些神经。可是，这世界上的人又有几个没有神经病？你想想看，每个人的个性都不同，生活习惯也都不同，是不是每人都会有他'怪'的地方？所谓'怪'，不同于一般性就叫'怪'，是不是？"

"嗯。"我表示同意。

"那么，任何人都会有他不同于一般性的地方，也就是说，任何人都有他怪的地方。例如你，你常在不该发笑的时候发笑，常会突然冒出一句没头没脑的话来……"

51

"哦，"我笑了，脸有些发热，"我有我的道理！"

"每个人都有他自认为合理的'道理'，就像我的'博爱'论，可是，在别人眼里看起来就是'怪'，就是'神经'，就是'没道理'！这样分析起来，世界上每个人都有神经病，只是神经的地方、方式不同而已，所以，我常说——"他顿了顿。

"说什么？"我问。

他笑笑，慢吞吞地念："神经人人皆有，巧妙各自不同！"

我扑哧一声笑了出来，"神经人人皆有，巧妙各自不同！"这算什么话？但是，再分析一下，这话还真的颇有道理。我奇怪他怎么会有这么多的妙论，那活泼幽默的个性和暴躁易怒的罗教授有多大的不同！这父子二人实在是奇异的。

我们已经绕进前面院子里了，前面的花园和后面的比起来就小得太多了。我们一边走着，一边热心地谈着话。他是个容易接近的人，"陌生感"已经迅速地从我心头消除，我感到他仿佛是我多年的老朋友了。就在这时，从大门边传来一阵罗教授的咆哮怒骂声，罗皓皓侧耳听了一下，就皱着眉说："好了，我父亲又在赶我的朋友了，他是个天下最不慈祥和友善的人！他生平最感兴趣的一件事，就是把我的朋友关在门外！"

说着，他向大门口直蹿了过去，我也紧跟着他向大门口走，走到门边，刚好赶上罗教授把门砰然一声合上，他雷霆一般地大吼："滚！我们这儿没有罗皓皓这个人！"

罗皓皓冲了过去，嚷着说："爸爸！你这是什么意思？"

"什么意思？"罗教授把他满是胡子的脸凑到他儿子的鼻子前面，"就是这个意思！你在外面乱交朋友我管不到你，可是你别想把你这些狐朋狗党带到家里来！"

"你怎么知道我的朋友是狐朋狗党？"罗皓皓的声音提得和他父亲同样的高，"你自己不爱朋友就不许别人交朋友！一个家庭像一座大坟墓！"

"你不满意，尽可以走！"罗教授嚷，"晚上九十点钟还在外面闲荡，这种年轻人会是好东西？女孩子打扮得妖里妖气，半夜三更找上男朋友的门，简直不要脸！"

"白天找我的人，你也是照样赶呀！"罗皓皓说，"你希望我怎么样？没有一个朋友，也没爱人，一辈子不结婚，做个老怪物，是不是？"

"你可以交朋友，但要是正派的人！"

"你把我的朋友一概都得罪了，所有的都赶出去，你怎么知道被你赶走的人里，有没有沧海遗珠的正派人呢？"

我站在旁边，望着这父子二人脑袋对着脑袋，斗牛似的把两个头越凑越近，两人的鼻子都快碰成一堆了。这景象奇妙而怪异，罗教授吹胡子瞪眼睛，罗皓皓则脸红脖子粗，两人都大有把对方吃下去才甘心的样子。可是，论起吵架的技巧来，显然罗皓皓比他的父亲高了一着，罗教授只会穷嚷穷叫，罗皓皓则每句话都有些分量，常使他父亲答不上话。

罗教授更加激怒了，他暴跳如雷地狂喊："我断定你那群朋友里没有一个好东西！我断定！"

"好！"罗皓皓说，突然伸手把我拉了过去，"你曾经把忆湄也关在门外，问都不问清楚，你相信你的眼光，那么，你只凭一眼就断定忆湄也不是好东西了？"

罗皓皓这一手完全出乎我的意料，显然也很出乎罗教授的意料。看到了我，罗教授愣住了，他慢慢地站直了身子，瞪视着我的脸，半天，才蹙着眉问："你怎么也在这儿？"

"我——"我说，"我本来就在花园里。"

"我们在散步，谈天和赏月。"罗皓皓冷冷地加了一句。

"散步？谈天？你和皓皓？"罗教授盯着我问，带着股不信任的神情，仿佛我和罗皓皓一块儿散步是件不可思议的怪事。

"是的，"我说，"我们谈了好一会儿。"

罗教授突然地暴怒了，他对我伸过头来，嚷着说："你！不学好！"

我愕然。难道他竟如此讨厌他的儿子？父子之间，又没有深仇大恨，怎么可能如此仇视呢？而且，说实话，我很欣赏皓皓，他有他的一份可爱。幽默、愉快，微微有些玩世不恭，这些，都不能算是缺点呀！年轻人爱交朋友，这也是很正常的事。罗教授未免责人太苛了！我为皓皓不平，再说，我既然住在罗家，和皓皓谈谈天，散散步，就是"不学好"吗？这是不是有些言之过重？于是我带着几分反抗的情绪，低声地说："我和皓皓谈得很愉快，他很温和，又很会谈话，我不觉得他有什么不好。"

"好呀！"罗教授的鼻子差点撞到我的鼻子上，他跳着脚说，"你是个笨蛋！大笨蛋！笨！笨！笨！"他猛然停住，用手揉着鼻子,眼睛奕奕地瞪着我,喉咙里叽里咕噜地不知在诅咒些什么。然后他对我命令地说:"你跟我来!"

我不敢不从命,跟在罗教授后面,我们向客厅走去。我曾偷偷看了皓皓一眼,他给了我一个安慰而鼓励的微笑,漂亮的黑眼睛温柔地凝视着我。

走进客厅,罗教授并不停留,而是把我带进了他的书房里。关上了房门,他在书桌前的椅子里坐了下来,拍了拍他面前的另一张椅子:"你坐下!"我顺从地坐了下去。他凝视着我,咳了一声,伸伸脖子。好半天,才说:"我告诉你,忆湄!"他又蹙蹙眉头,用手抓了抓满头乱发,不知所云地说:"你是——是个好女孩。"

我瞪视着他,他到底要说什么?

"你看,忆湄,"他耸耸鼻子,似乎尽量要使语气平和,"我很想帮助你,让你顺利地考进大学。我给你安排一个读书的环境,又叫中枢来帮你补习。可是,你,你居然不学好!"

我涨红了脸。"罗教授,"我嗫嚅着说,"我自认没有做错什么!"

"你还说没有做错什么!"他又大吼了起来,吓得我在椅子上跳了一下。但他立即又忍耐下去了,只一个劲儿地在鼻子里哼着气,半晌,才又说:"我告诉你,我期望你好,你该好好地念书,别想交男朋友。皓皓这孩子……是……是……嗯,也不是很坏,可是,嗯,嗯,反正,嗯,他见一个女孩子追一个,嗯,你吗?你是个好女孩……喂!你懂了吗?"

我张大了眼睛,他嗯嗯哼哼了一大串,老实说,我实在没有听懂。他瞪着我，看样子有些懊恼，他又揉鼻子，又蹙眉头，又叽里咕噜地诅咒，闹了半天，才猛地把头向我一伸，吼着说："反正一句话！你少和我的儿子接近！知道没有？"

我有些气愤，站起身来，我说："您放心，罗教授，我不想给您惹麻烦。我知道，您收容我已经是天大的恩惠，一等我考上大学，我就搬到宿舍里去住。我对你们家并无企图，而且——而且——"我憋了半天，终于说了出来，"我一点也没有想要做你家的儿媳妇！你实在不必防范我！"说完，眼泪已经在我的眼眶里打转了。想想看，只因为我无父无母，所以要来受这家人的气！他以为我看上了他的儿子吗？转过身子，我想走出去，但他伸出一只大手抓住了我，他的眼睛看来烦恼而无助。

"喂喂，你别走！"他说，语气又突然地温柔了起来，"忆湄，你不要误会。嗯，哼，我是为了你，我这个儿子不成材，他是个——嗯，色情狂——"

"他不是，"我打断他，"您从没有费心去了解过他，他是个很善良很好的人。"

他盯着我："哼！好吧，就算他很好。不过，我希望你少去招惹他。嗯，你——应该以考大学为重！"

我点头，憋着气说："好，我明白了，我会——按您的希望去做！"

"那么——就没事了，你走吧！"

我向门口走去，刚推开门，罗教授又在房里叫："忆湄！"

我回过头来，罗教授站在桌子旁边，怔怔地望着我。那张被胡子掩盖的脸似乎有些扭曲，发亮的眼睛静静地凝注在我的脸上，里面包含了一些新奇的东西——属于感情的东西——以前，在他安慰罗太太时，也曾出现在他的眼光里，有着使人心碎的温柔和深情。我呆住了，好长的一段时间，我们就这样对立着，然后，他走近了我，俯头望我（他比我高了将近一个头），吁出了一口气："忆湄，你还缺乏什么吗？"

我摇头。

"哦，你会没有钱用，我忘了这一点。"他大发现似的说，伸手到口袋中，掏出一堆乱糟糟的钞票，有一元的、十元的、五十元的和一百元的，也不知道一共是多少张，往我手里乱塞一阵。

我有些犹豫，退后着说："我——我——我并不需要钱用。"

"拿去，你会需要！"他总算把那一大堆钞票塞进了我的手中，沉吟了一下，他又说，"哦，对了，你到台北来，都没有出去玩过，你想玩吗？哪一天，我带你出去玩玩，怎样？"

我点点头。

"好——"他说，"你去吧！"

我走了出去，握着那一大堆钞票，神思恍惚地向楼上走，心里有些昏昏蒙蒙，情绪激荡而不安。刚刚走上了楼梯，一个人影蹿了出来，拦住了我的去路。我一惊，抬起头来，是皓皓！他关心地望着我："忆湄，爸没有为难你吧？"

"没有。"我轻声地说，绕过他的身边，径自走向了我的屋里。我必须单独一个人静静地想一想。

第五章

这天，我起了一个绝早。天还只有点蒙蒙亮，清晨的空气清新而馥郁。我梳洗过后，觉得浑身都有着用不完的活力。站在窗前，我听到嘉嘉柔润的歌声，正在晨风中飘送。我走出房门，"跑"下了楼梯，"冲"进了花园，我差一点撞在一个男人的身上，收住步子，我抬起头，是夹着书本的徐中枬。

"早！"我愉快地说，"不过，我并没想到你会比我更早！"

"是吗？"他对我微笑，"我每天都这么早起来的，我喜欢早上到树林里去看书。"

"哦，我一直以为罗家的人不到八点就不会起身的。"

"但是，我并不是罗家的人！"他说，"何况，每天八点钟已经该给你上课了。"

"你觉得厌烦吗？"我问。

"什么事情厌烦？"

"给我上课！我是这样一个笨学生！"

"你?"他望着我笑,"如果我每一个家教的学生都和你一样'笨',就好了!"

"你晚上所教的那个学生很聪明吗?"我问。

"唔,"他锁拢了眉头,"非常聪明,太聪明了!"

"怎么呢?"

"举个例子和你说吧。那孩子今年读初一,预先讲明了我是门门都教。初一的课程里有一门博物,你知道吗?"

"嗯。"

"有一天,我用了整个晚上的时间,给他讲一点,什么是雌雄同体,什么是雌雄异体。讲得我舌敝唇焦,然后问他懂了没有,他说懂了。我想出个题目考他一下,题目太深怕他答不出来,就问了一个我认为近乎荒谬的问题。我问他:'人是雌雄同体还是雌雄异体?'你猜他怎么说?"

"怎么说?"

"他想了半天,回答我:'是雌雄同体!'"

我大笑了起来,笑得前俯后仰。我们并肩走入了龙柏夹道的小径。徐中枬说:"我是只身来台的,到台湾时只有十几岁,我来投奔我的阿姨,结果阿姨不收容我。十几年来,我独自奋斗到大学毕业,就靠家教维持。我教过数不清的学生,对于有一种人最深恶痛绝!"

"哪一种人?"

"庸才!"

"可是,世界上的庸才可能超过了天才。我并不讨厌庸才,我讨厌一种人。"

"什么人？"他反问我。

"奴才！"

他笑了起来。"真的，是庸才更可恶还是奴才更可恶？这是个非常有趣的问题。"他深思地说，"庸才不是可恶，而是可厌；奴才才是可恶！"

"你的话也有道理，"他说，"庸才是无用，奴才是下贱。对于无用的人，或者还可以忍耐；对于专门打躬作揖的那种人，倒真是无法忍耐的。忆湄，你想得比我更透彻些。不过，有一种庸才，一辈子在泥潭中滚屎蛋，滚得自己又脏又臭又窝囊，还偏偏要嘲笑那些赤手空拳打天下的人。他们会自命是与世无争，安于贫贱，而把那些肯努力的人称为野心分子，嘲笑他们热衷名利，不够清高！对于这种滚屎蛋的人，我可真看不起。我从不相信，这世界上真有对名利完全无动于衷的人，假若有人肯说他绝不为名利心动，他一定是虚伪！"

"不错，"我同意地说，"我想，那些嘲笑别人的成功的人，只因为自己无法成功，或不肯努力。如果让他们坐在房间里，而名利能从天上掉到他们的头上，不需要他们去争取就能不劳而获的话，他们一定很乐意于接受！"我凝视他："你该是个'野心分子'吧？"他也凝视着我，那张方正而清秀的脸庞上有种坚毅的神情，是具有强韧的奋斗力的那一种典型。论漂亮，他远不及罗皓皓，皓皓英俊挺拔，还有份潇潇洒洒的味儿。徐中枬却是个标准的脚踏实地、实事求是的人！他并不"漂亮"，他对衣着十分随便，吃东西也马马虎虎，但做起事、教起书来却非常认真。我喜欢看他蹙眉沉思的样子，每当他蹙眉不语时，我总怀疑有多少的"思想"在他脑中"奔驰"。他一定有一个很发达的大脑，每天忙碌地为他工作，满足他那份强烈的求知欲。他望了我好一会儿，眼睛里有种不常见的光芒。

"不错，"终于，他沉着声音说，"你可以说我是一个野心分子，我不自命清高，我将尽我的力量去'干'，去'努力'，去争取我所能争取到的，不管是名或者是利！不过，对于利，我又有我的看法，我不要贫穷，但我也不想成为富豪！只要能做到不虞匮乏，也就够了，多余的金钱是没有用的。假若有五十万就能给你一份够水准的生活，那么，一百万、一千万、一万万和五十万都等于一样。对吗？"

我点点头，问："那么，你对于名呢？"

他的眼睛更亮了，停了很久，才说："我小时候看了一本书，书名叫《英雄与英雄崇拜》，这本书对我的影响很大。我希望自己是个被崇拜者，不愿做个水面上的小泡沫，无声无息地消逝。庸庸碌碌、平平凡凡地过一辈子，是'浪费生命'！我愿成功，愿做个英雄，愿被万万千千的人所崇拜——你会笑我俗吗，忆湄？"

"笑你'俗'？"我问，"不。我欣赏你的'不俗'！"

真的，他俗吗？他是太不俗了！多少人渴望成功而耻于承认，他却直说不讳。何况，我知道他不是个空口说白话的人，他有"野心"，他有"梦想"，他也有"毅力"！而且，只要有"毅力"去"追求"，他就已经握住了成功的一半。

我们走到花坛旁边了，我站住。嘉嘉正唱着歌，优游自在地浇着花。看到了我们,她停止浇花,抬起头来,望着我们痴痴地笑。"花都开了吗,嘉嘉?"徐中枒温和地问。

"花——开了。"嘉嘉傻傻地说,眼睛愣愣地停在我的脸上,仿佛在我脸上发现了什么新奇的东西。她看得那么出神,以至于水壶越提越低,水全流了出来,淌了一地。

我被她看得有些不舒服了,走上前去,微笑地望着她说:"你的水壶要流空了,嘉嘉。"说着,我取过她手里的水壶,说:"让我帮你浇浇花,好吗?我很喜欢做。"

她似懂非懂地望着我,但她很顺从地让我取走水壶。我提着水壶,高兴地淋着花,一只手挽着裙子,因为水壶上有个漏洞,会把裙子弄湿。看到水珠沾在花瓣和叶子上,迎着初升的太阳光闪烁,我感到一份孩子气的开心。不知不觉地,我一面浇着花,一面唱起歌来——唱的是嘉嘉唱了几千万次的那支被我听熟了的"花非花"。我一直浇到水壶空了的时候为止,放下水壶,我看到徐中枒正带着欣赏的微笑望着我。我回报了他一个微笑,把裙子拉平。掉转头来,我和嘉嘉的眼光接触了。嘉嘉瞪视着我,眼睛里燃烧着一种狂热的光,满是皱纹的面颊上漾起一片红晕,微微地张着嘴。那神情就像一个孩子,看到一件极心爱的东西一般。我有些惊异,走过去,我摸摸她干枯的手说:"怎么了,嘉嘉?"她继续狂热地望着我。然后,她突然地"跳"开了,在花丛中轻快地奔着蹿着,时而停下在花丛里采下一两枝花来。接着,她跑回到我的身边,手中举着一束黄色的不知名的小花,这种花显然并不名贵——是种可以随处生长的小草花。她把那束花递给了我,脸上依然红晕而"快乐",最起码,是接近"快乐"的。

"你——给我吗?"我十分诧异,她把花往我怀里送,那股诚意是不容人怀疑的。我愕然地接过花,点着头说:"谢谢你,嘉嘉,非常感谢。"回过头来,我望望徐中枊,他的神态和我同样地大感不解。我握着花,和徐中枊继续向前面走去,走了好远,我再回头看,嘉嘉仍然伫立在那儿,凝视着我的背影。我把花送到鼻端闻了闻,又举起来看看,疑惑地问徐中枊:"你认得这种花吗?"

"我想,它属于蒲公英一类,是草本植物。"他说,"这花似乎是这花园里最不值钱的一种花。不过,它是嘉嘉的宝贝,嘉嘉允许别人采任何的花,却不许人碰这种花。"

"是吗?"我更迷惑了。

"所以,这件事就有些奇怪。"徐中枊深思地望着我说,"嘉嘉显然很喜欢你,才会把她心目里最珍贵的花采下来送你。她今天的表现,是我从来没有看到过的。"

我们走进了小树林,又走到了花棚底下,在花棚下的椅子上,我们坐了下来。我仍然望着那束黄色的小花发呆,那是由五片花瓣合成的单瓣花朵,虽不美丽,看起来却是楚楚可怜的。"可怜的小花,"我说,"它看来不是有些瘦伶伶的吗?那么脆弱的、细细的花茎,好像碰一碰就会折断。"我把花放在我身边的椅子上,沉思了一会儿,说:"你认为嘉嘉也有感情和快乐悲哀的吗?"

"应该是有的,"徐中枊说,"可能,她还有潜意识的记忆。"他凝视我,微微咬着嘴唇,眉毛又轻蹙了起来,他的"思想"又在"奔驰"了:"我想,她或者很寂寞,没有人肯把她当朋友看待,而你对她表现了友好,她就对你特别喜欢了。事实上,她也是个人,她也有人的欲望、感情和她的一份'思想'。她的世界说不定比我们的世界更可爱。"

"怎么说?"

"她只要花儿开得好,有人供给她吃饭,她就觉得很开心了,很满足了。她没有过分的奢求,也没有失恋啦,自尊啦……种种的烦恼,而且,她还没有知识的负担,她实在比我们快乐,因为她'单纯'!"

"知识的负担?"

"你不觉得知识是人的负担吗?"他微笑地望着我,"知识越多,负担越重,因为知识和思想成了正比。你看,那些劳力者,做了一天工,洗个冷水澡,大吃一顿,倒在床上呼呼大睡,就什么念头都没有了,睡眠就能给予他们满足。一个学问很丰富、思想很复杂的人就不同了,绝不是吃与睡所能满足的。他们的欲望永无了时,他们研究人性,研究科学,研究社会,研究这个那个,弄得自己头昏脑涨。你看,需要安眠药才能入睡的人,一定都是知识分子。"

他的话引起我的兴趣。用手抱住膝,我望着花棚上的紫藤花沉思。他向后仰,把手臂搭在我身后的椅背上,又说:"人有两个大负担:知识和感情。"

我蹙眉,凝思片刻。"不过,"我说,"许多人把'负担'这两个字指物质方面,你所说的知识和感情是指那些生活水准已经很高的人,有些人仅仅为了温饱,就够烦恼了。衣食住行会成为比知识和感情更重的负担。"

"你错了,忆湄。"他摇头,"温饱是一件很容易满足的事情。最初的人类,茹毛饮血,一样满足了温饱的问题。几片树叶,一张皮裘,可以解决衣的问题;几枚果实,一些生肉,就可填饱肚子。至于现在的洋房汽车,华丽的服饰,山珍海味,挖空心思的烹调,都是知识和思想的产物。假若没有知识和思想,我们也还停留在茹毛饮血的阶段。"

"那又有什么好呢?"我说。

"又有什么不好呢?"他说,"人人都如此,你会觉得你的生活是理所当然。你只要能猎到野兽,填饱肚子,就别无所求。生活不是单纯得多,烦恼也少得多了吗?最起码,你不必为了考不上大学而担心!也不必为了做不出一道三角证明题而伤心大半天了!"

我笑了起来,把话题从茹毛饮血的时代,一下子拉回到现实,这真是奇妙!三天前,我曾因为证不出一道三角题目而眼泪汪汪,现在竟被他取笑!我噘噘嘴,笑着说:"你在笑我了!"

他也笑了,忽然看了看表,大发现地说:"怎么搞的?已经快八点了。我们应该面对现实,上课去!你还没有吃早餐吗?那么,快点吃!然后回到课本里去,今天,如果我记得不错的话,第一节就应该补习你最头痛的三角!"

"哦,"我站起身来,伸了个懒腰,懒洋洋地说,"谈得真开心,比上课有意思多了。"我望着他蹙蹙眉头,"你知道吗？中枬，我想你是个心肠很硬的人！"

"为什么？"

"你看，在这样愉快的气氛中，你会要把我关进书本里去！你过分理智，所以，我想你一定是个不重感情的人！"

"是吗？"他微笑着，眼睛亮晶晶的，"关于这一点，你最好晚一点再下结论——等我们认识得更深一些的时候。"

我收集了椅子上的黄花，准备离去。

"你吃过早饭了？"我问，"不一起走吗？"

"我给你十五分钟吃早餐。"他说，"我还可以在这儿看十五分钟的书。"他把膝上的《普通心理学》翻开了。

我拿着花向树林口走去，走了一半，我回头说："你知道吗？我现在真希望是个上古时代的人！"

他盯着我。"可是，我们不是！对不对？"他说，"生活在现在这个时代中，随时随刻，你要和别人竞争。所以，忆湄，做个强者！不要做弱者！"

我心中怦然而动，望着他，那是张诚恳的期盼的脸，一个"朋友"的脸，一位"良师"的脸！我点头，心中有些热烘烘的。"你放心，"我低低地说，"我会考上大学！"

拿着花，我走上了楼，回到我的屋里，把书柜顶上的花瓶拿下来，取出了里面的玫瑰花，换上那束不知名的黄色小花。当然，这黄花没有玫瑰艳丽，但它上面有着嘉嘉对我的友谊。倚着书桌，我坐了下来，用双手托住下巴，陷进一阵神思恍惚之中。

十五分钟如飞而逝，徐中枬推开门走了进来。

"你吃了早餐吗？"他问，坐在我对面，拿出了三角课本，准备讲书。

"是——的。"我轻声说，"吃得很饱——很饱。"我对他微笑，懒洋洋地翻开了书本。

一个下午，我走进了皑皑的房间。

皑皑正站在窗口，支着画架，在画一张油画。由于房门敞开着，而她正好抬起头来看到我从门口走过，她和我点了点头。我呢，在迁入罗宅的一个多月中，几乎时时刻刻都在找机会和皑皑接近，我太渴望和她做朋友，她的美丽和沉静使我"倾倒"。所以，我毫不考虑地走了进去。

皑皑的房间和我的布置得差不多完全一样，但却比我的房间雅致得多，浅蓝色的窗帘，浅蓝色的灯罩，浅蓝色的床单，桌上还有瓶散发着淡淡的清香的蓝色花束。她垂着一肩黑发，穿着件鹅黄色的薄纱裙子，站在落地玻璃窗之前，那样地飘逸如仙。我站到她身边去，望着她所画的那张画。

那是张以灰褐及红色为主的风景画，画面是一片平原，平原上矗立着几点石峰，石峰间衔着一轮落日。这画面太熟悉了！我怔了怔，皑皑安安静静地说："这是偷你屋里那张画的布局，我喜欢这画面的气氛，苍凉而雄浑。"我恍然。这是以妈妈那张画为蓝本画的（那张画现在正挂在我的屋子中），可是，让我来批评的话，她这张画却有青出于蓝之势。它比妈妈画的那张"活"得多，"生动"得多，那种暮霭卷尽晴空，山色映在夕阳里的味道，比妈妈的更深刻一层。她画完了，退后一步看了看，然后，突然提起笔来，在暮云堆积的天边，学着妈妈的画面一样，加上两只大雁，这雁更有种画龙点睛的功用。我赞叹了一声："你画得真好！"

她看了我一眼，神态是冷冰冰的。"不是自己的构思，有什么稀奇？"她说。

皑皑永远是这样，她好像很难得用一副愉快的面孔和声调和人谈话。碰她的钉子，在我已经不知道是第几百次了。虽然多少有些讪讪的，可是，由于了解她的个性本就如此，也就不再看得很严重。

走到桌边，我没话找话说："你喜欢蓝颜色的花？据说这花的名字叫勿忘我，对不对？"

她盯着我看了好一会儿。"我喜欢蓝颜色的花，是因为蓝色的花最稀少，我不喜欢平凡的东西！"她蹙蹙眉，"至于这花的名字是不是叫勿忘我，我并不是植物学家，弄不清楚！"

我抬了抬眉毛，觉得还是回到自己房里去好些。但她抛下画笔，用油洗去了手上的油彩，转向了我，大眼睛里有抹雾般的朦朦胧胧的光彩，停驻在我的脸上。她在研究我！我仰着头，也望着她，天呀，她是太美太美了！美得让人迷惑，假若我是个男人，我真会不顾一切地来追求她！她沉默了片刻，忽然问："你长得像你父亲，还是你母亲？"

"我想，比较像我母亲。"我说，"你也很像你的母亲。"

"是的，"她说，"不过我宁愿像父亲！"

"为什么？"我问，"你母亲很美，你——更美。"

她看看我，走开去整理画具，泡画笔，收拾颜料。然后说:"你仔细看过我父亲吗?他才是真正的漂亮!尤其,他有个性,直而不曲,是棵高大的松树。妈妈呢——"她歪着头,沉思片刻,"是你屋里插瓶的那种小黄花!"

我凝思着皑皑的比喻,确实有几分对,罗教授之苍劲耿直,罗太太的柔韧细弱,这一对夫妇的结合真奇妙。冥冥中不知有没有一个超凡的力量,在安排着人世间一切的一切?

由于我不说话,皑皑也不再说话了,她热心地整理着画笔和颜料——她是个喜欢把所有的东西都弄得井井有条的人。我无聊地倚着桌子,顺手拿起桌上的一本册子,翻开来,是皑皑的速写簿。第一面画着的是罗教授的速写画像,浓眉、虬髯、乱发、怒目,传神之至。第二面是花园的景致。第三面,我注目了好长一段时间,那是个男孩子,宽额、大眼、方正的下巴,坚毅的眼神,这是徐中枻。再看下去,我跳过好几页,翻开来,里面夹着一朵小小的蓝色花朵,空白的纸页上有皑皑娟秀的笔迹,题着几行小字:

别揉碎了那花瓣,你知道它上面记载了些什么?
别抛弃这抹微蓝,你知道它也有花"心"一个!
别告诉我你不认得它,
它的名字叫——勿忘我!

我凝视着这几行字和那朵已经压得薄薄的蓝花,深深地沉思起来。就在我拿着册子出神的时候,皑皑忽然一阵风般地卷了过来,劈手夺下了我手里的册子,那对美丽的大眼睛狠狠地盯着我，愤怒地喊："你在做什么？"

"哦，"我一惊，"对不起，我只是随便翻翻。"

"随便翻翻？"她盛气凌人地说，"难道你母亲没有教过你，不能'随便翻'别人的东西吗？"

她那股傲岸的神态和毫不留情的语气激怒了我。我站直了身子，无法控制从我内心深处向外冲的那份怒气，受辱的感觉使我语气僵硬："我母亲教过我许多东西，尤其是，她教我如何爱人和如何做人。她说：'你如果永远对别人微笑，别人不会向你板脸。你如果待人以诚，别人不会报你以怨。只是——要认清人！有一种人是没有心的，他分不出笑脸，也认不出真心！'现在，我才能深切体会我母亲的话！"

她的腰挺了起来，眼光灼灼地逼视着我。好半天，她才点点头说："你有一个好母亲，嗯？她告诉了你，有一种没有心的人，是会以怨报德的，是不是？我想，我们罗家对得起你！"

我的脸蓦地绯红了，我望着她，她可以说得更厉害一些，我了解。这已经是最和缓的说法了，她那份言外之意表现得十分明显："孟忆湄！别忘了你是罗家收容的孤儿！"

泪水向我眼睛里冲，掉转头，我奔向门外，我跑得那么急，以至于一头撞在一个人身上，撞得我的头发昏。那人抱着的一沓书，也全散落在地上。他抓住了我："咦！忆湄，又是你，你好像总是那么急匆匆……"他顿住了，"怎么了，你？"

我用手背擦擦眼睛，如果我要流泪，只能在自己的房间里。挺起背脊，我勇敢地给了他一个微笑，轻声地说："没有，什么事都没有。"

他凝视我的眼睛，温和的眼光一直搜寻进我的眼底，然后，他点了点头，用一种特殊的语气说："慢慢来，我要弄清楚为什么。"

我摇摇头，他的眼光使我迷惑。

"真的没有什么。"我说，弯下腰去收集地上的书本，他也蹲下身子来捡，书本都收集好了，我从地上拾起一样书本里飘落的东西，一件我刚刚才在一个少女屋里看到过的东西——一朵压得薄薄的蓝色小花。

"这是什么？"

"噢！皑皑的花，"他满不在乎地说，"她总喜欢把花朵随便夹在书本里，也不知道是种什么花。"说着，他从我手中取去花朵，不在意地揉碎了，团在手中准备抛掉。

我愣住了，喃喃地，我念着皑皑的句子。

别揉碎了那花瓣，你知道它上面记载了些什么？
别抛弃这抹微蓝，你知道它也有花"心"一个！
别告诉我你不认得它，
它的名字叫——勿忘我！

"噢，忆湄，你在念些什么？"他问，审视着我，"念书使你太疲倦了，是吗？忆湄，你也该散散心，星期六下午我请你看电影，然后，我们可以逛逛街。我一直想——"他诚挚地望着我："买几件漂亮点的衣服送给你。忆湄，你不嫌我说得太坦白吗？"我注视着他，我怎能"嫌"他呢？他的眼神那样诚恳真挚，他的语气那么温柔亲切，眼泪又涌进了我的眼眶，我的视线模糊了。"哦，忆湄，"他有些惊慌地说，"我使你难过了吗？"

"不，不，中枅。"我说，继续仰望他，"你为什么对我好？大家都那样——"我咽住了下面的话。

"有谁让你受委屈了吗？"他机警地问。

"不，不，没有。"

他深深地凝视我。"快乐起来，忆湄，"他鼓励地说，"你不是个多愁善感的女孩子，对吗？我告诉你一句话，忆湄，你并不孤独。"他对我微笑，"我有一个和你类似的身世，但我从没有让悲哀压垮过我。"我点头，离开他，向我自己的屋子走去。

我已不再悲哀，真的，我的内心在唱着歌。

第六章

一连串的日子流过去了。

午后,一阵雷雨驱走了不少的暑气。半弯彩虹在树林顶端略现旋收,晚霞接踵涌上,烧红了天、树林、草坪和苍灰色的屋顶。黄昏的景致令人喜悦,雨后的晚风使人心旷神怡。我走出房门,从楼梯顶上向楼下一口气冲下去,嘴里喃喃地背诵着我刚刚正在念的书:

　　天将降大任于是人也,必先苦其心志,劳其
　　筋骨,饿其体肤,空乏其身,行拂乱其所为,所
　　以……

"动心忍性,增益其所不能!"

一个声音帮我接了下去,我抬起头,皓皓正倚在楼下楼梯的栏杆上,胳膊支在扶手上面,托着下巴,微笑着望着我,

嘴边带着他所惯有的嘲弄味儿。

"嗨!忆湄,"他说,"你快变成个书蛀虫了。"

我笑了,说:"你知道,中枂是个很严厉的老师。"

他的笑容收敛了一下,接着,又笑了起来。把双手抱在胸前,他审视着我说:"你和皑皑好像都很服中枂,嗯?不过,也别太用功,年轻人应该有点生气和活力,整天埋在书本里是不正常的。拿你的本性来说吧,我相信你是属于活泼和洒脱的一类——"

"你怎么知道?"我昂起头问。

"我就从没有看到你好好地走过路,不是跑,就是跳,要不就横冲直撞。"

"噢!"我喊了一声,顺势在楼梯上坐了下来,用手托着下巴,不胜懊恼地说,"妈妈常说我不够稳重,看样子我真是无法变成个举止庄重的大家闺秀。"

他嘴角那抹嘲弄的笑意更深了。

"大家闺秀?"他挑了一下眉梢,"不,我知道你的出身并不是富有的家庭,因而,你全身没有一点矫揉造作的气息。你和皑皑就一目了然是在两种教育下长大的,她比你庄重,你比她自然。她文雅,你随便。可是,你猜我欣赏哪一种?"他的眼睛灼灼地照着我,简单地说:"你!"

我摇摇头,叹了口气。"我认为,她可爱极了。"我说,"我但愿能学得和她一样文雅,她的举动那么柔和,走路那样袅娜。唉!"我又摇头:"我想她本来就是比我高贵些,在本质上。"

"你觉得皑皑可爱?"他问我,"但她身上少了一样东西,你知道吗?"

"什么东西?"

"活力!"他说,"别学她!忆湄,做你自己!"他打量着我。"你自己够美,够好了,我就欣赏你的马虎和随便……"他顿了顿,笑意又染上他的眼睛,"皑皑从来不会坐在楼梯上!"

我从楼梯上直跳了起来。他纵声大笑。

"梯子上有针扎了你吗?"他问,"还是有火烧痛了你的尾巴?你实在犯不着如此紧张!"

我对他瞪瞪眼,撇撇嘴。

"你很会骂人,嗯?"我说,"骂人使你觉得很开心,是不是?"

"确实!"他笑得更高兴了,"慢慢地,让我来教你如何享受这份快乐!"

"或者我并不感兴趣。"

"你会感兴趣,"他说,"我知道,因为你和我是同类!"

我凝视他,他的眼睛闪烁着,粗而黑的头发虽曾仔细地梳过,但仍然桀骜不驯地竖在头上,鼻子中部微微隆起,在相法上没有这种鼻子的人是要掌权的。嘴唇薄而漂亮,我不喜欢他嘴角上的那抹微笑——给人一种压迫感,使人有喘不过气来的错觉。我离开了楼梯,走向门口,推开了通往花园的玻璃门。台阶下的水泥地上,有一双带轮子的溜冰鞋。我抬头望望他,他穿着件运动衫,结实的胸肌挺了出来,他一定刚刚溜过冰,他是个酷爱一切运动的人。

他走近了我,也望着那双溜冰鞋。

"你爱运动吗?"他问。

"是的。"

"会不会游泳?"

我点点头。

"星期天请你去碧潭游泳。"他说,走下了台阶,"溜冰呢?行不行?"

我摇摇头。

"下来,试试看,这是一学就会的!"他命令地说。

我情不自禁地走了下去,溜冰的引诱力对我是太大了,我久已想学会溜冰,只是没有机会。台阶下面有一方并不太广的水泥地,由于刚刚下过雨,水泥地上依然是湿润的。走下台阶,他拿起一只溜冰鞋,望着我说:"坐下吧,穿上它!"

我略事犹豫,就在台阶上坐了下来,他的眼睛里飘过了一抹难以觉察的微笑,我知道他在笑我刚刚从楼梯上跳起来,现在又席地而坐。可是,我顾不得他的嘲弄,学溜冰的兴趣使我什么都不管了。他蹲下身子,帮我系上溜冰鞋说:"先用一只脚试试,慢慢来,别贪快,站起来!"

我站了起来,试了试,重心全无,东倒西歪,赶快使用另一只没有穿溜冰鞋的脚支住身子。几度尝试,都不能成功,总是才要滑开,另一只脚就来帮忙了。他抱着手看了我一会儿,把我拉到台阶旁边,不耐地说:"我看你笨得很,嗯?坐下来!这样子不可能学会,只好用强制的办法了!"说着,他把另一只溜冰鞋也帮我系上了，笑着说："失去了倚赖，你就该站得起来，走得稳了！"

"嗨！可别开玩笑。"我说，"我对摔跤不感兴趣！"

"那么，你就尽量维持不摔跤吧！"他说，不等我再表示意见，就捉住了我的双手，把我从台阶上一把拉了起来。我惊呼一声，抓紧了他不放。脚下的四个轮子一经接触地面，好像就非工作不可，发神经似的转了起来。我的身子向前冲，整个地面在我脚下如飞地后退，我紧紧地握住他的手，嘴里乱七八糟地喊："这算什么玩意嘛？你简直开我的玩笑！这样不行！哦呀呀，我要摔了！不行了，不行，马上要摔——"

我喊着，他却充耳不闻，非但不理睬我，反而用力挣脱了我的拉扯，抽身退向了一边。我一失去了倚靠的力量，就像个火力十足而刹车失灵的火车头，对着前面横冲直撞地滑了过去。他站在一边，抱着手臂喊："减慢你的速度！重心放匀，如果两脚分驰，就赶快抬起一只脚来……"天知道如何"减慢速度"，又如何"放匀重心"？不过，我不想摔跤。出于一种防御的本能，我尽量去维持身体的平衡，举着双臂，胡乱地划着空气（我可怜的手！它大概渴望能帮助我那不听指挥的脚），可是，我的努力仍然是白费了。我听到皓皓的一声高呼："小心！忆湄！你要冲到水泥地外面去了！试着用脚尖的两个轮子！左脚提起来！嗨！忆湄，小心……哦，天哪！"

随着他的呼喊，我这只控制失灵的火车头，早已冲离了水泥地面，糟是糟在才下过雨，水泥地外，正有个积满了雨水的泥潭，我向任何一个方向冲都好一点，我却不偏不倚地冲向了这个泥潭。就在皓皓那声"天哪"的同时,我连是怎么回事都没弄清楚,只听到"扑通"的一声水响,就发现自己端端正正地坐在水潭的正中了。两只手朝后插在水潭的泥泞里,穿着溜冰鞋的双脚惊人地伸展在水面。

皓皓赶了过来,弯着腰看我,他的眉梢挑得好高好高,我相信我的眉梢也挑得同样的高。他的眼睛瞪得又圆又大,我相信我的眼睛也瞪得同样的圆和大。我们就这样相对注视,彼此挑眉瞪眼。接着,他就纵声大笑了起来,他笑得那样开心,使我怀疑他是把一生的笑集中在这一次里来笑了。他的笑声还没有停,我看到有人大踏步地向我们走了过来,我抬起头,是罗教授!他俯视着我,高大的身形像一座山,把阳光都遮住了,他那炯炯有神的眼睛从乱草似的毛发中射出来,稀奇地瞪着我。他一定以为他的视觉有了毛病,因为他用手揉了揉眼睛,把眼眶张得更大了一些,再仔细地看了我一遍——从我的头发到我的脚尖,全都看到了,喉咙叽里咕噜地发出一连串听不清楚的诅咒。然后,他从鼻子里哼了一声说:"唔,忆湄,我不认为你这样坐在水潭中会是件很舒服的事。"

"嗯,"我不住地点着头,喃喃地说,"确实。我也不认为这是件舒服的事。"

"而且——也颇不雅观。"他蹙眉,摇着他那巨大的头颅。

"确实——颇不雅观。"我说,一个劲儿地点头。

"好,"他停止摇头,摆出一副研究问题的面孔来,"那么,你坐在这儿干什么?"

"哦,我——"我张大眼睛,困难地咽了一口吐沫,举了举我穿着溜冰鞋的脚,说,"唔,是这样,假若你的鞋子底下装上几个滑溜溜的轮子,就很容易——造成这种局面。"

他的眉毛蹙得更紧了,微侧着头,他凝视了我的脚好几秒钟,终于点了一下头,似乎接受了我的理由。用手揉揉鼻子,他忍耐地问:"那么,你预备在这水潭中再坐多久?"

"哦,"我用舌头润润嘴唇,"实在一秒钟都不想坐了——假如你肯拉我一把的话。"

"好吧!"他慷慨地说,向我伸出一只手来,"把你的手给我!"我费力地从泥泞中拔出一只手来,当然,这只满布污泥的手是相当"漂亮"的,他望着我这只手瞪眼睛,我想,他一定十分懊悔他的"慷慨"。但,他仍然勇敢地来救我了。一把抓住我的手(天哪,他那只巨灵之掌是那么有力和可怕),他用力一拉,我的身子腾空而起,水淋淋的裙子在空中洒下不少水点。我的手臂几乎被拉得脱臼,痛得我直咧嘴。可是,接着,我就发现情况不大对,一经脱离水潭,我习惯性地用脚去支持体重时,才发现那两只要命的溜冰鞋仍然在我脚上。我的脚刚接触地面,那几个该死的轮子就又开始发疯地旋转,我无法控制地向前滑去,冲过罗教授身边,如箭离弦般"射"了出去。我听到罗教授大出意外的咆哮的诅咒:"这这这这——算什么鬼花样?"

同时,一直采取旁观态度的皓皓爆发了一场可惊的大笑。我就在他们父子二人一个的诅咒声中,一个的大笑声里,手舞足蹈地横冲直撞。我再也顾不得罗教授的观感,只能用全力去维持身体的平衡,因为,我实在不愿再表演一幕摔跤。但,就在我惊险万状的"冲刺"中,有人推开饭厅的玻璃门,走下了台阶,我眼花缭乱,大叫着说:"当心,我——来了!"

说完,就砰然一声,撞进了那人的怀里。那人出于本能,一把捉住了我,我定睛细看,是徐中枬!他正痛得蹙眉咧嘴,用一只手揉着肩膀,呻吟着说:"天哪!忆湄,你是火箭炮吗?"

我趁势在台阶上坐了下去,第一件事,是把那害人的鞋子解了下来。皓皓向我走过来了,他已经收住了笑,可是,难以控制的笑意仍旧布满在他的脸上。俯下头,他审视着我,那可恶的嘲谑的眼神!我怒气冲冲地把一双溜冰鞋对他砸过去,愤愤地说:"你很开心吧,罗先生?我想,你对于捉弄我很感兴趣,是不是?嗯?"

他继续注视我,笑意逐渐从他脸上消失了。那对漂亮的眼睛亮晶晶地盯着我,闪烁着一种特殊的光芒。弯下腰,他收拾起地上的溜冰鞋,对我安安静静地说:"忆湄,你已经抓住溜冰的诀窍了,你今天短短几分钟里所学会的,比别人学了很久的都强了。"

他深深地凝视我,顿了顿,又说:"聪明点,忆湄,别狗咬吕洞宾!"说完,他跨上了台阶,准备离去。我呆呆地坐在那儿,泥污的手埋在我泥污的裙子里,眼睛瞪着前方,莫名其妙地发起愣来。

"皓皓!站住!"猛然间,一声大吼使我一震,我抬起眼睛,罗教授正气势汹汹地大踏步地跨了过来。

"干什么,爸爸?"皓皓从台阶顶端回过头来,用一副挑战的神情望着他的父亲,"我又拔了您的虎须吗?"

"我向你警告,皓皓!"罗教授吼着说,"你在外面胡闹我不管,你在家里——给我放安分点!"

"我怎么不安分了,爸爸?"皓皓问,那对酷似他父亲的眼睛是任性而不驯的。"你不愿我教忆湄溜冰吗?"他望了我一眼,眼睛里又恢复了他惯常的嘲谑的味儿。我不知他是在嘲谑我,还是嘲谑他的父亲。一个微笑飘过他的嘴边,他慢条斯理地说:"不过,爸爸,我高兴你终于发现了一个你所欣赏的女孩子了!"说完,他不再回头,就推开玻璃门走进了饭厅。

这儿罗教授像座喷了一半的火山,兀自站在那儿"冒烟",鼻子里不住地出着气,喉咙里也不停地叽里咕噜地咒骂。好半天,他忽然发现了坐在台阶上的我,那未喷完的一半火就全对我喷了过来,他指着我的鼻子,暴跳着说:"好!忆湄!你这是什么意思?"

我愕然地瞪着他,天知道!我才不懂他是什么意思呢?他不等我答复,又叫着说:"我告诉你,忆湄,除了书本,你不许对任何东西有兴趣!你住在我家里,就要听我安排!否则……"

他的话没讲完就咽了回去,在喉咙里化为一声模糊的咒语,然后,他又恶狠狠地瞪了我一眼,怒气未息地走进他的书房里去了。我坐在台阶上,胳膊支在膝上,双手托着下巴,怔怔地凝视着暮色渐浓的花园。有人轻轻地拍了拍我的肩膀,我侧过头去,是徐中枑,他正和我一样坐在台阶上。

"好了,"他说,"告诉我,这是怎么一回事?"

我摊了摊手:"就像你所看到的。"

他注视我,微笑了起来:"忆湄,你猜你像什么?"

"像什么?"

"马戏班里的小丑!"

"噢!"我轻呼了一声,看看自己泥泞的手,相信这手上的污泥涂到脸上去的一定不少。从台阶上跳了起来,提着湿漉漉的裙子,我说:"我要赶快去刷洗一番!"走上了两级台阶,我又站住了,回头说:"中枑,你认为大学是不是必须应该念的?"

"怎么?"

"我——"我咬咬嘴唇,"我不想考大学了。"

"为什么?"他盯着我。

"我想离开这儿。"我轻轻地说。

中枑走上来,站在我面前,把他的手压在我的肩膀上,平静地说:"你应该考上大学!忆湄。你穷苦、孤独、无依,所以,能力和学识对于你比什么都重要,人生是很现实的,你懂吗,忆湄?"我望着他,慢慢地点了点头。我懂了,懂的比他告诉我的还要多。是的,我穷苦、孤独、无依,所以我更要充实自己,更要在这芸芸众生中谋一席之地!我回转头,缓缓地走进室内,跨上楼梯,沉思地向我自己的房间走去。

推开房门,我愣住了,罗太太正站在我的房内,仰视着墙上那张我和妈妈爸爸同摄的全家福。她的头发整齐地梳着髻,一件白色长裙飘然地披挂在她瘦骨支离的身子上,微仰的头和定定的眼神,有棱角的尖下巴和秀气的颈项……整个的人和姿态,都像一座蜡像馆陈列的蜡像。

我走进屋内,关上房门。我的关门声惊动了她,回过头来,她呆呆地望着我,有如我是个突然撞入的陌生人。

"罗伯母。"我对她点头,微笑。

她继续凝视我,默然不语,我走到她身边,也望了望那张照片,解释地说:"这张照片是我六岁那年照的。你看我的样子多滑稽,是不是?妈妈常说我小的时候长得像只猫,有一张猫脸,就是没胡子。"我笑了,但是她没有笑。她盯着我,忽然间,她用手捧起了我的脸,拂开我额前的短发,仔细地注视我。她那对又大又黑的眸子那样深沉,那样美丽,她的神情那么落寞而萧索,我被她的目光所震慑了。她对我审视得很细心,也很温柔,就如同以前罗教授审视我一般。然后,她发出一声深长的叹息,低低地,喃喃地,自语着说:"皑皑。"

"皑皑?"我疑惑地问,"您要皑皑来吗,罗伯母?"

"不。"她轻声说,牵住我的手,走到床边坐下,让我站在她的面前。她又是一声叹息,幽幽地说:"六岁的时候,你过得很快乐吗?你父亲是怎样的一个人?"

"哦,我记不清了,他戴眼镜,是个中学教员,妈妈说他是个老实人,是个书呆子。我想,他一定很好很好。"

她抚摸我的手臂:"他怎么死的呢?"

"肺病。"我轻声说,"我们太穷了。"

她似乎战栗了一下,把我的手握得很紧很紧:"你们一直很穷吗?"

"是的,"我说,"要不然,妈妈或者不会死得那么快,最起码,可以多拖两三年,假如能用镭锭治疗,再开一次刀,或者送到美国去。但是,我们太穷了。"

她战栗得更厉害了,由于她太重地拉着我,我就身不由己地弯下身子,干脆坐在地板上,依偎在她膝前,仰视着她。在这一瞬间,我觉得和她之间的生疏感消除了不少,竟然"几乎"觉得我们在逐渐亲切起来。她又拂开我的头发看我,颤抖着嘴唇说:"可是,你好像——"她眉梢轻蹙,眼睛里有着困惑和不解:"很快乐,你的性格并不忧愁。"

"是的,我从小就不忧愁,妈妈叫我忘忧草。"

"忘——忧——草。"她一个字一个字地念,"你妈妈呢?她也不忧愁吗?"

"不,"我叹息,"也常常忧愁,但她总是面对现实,她是个很强的女人。"

她不说话了,呆呆地望着我,大眼睛里逐渐升起一层朦胧的薄雾,接着,薄雾凝聚,而泪光莹然了。我骇异地跳起来,生怕她又像上次那样发病。但,她拍了拍我的手,柔弱而温和地说:"你不要怕我。"

"不。"我不知所云地说。

"我——"她轻轻地说,"不会伤害你。"

"不!"我虚弱地重复了一句。

"她是个好人,"她说,怕我听不懂,她又加了一句,"我是说你的母亲。"一滴泪滴在我的手上,她不胜哽咽地说,"她是个好人,那么好……"又是一滴泪坠落了下来,我震惊地喊:"罗伯母!你别伤心!"

"我不是伤心,"她神思恍惚地说,"有'心'的人才会伤'心',没有'心'的人从何伤'心'?我是个没有'心'的人!我不会伤心,你懂吗?我不会伤心!"

一连串的泪珠跌落而击碎了。

我不知所措地望着她,完了!她一定又发病了,为什么每次她在我面前就要发病?是我身上有什么足以刺激人的东西吗?她瞪视着我,继续着她的呓语:"并不是世界上每个人都有心,这世界上有一大部分人是没有心的,还有一部分人没有灵魂,我最糟糕,因为我又没有心又没有灵魂,我只有躯壳……一个无用的、可憎的躯壳……"

我瞠目结舌,正在心慌意乱之际,房门猛地开了,罗教授乱草似的头颅伸了进来,我得救地喊:"罗教授!"

罗教授大踏步地跨进来了,一眼看到正在垂泪的罗太太,他似乎比我更心慌意乱,他抓住了罗太太的肩膀,轻轻地摇撼着她,一迭连声地说:"怎么了?怎么了?怎么了?"

"哦!"罗太太轻轻地呼出一口气,把头倚在罗教授的胸膛上,宁静而柔弱地说:"什么事都没有,我在和忆湄谈话。"

"是吗?"罗教授问,挽着罗太太,轻抚着她的肩膀,像个溺爱的父亲在安慰他撒娇的小女儿,"但是,为什么要流泪呢?"他的声音那么温柔,温柔得可以滴得出水来。"为什么

85

呢?"他猛地抬头望着我,声音突然地粗鲁了,"你说了些什么,忆湄?"

"我?"我愕然,"我没说什么。"

"你一定说了什么!"罗教授跋扈地说。

"噢!"罗太太叹息地说,"你别对忆湄那么凶,她——是个好女孩。"

"哦,哦,"罗教授忙乱地应着,"我不对她凶,她是个好女孩。"

"你对她太凶了,"罗太太又是一声叹息,"你要好好地待她。毅,好好地待她!"她把头扑在罗教授胸前,哭泣了起来。

"哦,哦,"罗教授手忙脚乱,"你别哭,雅筑,你别哭,我不对她凶,你看,我对她那么好。"

罗太太收住了眼泪,罗教授试着把她牵起来,揽住她走出了我的房间。我站在房子当中,目送他们依偎着走出去,心底恍惚迷离。他们的影子消失了,我仍然愣愣地站着。有一种奇异的感觉,感到自己正被一些难以描述的东西所包围着,那东西正像从窗口涌进的暮色一般:混沌、朦胧,模糊而神秘。

第七章

又是个月明之夜！我在花园中缓缓地踱着步子，看着我的影子和花影乍合乍分，闻着绕鼻而来的花香，心情恬静而愉快。弄了一整天的英文片语，那些习惯用法的介系词使我头脑发胀，我高兴让这夜风来涤清我脑中的英文语法及规则。

月亮圆而大，悬挂在小树林的顶端。我在花坛边摘了一朵金盏花，中间凹下的花心和那四面伸展开的花瓣真像一只金色的酒杯。我把花朵对月亮举了举，孩子气地说："举杯邀明月，对影成三人！"

回过头去，我望着月光斜斜的地面，找寻自己的影子。不错，我的影子正颀长地投在地下。短发零乱的头和长长的睡衣，全像复版印刷般投射在地面上。我的目光从自己的影子上移开，猛然间，我觉得心脏往下一沉，接着冷气由心底向外冲，而全身的皮肤都冒起了鸡皮疙瘩。地上不止我一个人的影子！在距离我两三码外，另一个人影也清晰地印在地面上,长衣,长发,是个女性!

我愣了两三秒钟,那影子一晃,倏然消失。我迅速地抬起头来,夜风低回,花树迷离,四周没有一个人!我本能地退后了两步,这才发现,我正停留在小树林的外面。自从知道树林中有闹鬼的传说后,我一向避免在晚上走近这树林,今夜是什么鬼促使我走近了它?我回转身子,向屋子的方向走,不管我所看到的影子是人是鬼,我决定还是避开为妙。

"唉!"一声深长的、绵邈的叹息随着夜风传进我的耳鼓,我的汗毛跟着这声叹息一起直立了起来。我停住,侧耳倾听,下意识地想着:"是皓皓,他又来和我开玩笑了!"于是,我鼓足了勇气,猛然回头,我的目光迎了一个空。月光凄白,花影满园,飒飒的风声中杂着蟋蟀的低鸣。我的背脊上凉飕飕的,发根都冒着冷气,重新举步,我不由自主地加快了步子。

"唉!"又是一声叹息,我已清晰地辨明是发自树林里,而且,这是个女性的声音,带着微微的震颤,深沉、幽冷而凄迷。我的心脏狂跳了起来,恐怖感迅速地征服了我,我的四肢冰凉而冷汗涔涔了。一当恐怖的念头滋生,就觉得四周都阴风惨惨,树影花影,全变成了鬼影幢幢。放开脚步,我由快步的行走转为狂奔,奔跑中,我敏感地感到四周都是叹息声,我幻觉有个披头散发的吊死鬼正紧跟在我的身后……我一口气奔上台阶,窜进了饭厅里,明亮的灯光温暖地迎接着我,我停住,望着那被关在玻璃门外的夜色和月光,长长地吐出了一口气。"咳!"一个声音在我身边响起,我倏然一惊，掉过头来，是披着一肩柔发的皑皑！我把手压在心脏上，我想，从衣服外面都可以看到我心脏的跳动。摸到一张椅子，我身不由己地坐了下来。皑皑瞪视着我，问："你怎么了？你的脸色那么白！"

"哦，没有什么。"我摇摇头，仍然不能控制自己微颤的声调。但我不愿让皑皑他们笑我的胆怯。而且，那人影啦，叹息啦，也可能是出自我的幻觉。

"你到哪儿去了？"皑皑问，研究地望着我。

"树林边。"我轻轻地说，回视着皑皑，想看看她的反应。对于鬼的传说，她知道几分？

"你去树林边？"她睁大了眼睛，"你看到了什么吗？还是听到了什么？"

"有一个女人的影子，长头发，长裙子。但是，我没有看到人，只听到叹息的声音。"

皑皑看来毫不惊奇，她点了点头，说："是她。"

"是谁？"我问。

"那个吊死的女人。"

"不！"我直觉地抗议，"我想那不是鬼，那是人！"

"人？"她对我冷笑，"是哪一个人？这屋子里只有两个长头发的女人，我和妈妈，我在这儿，妈妈在楼上，那么，她是谁？"

我打了个冷战。"你也见到过吗？"我问。

"没有。"她摇头，"李妈说常常听到她叹气。不过，我相信鬼魂，我知道她在那儿——在树林里。她一定死不瞑目，月光下,是她徘徊的好时光。"

"你们都相信她的存在?"

"当然爸爸不会相信。五年前,我们刚来台湾,爸爸想买一幢有花园的大房子,刚好这栋屋子贱价求售,爸爸就买下来了。后来才知道,卖得如此便宜,就因为它闹鬼。但是,爸爸斥为无稽之谈。"

"这个女人——为什么要上吊呢?"

"谁知道!"她耸耸肩,"听说因为她的丈夫爱上了别人,总之,是为了恋爱吧!"我沉思地望着窗外,想象着那因情而死的女人,回忆着我所听到的叹息和我所见到的黑影,不禁又接连打了两个冷战。如果那真是一个鬼魂,天知道她会做什么?她是不是也有思想和欲望?她是不是有作祟人类的能力?再有,她也有形体吗?否则,怎会有黑影?

"你怕吗?"皑皑问,凝视着我,她冷静的脸上有一丝微笑。我隐隐地感到,她似乎因为我的胆怯而觉得开心。

"有人说,"她又开口了,"吊死的鬼魂是无处可以栖身的,那么,这个鬼魂可以在黑夜中到任何地方,例如现在,她可能就在我们的窗子外面。"

我从椅子里站了起来,静静地回视她。

"你想吓唬我吗,皑皑?"

"别告诉我你不害怕,"她冷笑着说,"我知道你已经害怕了。你玩过一种游戏吗?叫作请碟仙。"

"我听说过,"我说,"是不是用一个盘子,倒扣在一张纸上,碟子上画上箭头,纸上写满各种不同的字,然后由三个人各用一个手指顶在碟子上。请来了碟仙，碟子就会自己移动，可以问各种问题，碟子停止时，箭头所指的字，就是答案，对吗？"

"不错。"她点头，"有一次，我曾经和哥哥还有中枬，一起请碟仙，我们把这位女鬼请来了。"

"真的吗？她说了些什么？"

"她用箭头指示了四句话。"

"四句什么话？"我的兴趣提了起来。

皑皑注视着我，大眼睛乌黑深邃而清亮，她停了片刻，幽幽地念出四句话来：“魂魄缥缈，无处可依，欲寻旧情，唯恨绵绵。"

"真的？"我问，"这有些叫人难以置信！"

"你不信吗？你可以问中枬，那天晚上在下雨，我们就在这间屋子里请的，围着吃饭的桌子，彩屏在一边侍候我们。我做的祷告，她来的时候，先有一阵阴风，门窗全都格格作响，彩屏吓得发抖……"她的话没说完，一阵风吹来，窗棂摇撼作声，那两扇玻璃的弹簧门被吹得开合不止。我惊跳了起来，瞪视着一无人影的门口。皑皑笑了，安静地说：“你怕了，是吗？别在意那风，报上登过，今年的第一个台风已经接近本省了。"

说完，她转过身子，向楼上走去，我不愿单独停留在这间空荡荡的饭厅里，尤其刚刚那阵风来得怪异，我竟怀疑那鬼魂已经走进了这房间。紧跟着皑皑，我也上了楼。我和皑皑在我的房门口分手，我觉得皑皑望着我的眼神有些特别——带着几分轻蔑和嘲弄。关上房门,我坐在床沿上,才忽然想起,假若今晚我所看到的黑影是皑皑呢?长发,长裙(皑皑穿着的是件长的睡袍),她的哥哥曾经吓过我一次,她为什么不可能也吓我一次呢?她尽可以装出几声叹息,然后从柏树夹道的小径走进罗教授的书房,再从书房走到饭厅,先我一步抵达,再装作什么都不知道的样子。可是,她又为什么要吓唬我呢?目的何在?她并不像她哥哥那样爱开玩笑,而且——她不是个工于心计的人,我可以肯定这一点。那么,我今晚所见到的真是鬼吗?真是那个上吊而死的女人的阴魂吗?

一阵冷风吹在我的脖子上,我再一次惊跳,窗子被风吹开了,我站起来,走过去拴好了窗子,把上下的铁栓都扭紧了。拉严了窗帘,我躺上了床,该睡了。但,今晚的遭遇和那些关于鬼魂的谈话使我了无睡意,恐怖感仍然在心头盘踞未泯。我拿起一本中国历史,翻开来,找到近代史部分,喃喃地念:"民国二年,公元一九一三年,国会成立,巴西诸国承认中华民国,正式政府成立,是年,宋教仁被刺于上海车站……"我伸手灭掉了床头柜上的台灯,嘴里依旧不停地背诵着民国二年的大事。宋教仁被刺于上海车站,被刺于上海车站,被刺于上海车站……恍恍惚惚,朦朦胧胧,我似乎是睡着了。我睡得非常不安稳,在枕上翻来覆去。我看到一列列的火车,看到一个男人倒卧在血泊里,而我就站在他的身边,一群人对我包围过来,叫嚣地喊着:"捉住她!她是凶手!她是凶手!"

有人扭住了我,我挣扎,狂叫,嚷着说:"我不认得他,根本不认得他!"

那个地上的男人把一张血污的脸抬了起来,瞪视着我,凸出的眼睛恐怖阴沉,他说:"你不认得我吗?我是宋教仁!"

我在枕上翻身,拥紧棉被,甩了甩头,宋教仁?宋教仁被刺于上海车站!我知道我在做噩梦。上帝!请给我安眠!我把头深深地倚进枕头里,又睡了。

我又开始做噩梦,冰天雪地里,我一个人在一大片荒漠中行走,有很好的月亮,但是非常冷。冷风对着我的脖子吹,我走着,不断地走着,却走来走去都离不开那一片荒漠。风使我颠踬,我跌倒,又爬起来,然后,我看到一个披头散发的吊死鬼,一张惨白的脸,拖出来的舌头,脖子上套着一个绳圈……她向我迫近,我躲避着,扭曲着身子,心底依稀仿佛还有些明白自己是在做梦,而竭力想让自己清醒。但,她捉住了我,她冰冷的、只有骨骼的手指掐住了我的脖子。我挣扎,她的面孔向我迫近,对着我的脸吹气,冷冷的气息吹在我的脸上,脖子里。她的手指触摸到了我的面颊,我发狂地叫,挣扎,扭曲……蓦然间,我听到风把窗子吹得碰到墙上的声音,"砰砰"的响声单调而重复地响着,我曾关好窗子,何处来的风?我一惊,醒了。首先,我感到的是一只手,一只真真正正的手,正在我的面颊和脖子间游移,冷冷的手指在摸索着。我蠕动身子,潜意识中在告诉自己:"我还没有醒,我还在做梦,还在做梦……"

我又听到窗子的声音,一阵风扑在我的面颊上,凉意使

93

我一震！那只手！真的有一只手！我吃力地张开眼睛，触目所及，是敞开的窗子和月光，我把眼睛移向床前，一刹那间，我的血液凝住，浑身冰冷，一个披着头发的女人，正用手探索着我的颈项！我闭上眼睛，发出一声尖锐的狂叫。

那只手倏地缩回了，而我狂叫不止，蜷缩在棉被中，我只能一声又一声地狂叫，我的叫声在寂静的夜色里传播，使我自己恐怖，于是，我叫得更厉害。接着，有人冲进了我的房里，电灯开关被摸着了，顿时满屋大放光明，我睁开眼睛。首先，我看到那个仍然站在我床前的女人——披着长长的头发，穿着件白色的绣花睡袍——是罗太太！她挺立在那儿。看来是被我的叫声吓住了，目瞪口呆地望着我。

"怎么回事？发生了什么？"冲进来的人是徐中枒！穿着睡衣，他惶惑地站在屋子中间，然后，走廊里脚步零乱，所有的人都拥进了我的屋里，包括：罗教授、皓皓、皑皑和随后又进来的彩屏。大家都紧张地询问着："怎么了？什么事？"罗教授的头伸了过来，咆哮地喊："忆湄，你发了神经病吗？"

我从床上坐了起来，拥着棉被，仍然浑身抖颤，过分的恐怖之后，又被罗教授不分青红皂白地抢白，我又气又急又委屈，鼻子一酸，眼泪就夺眶而出。我依旧不能控制自己的战栗，哭泣着，我喊："罗伯母，你为什么要吓我？你们为什么都要吓我？你们全体！"我想起树林外的黑影和上次皓皓的恶作剧。"你们欺侮我，你们拿我寻开心！你们捉弄我！"我把脸埋在手心中，痛哭了起来。

"喂喂，这到底是怎么回事？"罗教授不耐地问，喉咙中又开始了他那惯常的诅咒，"谁欺侮你了？"

"罗教授，您慢慢地问她，看样子她是真的受了惊吓！"说话的是徐中枬，他走到了我的床前，我抬起头来，他那诚挚的眼睛正和煦而同情地凝视着我，然后，他的手压在我的肩膀上，那是只多么温暖的手！我的战栗停止了。他沉静地说："忆湄，你做了噩梦？"

我望望罗太太，俯下了头。

"是罗伯母，"我轻轻地说，"她使我吓了一跳，我……我……我没有想到她会半夜里站在我的床前面。"我已经逐渐平静了下来，而为我所造成的这个"轰动"的局面感到惭愧："我抱歉——惊动了大家。"

"好吧，雅筑，"罗教授把声音放柔和了，问，"你在这儿做什么？"

"我……"罗太太有些嗫嚅，同时也显得有些茫然，她抬起那对美丽的大眼睛，困惑地望望罗教授，又望望我，轻声地说："我只是要看看她——有没有盖好棉被？"

我注视着罗太太，那长睫毛掩护下的一对眸子是深不可测的，她真那么关心我吗？我不相信！她的睫毛扬起了，我接触到她坦白而真挚的眼神，在这一刹那，她看起来又是那样诚恳而无邪。几乎像一个孩子的眼睛，她低声地对我说："我没有想吓你，忆湄，我不知道会惊吓到你。"

我觉得狼狈而不安，结结巴巴地，我说："是……是我不好，我……没弄清楚，就……大叫大闹，我真……真惭愧。"

"好了，没事了，是不是？"罗教授问，挽住了罗太太，"那么，我们走吧，雅筑。"

罗太太看来和我一样懊恼，依偎着罗教授，她怯怯地说："我很抱歉，毅。"

"好了，没事了，别放在心上！"

罗教授和罗太太走了出去，皓皓大踏步地走过来了，他发亮的眼睛笑嘻嘻地望着我，嘲谑的味道更重了。看样子，他十分为我的受惊而高兴，站在我的床边，他伸手揉了揉我的满头短发，笑着说："你也会'害怕'，忆湄？"

"恐惧是人类的正常反应。"我噘着嘴说，"半夜三更发现有一只手在你脖子上蠕行，总是怪可怕的，何况你们罗宅又是幢——"我把下面的话咽下去了。

"又是幢鬼屋，对吗？"皑皑插嘴进来说，对我点点头，"你既然不相信鬼，为什么又要怕呢？"

"天知道！"我喃喃地自语，"人有的时候比鬼更可怕！"

徐中枒转过头来盯着我看，我相信只有他听清楚了我这句话，他的眼睛是深思的、研究性的。皓皓俯身看我，给了我一个安慰的笑，这一刻，他眼睛里没有嘲谑了。拍了拍我放在棉被上的手，他像个兄长般说："好好睡，别再疑神疑鬼了，明天我去买一座钟馗的塑像送你，你就可以安安稳稳地睡到大天亮了！"

我扑哧一声笑了出来，皓皓高兴地说："终于看到你笑了，你笑起来非常美。中枒，你同意我的话吗？"

他斜视着中枒，中枒迎着他的目光，眼睛却并不十分友善。我听到有人轻轻地冷哼了一声,我看过去,皑皑正悄悄地退了出去,彩屏也不知何时早已走了。

中枑把眼光从皓皓脸上掉到我的脸上,从容地说:"晚安,忆湄,睡吧,天已经快亮了。"

他又望着皓皓,眼睛里带着抹挑战的光:"你怎样?如果有兴趣,我们冲一壶咖啡,下两盘围棋,怎样?到我屋里去,可以下到天亮,如何?"

"赌东道吗?"皓皓有兴味地望着他。

"当然。""好吧,走!"他们一起走向门口,这两人是棋仇!围棋的程度是势均力敌。到了门口,中枑又伸进头来,深沉地注视着我,慢吞吞地说:"再见,忆湄,假若我是你,我会锁上房门睡觉。"

"你以为我们家里有贼,会把忆湄偷走吗?"皓皓从鼻子里哼了一声说。

"谁知道呢!"是中枑的声音,他们已经走了出去,关上了房门。我继续坐在床上,用手抱着膝,凝视着花园里的月光,我知道,这夜是不可能再入睡了。

第二天早上,中枑带着一副疲倦的神色来给我上课。坐定了之后,他用手揉揉额角,看来精神很坏。我问:"不舒服吗?"

"下棋下得太伤脑筋。"他说。

"输了?赢了?"我问。

"第一盘他输了,第二盘我输了,第三盘居然和了。"

"你们赌什么呢?"我问。

他盯着我看,然后,低下头,翻开书本,说:"反正,我们永远赌不出输赢来,如果真问我们在赌什么,我只能告诉你,赌气而已!"

"你们不和吗?"我问,"你不喜欢皓皓?"

"你喜欢他?"他反问我。

"是的,"我坦然地说,"我欣赏他!欣赏他的那股满不在乎的味道和他那些稀奇古怪的理论!和他在一起,你永远不会觉得沉闷,他总有那么多用不完的急智。"

"不错,"他用奇异的声调说,"他是非常聪明的。"用手托着下巴,他凝视着我好半天,才静静地说,"现在,告诉我,昨天夜里到底是怎么一回事?"

我望着他,然后,我把昨晚树林边的散步、黑影、叹息,和皓皓的谈话,一直到午夜的梦,敞开的窗子,风,摸索着我的冷手,以后我的惊醒和尖叫,完完全全地述说了一遍。他非常仔细地倾听。我说完了,他又沉思了片刻,才抬起眼睛来,安静地望着我说:"忆湄,你记住:第一,世界上没有鬼魂!第二,任何事情,必须找一个合理的解释。据我看来,树林边的人影和叹息可能是出自你的幻觉,至于罗伯母走进你的房间,这与她的精神病有关……"他锁眉沉思,在椅子上不安地欠伸一下身子,似乎有什么使他想不通的问题在困扰着他,然后,他咬了一下嘴唇说:"不过,忆湄,从今后,锁上房门睡觉!"

我不安了,担心地望着他:"你怀疑什么吗,中枬?"

"我?"他笑笑,故意做出不在乎的样子来,"什么都不怀疑！这家庭那么单纯，你也那么单纯，有什么可怀疑的呢。来，我们开始讲书吧！"他打开英文课本，一样东西飘落了下来，我望过去，一朵干枯的蓝色的小花！伸过手去，我拾起了花朵，凝视着那压得薄薄的花瓣，幽幽地说："好漂亮的小花，像它的女主人！"

"是吗？"中枬问。伸手来索取那朵花，我把花递过去，他接住了花——连我的手一起。他的手温暖而有力，把我握得发痛，他的眼睛热烈而深邃地望着我，轻轻地说："你欣赏皓皓的急智？我有一份比他更强的急智，你知道吗？例如现在，我知道我该做什么。"

"做什么？"我问，心在跳。

"吻你！"他的头俯了过来，我的身子被紧拥在他的怀里，一段神志昏蒙的时间，一段迷离恍惚的时间……然后，睁开眼睛，我看到的是被我们两只手所揉碎的蓝色小花，纷纷乱乱地飘坠在地上。

第八章

　　接踵而来的,是一段迷乱的日子。这么久以来,我的感情一直像一只昏睡着的小猫,而现在,我却整个地觉醒了。每日清晨,我在醺然如醉的情绪中醒来,每个深夜,我又在醺然如醉的情绪中睡去。白天,我神思恍惚,夜晚,我心境迷蒙。对着镜子,我看到随时染在我面颊上的红晕,也看到那一对醉意流转的眼睛,我知道这是怎么一回事。我在我每一个翕张着的毛孔中读到了答案,那细细的、私语般的声音,低低地、反复地诉说着:爱情,爱情,爱情!

　　在这样的情绪中,再接受中枬的"上课"是奇异的。每天早上,我在期盼的心跳中,等待着他的叩门声响。而当他推开房门,跨进门来的那一瞬,我只能微仰着脸,张大了眼睛,默默地凝视着他。翻开了书本,我看着他如何用尽心机,去克制自己,而摆出一副"师长"的面孔来。然后,在他的讲述声中,我会突然地失去自己,而用手托着下巴,望着他的脸愣愣地出神。于是，他会抛下书本和铅笔，蹙起眉头，凝视着我说："天哪，忆湄！你那么可爱！"

书本冷冻在一边，铅笔滑落在地下，纸张随着风飘飞，他的眼睛对着我的眼睛，他的嘴唇触过我的额角和面颊，他的手指从我的鼻尖上向下滑，他的声音如梦如痴："你有一个小小的翘鼻子，你有一对猫样的大眼睛，你的眉毛太浓了，不够秀气。你的短发最不听话，总是遮住你的额头，你的耳朵不够柔软，你的皮肤不够白皙……唔，忆湄，我不认为你是个美女……可是，你那么动人，你那么可爱！"他的嘴唇贴近我的耳朵，孩子气地耳语着说："让我悄悄地告诉你一个秘密，你要听吗？"

"嗯。"我点头。"那么，听好了。"他故作惊人之笔，"那秘密是：有一个人想吃掉你！""谁？""我。""为什么？""免得——别人来抢走你。"

"有谁会'抢'我？"

"唔，"他耸耸鼻子，像喝下了一坛子醋，酸味十足，"你知，我知，他知，何必还一定要说出名字？"

"你多心！"我笑了。

"是吗？我多心？"他把脸拉开一段距离，审视着我，半响，点着头说，"你和我一样了解，是不是？看你笑得多高兴，你在为你的魔力而骄傲，对不对？在你内心深处，也想征服所有的男性吗？"他摇头："女人！你的名字是虚荣！"

"别太武断！"我说，"你以为你对心理学已经研究得非常透彻了？"

"当然,尤其是你的心理!"

"真的吗?"我扬扬眉毛。

"嗯。"

"那么,回答我三个问题。第一,我最希望的是什么?第二,我在想什么?第三,我最喜爱的是什么?"

"第一题的答案是徐中枏,第二题的答案是徐中枏,第三题的答案也是徐中枏!"

"不害臊!"我跳起来。

"别走!"他捉住我。

"你要干什么?"

"让你听听我的心跳,听到了吗?"

"唔。"我的耳朵贴在他的胸膛上。

"跳得厉害吗?"他问,"怎么跳的?"

"扑——通,扑——通,扑——通。"我说。

"你错了,"他的下巴倚在我的鬓边,轻轻地说,"它是这样跳的:忆——湄,忆——湄,忆——湄。"

我抬起头,他的嘴唇迅速地捕捉住了我的。我睁开眼睛,凝视他。"你实在是个坏老师,"我说,"你这算给我上什么课?"

"上最深奥也最微妙的一课书——恋爱学。"

"呸!"我又笑了。他翻开了书本,正襟危坐。先咳了一声,再板下脸来,瞪了半天眼睛,才使面部肌肉收紧了。把铅笔从地上拾起来,他挺直背脊,严肃地说:"好了,这一分钟开始,我们要好好地上课了!不许再胡闹了!"

"哦,"我说,"好像是我先开始'胡闹'似的!"

"本来就是你嘛,你那样一直看着我,让我心猿意马。"

"我不看着你看谁?自己心猿意马还要怪别人!"

"好吧!别吵!"他把尺子放在桌子正中,"以后谁先离开了功课范围就挨打,尺子放在这儿,由对方执刑!现在,翻到一百二十一页,让我们来讨论一下三角行列式!"

我翻开了书,找到一百二十一页,抬起头,静静地凝视他。"找到了吗?""嗯。""所谓三角行列式,就是⋯⋯"他开始了讲述,又陡地停住了,奇异地望着我说,"噢,忆湄,我发现了,你的眼珠并不是纯黑的,而带着点琥珀的颜色。"

我拿起尺子,在他手背上狠狠地敲了一记,他痛得跳起来。"哦,忆湄,太重了。"他叹了口气,"天下最毒妇人心!"

"你到底讲不讲书?"我问。

"讲讲讲!"我们回到了书本上,他握着铅笔,开始给我详细地讲解三角行列式。画了图,他举着例子,我用手托住下巴,捕捉着他说话的声浪。我喜欢他的声音,那带着男性的沉哑的声调,富于磁性。我相信他一定有很好的歌喉,虽然他是不大唱歌的。他喜爱交响乐,喜爱史特拉文斯基,这点,和我有些不谋而合。"手给我!"他忽然举起尺子来。

"做什么?"我不服地瞪着他。

"你没有听书,你在想什么?"

"斯特拉文斯基!"我冲口而出。

"好!摊开手吧,别多说了!"

我望着他,他高举着尺子,板着的脸上没有一丝笑容,严厉得真像个执刑官。无可奈何,我伸出了手,闭上眼睛,微笑着说:"打吧!老师!"他真的打了下来,而且相当重,我一惊,张开了眼睛,我以为他不会真打的。我望望我的手心,戒尺留下了一条红痕,我对他蹙眉,心里有了三分真气。

"还要打吗?"我憋着气问。

"嗯。"

"那么,再打吧!"

他的嘴唇盖上了我的手心,他的声音从我的手心中飘出来,"天哪,忆湄!你要另请家庭教师了!"

这天,我和中枂去看了一场晚场的电影,散场时只有九点多钟,我们搭公共汽车到了新生南路和平东路口,而沿着新生南路向家里的方向走去。天气很好,夏日的夜晚,星光璀璨,凉风轻拂,我们并肩迈着步子,一路说说笑笑,心情愉快得一如那辽阔的夜空,连一丁点浮云都没有。中枂在向我说他心目中的罗教授,他说罗教授是一个"有极凶暴的面貌,却有极温柔的心地"的人。

我反对他,认为罗教授的面貌并不"凶暴",我说:"他仅仅是不喜欢梳头和刮胡子而已。我常常想,如果他把头发理一理,胡子刮干净,是一副怎样的面貌?他的眉毛很浓,眼睛很亮,鼻子很高。这些,都证明他应该是个漂亮的男人,你看,皓皓就很漂亮,罗教授年轻时,一定不会输给皓皓!"

"你认为——"中枂慢吞吞地说,"皓皓很漂亮?"

"当然,"我说,"难道你认为他不漂亮?"

"他比我漂亮吗?"中枂凝视着我问,眼光里闪着一抹似笑非笑的表情。

"哦,"我笑了,站住,打量着他说,"你是知道的,中枏,你并不是美男子。"

"他是?"他问。

"嗯,"我点头,"他是!"

中枏蹙蹙眉头,又耸耸鼻子。我们继续向前面走,中枏在路边摘下了一段树枝,嘴里低低地说了一句:"希望他下地狱!"

"谁?"我问。

"皓皓。"

"唔,中枏,"我说,"背后诅咒人家,有失风度,而且,你的气量太小了。"

"忆湄,"他叹息着说,"只因为你太欣赏他的'漂亮'了!"

"难道你不欣赏他吗?"

"欣赏一部分的他,欣赏他的幽默和洒脱,不欣赏他的博爱论。而且,忆湄,我知道他在你心中所占的位置……"

"别傻!"我打断他。

"我不傻,"他深思地盯着我,"忆湄,我一点也不傻!尤其对于你,除了用全心灵来接近你以外,我还有一种第六感在探索你、研究你。我想,我能了解你内心深处的秘密,包括你自己都不了解的部分在内!"

"唔,是吗?"我有些不安,"别太肯定,中枏。我不认为你是对的。"

"但愿——我不对。"我们走到了台湾大学的围墙外面,我伸头看了看那高高的围墙,"这么高的墙,要进去可真不容易啊!"我感叹地说。

"你会进去!"他肯定地说。

"你确定?"

"我确定!"

我笑了笑,我对自己并没有信心。正走着,我看到一团白色的小东西在墙边蠕动,我站住,好奇地望着那个小东西。于是,我看清了,那是一只白色的小猫。街灯下,它孤独而寂寞地倚在墙角,瘦瘦小小的,可能出世还不到十天,看起来像一只小白老鼠。纯粹出于好奇,我蹲下身子去抚摸它的小脑袋,怜爱地说:"噢,一只小猫!"

"它被主人遗弃了!"中枬说,"它活不了几天,那么小,应该还在吃奶的阶段,这个主人也未免太忍心了!"

我把小猫从地上抱了起来,那小东西缩在我的掌心中可怜兮兮地颤抖着,用一对乌黑的大眼睛怯怯地望着我,有一张短短的小脸和一个粉红色的小鼻子。或者我的怀里比墙角舒服些,它对我讨好地"咪呜"了两声。

中枬审视着它,突然说:"天呀,忆湄!这小家伙长得像你!"

"胡说八道!"

"真的像你!尤其这对大眼睛!"

我歪着头打量了一下那小猫,它也歪着头打量了一下我,我皱皱眉头,它耸耸鼻子。中枬扑哧一声笑了出来。

"你们不但长得相像,连表情都像!"

"呸!"我说,把小猫放回到地上,预备和中枬走开。

但，那小猫瑟缩地向我爬来，用毛茸茸的小脑袋在我脚下摩擦，乞怜地低鸣着，徘徊不去。我立刻发现它有一条后腿是残废的，因此，它无法快捷地蹦跳，只能拖着那条残废的腿爬行。我低头注视着它，恻隐之心大动，而不忍遽去。叹了口气，我说："一条可怜的小生命，假若没有人收养它和照顾它，它一定活不了！"弯下身子，我重新把那小猫抱了起来，对中枂说："你看，我能收养它吗？"

"为什么不能呢？"中枂问。

"我只怕罗教授他们会嫌我啰唆，他们似乎没有人对小动物感兴趣。不过，我愿意自己照顾它，决不麻烦别人！"我怜爱地拍着那小猫的头，"一只残废的小猫，多么可怜！我从小就喜欢收养残废的小动物！"

"带它回去吧！"中枂说，"让我来帮你照顾它！看样子，它已经饿了。"确实，那小东西的肚子饿得瘪瘪的，正吐着粉红色的小舌头，舔着我的手臂，大而灵活的眼睛对我骨碌碌地转着。我迫切地想弄点东西给它吃，于是，我们叫了一辆三轮车，赶回了家里。

走进客厅，我不禁一愣，平日冷清清的客厅，今日却反常地人马齐全！最使我诧异的，是从不下楼的罗太太，今日竟坐在沙发中，一件白色的纱衣，衬着她洁白如雪的皮肤，高雅得像画里的人物，飘然如仙！皑皑坐在钢琴前面，正在弹奏一曲门德尔松的《春之声》。皓皓半倚半靠地站在窗前，一股懒散而慵闲的样子。罗教授则深陷在沙发椅里，微蹙着眉，正倾听着皑皑的演奏。

"噢！"中枬惊叹了一声，"今天是什么日子？"

"你不知道吗？"皓皓说，燃起了一支烟，吐出一口烟雾，"今天是皑皑满十八岁的日子！"

"哦，"中枬有些窘，"我居然忘了！"

皑皑一曲终了，合上了琴盖，倏然地转过头来。

她美丽的大眼睛闪烁着，森冷地扫了我和中枬一眼，苍白的脸上毫无表情，望着中枬，她淡淡地说："该记住我生日的，只有妈妈，因为那是她受苦受难的日子。对别人而言，我的生日算什么呢？生日，是可喜的日子，还是可悲的日子，谁能断言呢？"

"生日，是一条生命降生之日，"中枬热心地说，"在我看来，生命的降生都是可喜的，这世界因为有生命而存在，没有生命，也就没有世界，你承认吗？"

皑皑的长睫毛闪动了一下，黑幽幽的眼珠若有所思地停驻在中枬的脸上。"你的说法像是出自宗教家的口中，"她慢吞吞地说，"当然，对'世界'而言，没有生命这世界就成了一块大顽石。但对'生命'而言，存在与否实在没什么分别。上帝制造一条生命的时候，应该先考虑这条生命会不会对自己的生命厌倦。有时候，生命是负担而非快乐，你又承认吗？"

"你的话也有道理，"中枬点头，"可是，如果已经有了生命，'你'这个个体已经存在了，那么，就该珍惜自己的生命，找寻自己的快乐，在芸芸众生中去一争短长！人活着，就得对生命负责任，生命像一支蜡烛，燃一分钟，发一分钟的光，燃一天，发一天的光，直到蜡烛烧完的那一天，光才能熄灭……"

"好了，"皓皓不耐地走了过来，粗鲁地打断了中枬，"把你的生命啦，蜡烛啦，责任啦，全收起来吧，现在不是你上课的时候。家庭教师，如果你有一肚子的大道理，还是等到合适的时候再发挥吧！"他走到我身边，盯着我看："噢，忆湄，你怀里是个什么东西？"

"一条生命！"我笑着说，把那只胆怯的小猫放在沙发椅里，那小家伙用一对戒备的眼睛怀疑地打量着这陌生的环境。"我想，它的创造者对它不想负责任了，所以我就把它带来了。"

"哦，我要说一句，"皓皓说，"忆湄，你未免太爱管闲事了！我不以为爸爸会允许你收留下这个流浪者。"

我望着罗教授，他的眉毛正不悦地紧蹙着，锐利的眸子狠狠地盯着我，看样子，他对我带回来的这条生命丝毫不感兴趣。我抚摸着小猫的背脊，恳求地望着罗教授，热诚地说："您会允许我留下它，是吗？我不会让它去打扰别人的。您曾经收留无家可归的我，那么，您必定不会反对我收留下一只无家可归的小猫，是不是，罗教授？"

罗教授瞪视了我好一会儿，终于开口了："把它丢出去！"他简短地说："我们家里不养小动物！"

"噢！罗教授！"我喊，"这小猫是无害的，如果把它丢出去，它一定会死。请你准许我收养它，尤其，它是残废的，它绝不能独立生存，把它丢出去未免太残忍了！"

罗教授的胡须牵动着，眼光阴沉，他用手揉了揉鼻子，低低地叽咕了几声，显然在和自己的某种思想斗争。然后，他把脸一板，眼光狰狞地盯着我，吼着说："我说把它丢出去！你听到没有？"

我被他的吼声吓了一跳，低头看看那只小猫，我觉得心中一阵痛楚，那小东西似乎已经知道了它的命运，对我无助地转动着眼珠，哀哀地低鸣了两声。我抬起头，直视着罗教授，为这小生命做最后一次的努力："罗教授，您为什么拒绝做一件好事？收养一只小猫对您是绝无损失的，而且，我保证它不会妨害您。罗教授——"我轻轻地咬了咬嘴唇说，"您明明有一颗善良而热情的心，为什么您总要用凶恶的外表来掩饰那个真正的您？我不相信您是如此残酷而无情的！"

罗教授直跳了起来，差点带翻了他面前的小茶几，他的眼睛瞪得那么大，眼珠几乎从那堆茅草里跳了出来。喃喃不断地，他在喉咙里稀奇古怪地诅咒了一大串，双手握着拳，大有揍我一顿的样子。可是，突然间，他握着拳的手放松了，眼睛向上翻了翻，他说："你有'义务'要收养它吗？"

"没有义务，"我说，"却有兴趣。"

"兴趣？"罗教授怀疑地盯着我，"你用了两个很奇怪的字。"

"确实是兴趣，"我说，"我从小就有兴趣收养小动物，尤其是残废的，无家可归的，瘦弱或无助的小动物。在高雄的时候，妈妈生病以前，我养了三只小狗，两只猫，还有五只小兔子，我喜欢看那些小东西由瘦弱变成强壮，喜欢救助它们,这使我自觉是个救难者,是个重要的人物。望着小生命成长,是一件十分快乐的事情,有一次——"

我停住了,觉得已经说得太多,但罗教授用全神贯注的眼光望着我。"说下去!"他说。"有一次,"我继续了下去,"我有一个同学,家里养了一只猴子。那猴子生了病,快死了,我的同学要扔掉它,我把它抱回家里。喂消炎片、感冒特效药给它吃,用我的全心去救助它,居然把它救活了。看到它一日比一日健康强壮,我高兴得不得了。可是,有一天,我和它玩的时候,它突然咬了我一口,害我到医院里去缝了四针。我伤心透了,想不到我救活的动物会来伤害我。妈妈对我说:'忆湄,这是一次教训,记住,这世界有的时候是没有道义可讲的,伤害你的可能是你最信任和爱护的人,所以别相信任何人——包括你的朋友、亲戚、姐妹!人要靠自己!只有自己是最可靠的朋友!而且,别轻易地付托你的感情,以免加倍地伤心!'这件事给我的印象很深,从此,我就不再收养什么。但,这只小猫又使我动心了。"我微笑,拍着小猫的头:"我相信,它不会咬伤我,也不会抓伤我!罗教授,您愿意让我做一番试验吗?请允许我收留这个孤苦无依的小东西——我不收留它的话,它只能倒毙街头,您忍心看着一条生命倒毙吗?"

罗教授瞪着我,一语不发。他的神情怪异而专注,那对发着光的眼睛探索地望进我的眼底,像一对探照灯。我被他看得十分错愕,想不透一只小猫何以会使场面变得这样"紧张"。

皓皓大踏步地跨到沙发旁边，把那只小猫提了起来，放在手心中审视，接着就哈哈一笑说："好猫！是一只标准的避鼠猫。忆湄，养下来吧，我来帮你养。让我们'共同'拥有它，好吗？这猫看样子就很精灵，一定会捉老鼠。我同学家里养了一只猫，除了吃就是睡，胖得走不动路，老鼠在它身上爬行，它还是睡它的，结果，有一夜，它的胡子全被老鼠吃掉了！"

我扑哧一声笑了出来，明知道他是在鬼扯，但是仍然禁不住要笑。可是，全房间也只有我一个人笑，空气中有一份不正常的紧张，大家都严肃而沉默。我的笑声尴尬地僵住了，望望罗教授，再望望罗太太，我不解地说："怎么了？"

罗太太从椅子里站了起来，苍白的脸显得更加苍白，一对深黑的眼睛蒙蒙然地望着我，然后，她移开了目光，像一具僵尸般直挺挺地向餐厅的方向走去。罗教授立即跟了过去，搀扶住罗太太隐进了餐厅里。但，在门合上的一刹那，他回头再盯了我一眼，那眼光阴沉而凝肃。他们走开后，皓皓也站了起来，冷冷地望了我一眼，又望望中枒，就轻轻地哼了一声，也走了。中枒回过头来，他的眼光从我的脸上，落到我的手上，我跟着他的视线低下头来，才发现我的手放在小猫的头顶上，而小猫正倚在皓皓的怀里。所以，我也等于是紧倚在皓皓的身边，我的头几乎靠上了他的肩膀。

中枒用鼻音重浊地问："你们将'共同'养这只小猫？"

"当然！"皓皓迅捷地回答，"而且，我已经给它想好名字了。"

"叫什么？"中枞问。

"叫小波。"

"小波？"中枞锁锁眉，"是何典故？"

"只怕——"皓皓也用重浊的鼻音回答，"有一场无形的风波，正悬在这只小猫身上，但愿我的聪明，能解得开一个谜！"

中枞深思地望着皓皓，皓皓也回望他；好一会儿，两人的眼光中，都逐渐升起一层敌意。然后，皓皓说："下两盘棋怎样？"

"赌东道吗？"中枞问。

"当然！"皓皓把小猫往我怀里一送，和中枞迅速地走开了。一瞬间，偌大的客厅中就只剩下了我一个人，我呆呆地站在屋子中间，半晌都无法从惶惑中恢复，直到小猫咪呜的一声低唤，我才清醒过来。举起小猫，我错愕地问："告诉我，小波，这是怎么一回事？"

第九章

小树林里那株菟丝花盛开了,黄绿色的藤葛上挂满了一串串粉白色的花朵,迎着夏日的晨风飘荡。我坐在树下的草地上,用手抱着膝,凝视着那缠绕在松树粗壮的树干上的花朵出神。那细碎的小花束和那柔弱的藤蔓,看来那样的娇嫩和楚楚可怜。而那雄伟的松树,虬结的枝干,又那样的挺拔苍健。这两种纠缠在一起的植物,令人对自然界的神奇感到迷惑。用手托着下巴,我愣愣地自言自语着说:"造物之神是为了这棵松树而造了菟丝花呢,还是为了菟丝花而造了松树呢?"

"我想,是先有了松树而后有了菟丝花。"一个声音答复着我,我抬起头来,中枥正含笑地站在我面前,"松树离开菟丝花依然能够存在,但菟丝花却离不开松树。你仔细研究,就能够明白,菟丝花是没有根的,它的根已深入在松树的枝干里。"

我俯近去看，果然不错。中枅在我对面坐了下来，凝视着我。"这松树和菟丝花对你有启示吗？"他问，"多看看这菟丝花，像什么？"

我望着那花串，摇摇头。

"像菟丝花。"我说。他笑了。拿着一支笔，他在手中的一本书的背面勾画了起来，几分钟之后，他把他所画的东西递到我面前。他画了一棵松树，虬结麻乱的枝丫，树干上有一张人脸，浓眉、大眼，掩藏在针须状的枝叶之中。另外，一株柔弱的藤蔓绕在松树上面，细碎的小花朵形成一张女性的面孔。我抬起头来，惊讶而感动。

"你画的是罗教授和他的太太。"我说。

"不错，"他点点头，"像吗？"

我沉思了一会儿："中枅，你的想象力很丰富。"

他伸手去轻触那一串串的花朵，说："那是一棵菟丝花——我是说罗太太。你无法设想，假若她离开了罗教授，会不会继续生存？她已经连根依附在罗教授身上了。看到松树和菟丝花相依并存，使人感动。看到罗教授卫护他的太太，也给人同样的感觉，是不是？我常想，人生是很奇怪的。就像你刚刚所问，造物者是为松树而造了菟丝花，还是为菟丝花而造了松树？我也常问，上帝是为罗教授而造了罗太太，还是为了罗太太而造了罗教授？他们就像我们面前这两株植物一样不能分割，我奇怪他们是如何遇合的？"

"轻条不自引，为逐春风斜。"我轻声地念着李白的句子。

"是的，"中枅说，"'轻条不自引，为逐春风斜。'那么，

115

谁是使那轻条斜过来的春风?"

"你认为——"我说,"罗教授和罗太太之间有一页缠绵的恋爱故事?"

"唔,"中枫深思地望着我,好半天才说,"我认为,这整个家庭都颇不简单,包括——"他突然顿住了,把说了一半的话硬咽了回去,直视着前面说,"嘉嘉来了,看样子,她是为你而来的。忆湄,我觉得,你身上一定有一点魔力,你会在不知不觉中吸引每一个在你身边的人,连混沌无知的嘉嘉,都同样受你的吸引。"真的,嘉嘉向我们走了过来,她手中捧了一大束黄色的花——那种不知名的小草花。她的脸上带着笑,单纯、信赖而无邪的笑。她一步步地走近我,有些像个虔诚的信徒,正走向她崇拜的神像。停在我面前,她慎重地把那束花递给了我。我接过花,颇为感动,拍了拍我身边的草地,我说:"坐一会儿吧,嘉嘉。"

她顺从地坐了下来,却用她那迟钝的眸子,一瞬也不瞬地盯着我看。对她这种神情,我已经是司空见惯,所以并不惊奇。但,中枫却以研究的眼光,深思地望着嘉嘉。我们沉默了一会儿,嘉嘉忽然张开嘴,不合时宜地唱起那支老歌来:

　　　　花非花,雾非雾,
　　　　夜半来,天明去,
　　　　来如春梦不多时,去似朝云无觅处。

她突然而来的歌声让我愣了愣,接着,我就发现她以讨好的神态望着我，渴切地说："我会唱了，小姐。"

"噢，"我说，"你唱得非常好，嘉嘉。"

她看来十分开心，咧着嘴笑了起来。

"嘉嘉，"中枴开了口，"谁教你唱这一支歌的？嗯？"

嘉嘉痴痴地仰起头来，不解地望着中枴，停了半天，才牛头不对马嘴地说："花——要开了。"

中枴叹了口气，拉拉我的衣服："我们该走的，忆湄，你要开始上课了。"

我站了起来，扑掉身上的碎草，对嘉嘉挥了挥手，和中枴走出了小树林。中枴一直沉思不语，看来似乎满腹心事。上了楼，走进了我的屋中，我说："你在想什么？"

"你！"中枴说。"我？""是的，你！"中枴握住我的双手，仔细地凝视我的脸，我的眉毛，我的眼睛。"我想找出你特别吸引人的地方，我最初见你，就有一种错觉，好像早就认识了你，你的脸——远在我没有见到你以前，就仿佛见过了似的！"

"你决不会见过我！"我笑着说，走开去把那束黄色的花插进花瓶里，"在这三个月以前，我从没有来过台北，所以，连公共汽车站上碰过面都是不可能的！"

"你相信第六感吗？""有一些相信。""那么，大概是第六感，一定是我梦中见过你。"他走过来，用手在我背后圈住我，吻我的耳朵，"忆湄，老天为我而造你，也为你而造我！所以我们会在一开始就似曾相识！"

我有些困惑，说真话，我在第一次见他的时候，并没有

117

他所说的似曾相识的感觉。如果是第六感，为什么单单他有那份第六感，而我没有呢？就在我凝神沉思的时候，"咪呜"一声，小波不知从哪儿跳了出来，落在书橱上面。我把它抱了下来，走到书桌边坐下，抚摸着它的头，说："人世的一切，机缘遇合，恩怨因果，一定都有个定数，许多无法解释的事，神啦，鬼啦，心灵感应啦，我们都找不出道理来。我相信命运，也相信有个大的力量在冥冥中操纵着人世的一切。拿小波来说吧，如果不遇到我，它可能已经倒毙街头了。而那一天，如果我们不去看电影，又怎会碰到它？如果我们看完电影，就直接坐三轮车回家，又怎会遇到它？"我把小猫举起来，用面颊偎傍着它毛茸茸的小身体。

"这是条幸运的生命！"中枂对我微笑，伸手来抚摸小波的毛，他的手从小波身上移到我的下巴上，托起我的头，凝视我的眼睛，"你是一个善良的女孩，忆湄。"他摇摇头，叹息地说："但愿我不要这么喜欢你，你的一举一动，一言一语，一颦一笑，都牵动我每一根神经。"他的眼光朦胧了，不转瞬地望着我，我也凝视着他，时光在两人的注目下悄悄地流逝。半响，他惊跳了起来："噢，忆湄，打开书本吧！"

我把小猫抱在怀里，懒洋洋地翻着书页，眼光仍然凝注在他的脸上。

"忆湄，"他用舌头润润嘴唇伸了伸脖子，"你说一说，中国国民党第一次全国代表大会在哪一年召开？什么地方召开？"

我瞪视着他。

"我问你问题，你听到没有，忆湄？"

"嗯？"我神思不属。

"我问你国民党第一次代表大会在哪一年召开的？"

"嘘！别说话！"我说，"小波睡着了，你听它的呼噜声，好像在低低地诉说什么。"

中枏看了我几秒钟，突然站起身来，走到我身边，一声不响地把小猫从我怀中提起来，放在地下，轻轻地拍了拍它，把它赶到床底下去了。然后他坐回他的位子，严肃而冷静地望着我，说："现在，你能够回答我的问题了吗？"

"噢，"我懊恼地说，"中枏，你未免太严厉了。"

他推开书本，握住了我的双手，把我的手合在他的手中间，直视着我的眼睛，用低沉的声音说："忆湄，你不能永远寄人篱下，是不是？考大学对于许多人是并不重要的，可是，对于你却非常重要。忆湄，你只能成功，不能失败！"

我注视他，他的声音那样温柔诚挚，他的眼睛那样深沉恳切，我的心情激动了，低下头，我为自己惭愧。妈妈尸骨未寒，罗教授恩重如山，我不能落榜！抬起头来，我自觉泪雾迷蒙。

他的手在我的手上加重了压力，他用令人心脏绞紧的温柔的声调说："忆湄，忆湄！我抱歉让你伤心。"

"不！"我迅速地拭去了泪，对他微笑，"你刚刚问我什么？第一次全国代表大会吗？"我侧着头思索："是不是民国十三年在广州召开的？"

中枏凝视着我，微微地眯起了眼睛。笑意逐渐染上了他的嘴角，他长长地吐出一口气，说："忆湄，你真让我心折！"

这是一个中午,整幢屋子都沉睡着,我打开房门,侧耳倾听,显然罗家每一个人都在午睡,走廊里空荡荡的毫无人影。折回屋里,我拉开壁柜,取出一双前一日才上街去偷偷买回来的溜冰鞋,悄悄地走下了楼梯,来到饭厅外的水泥地上。坐在台阶上面,我把两只鞋子都系好,对自己发誓地说:"我一定要学会溜冰,而且要溜得又快又好,让皓皓大吃一惊!"

带着坚定的决心,我战战兢兢地站了起来,轮子一经滚动,我立即扑倒下去。站起身,我再尝试。中午的烈日晒着我,我却浑然不觉。我一再跌倒,又一再爬起。反正无人看着我,我也不怕摔跤丢人。就这样,我跌跌冲冲地,居然也可以平稳地滚动一段路了。任何玩意儿,都是刚学的时候劲最大,我越来越有兴趣,忘了时间,也忘了烈日如焚,我的衬衫都被汗所湿透。为了溜冰,我特地穿了一条长裤,整个裤子上都是灰尘。由于摔跤的次数太多,每次跌倒又都用手去撑住地面,所以手掌都跌肿了,而我仍然乐此不疲。我的摔跤并非没有成效,我开始摸清溜冰的诀窍了,也懂得双脚的运用和轮子的操纵。在愉快的心情下,我不知不觉地唱起歌来,我唱的是一支我小的时候妈妈常唱给我听的娃娃歌:

飞飞飞飞,这个样子飞飞,
向上飞,飞上去就要把头抬,要转弯尾巴摆一摆,
……

大概是尾巴没有摆好,我脚下一滑,就一屁股坐在地上

了。这次摔得可不轻，脊椎骨的末端撞在水泥地上，痛得我从牙缝中向里面吸气。气还没完，一个影子罩在我的头上。我抬起头，皓皓正弯着腰看我，他漂亮的眼睛里充满了笑意，嘴角挂着嘲谑和激赏，咧了咧嘴，他说："你不应该飞，忆湄。你的脚下有了轮子，但是肩膀上并没有翅膀，如果你想飞，就难怪要摔跤了！"

我对他翻了翻白眼。"好，"我说，"你从什么时候开始偷看我的？"

"从你提着一双溜冰鞋，像做贼一样从楼梯上偷偷摸摸地走下来的时候开始。"

天呀！原来我这整个一段摔跤啦，爬起来啦，发誓诅咒啦……他都看见了！我噘起了嘴，没好气地说："那么，我摔了跤，你既不加以援手，反而冷嘲热讽，岂不有失忠厚？"

他大笑，望着我说："有失忠厚？忆湄，你明知我根本不是一个忠厚的人！"他再看我，又笑，"我说过了，只要你不想'飞'，你就溜得很好了！"我咬住嘴唇，斜睨着他，这两句话似乎颇有道理。他把手伸给了我。我握住他，他把我拉了起来，牵住我的手，像带领一个瞎子般带着我走，嘴里不停地指示着说："用右脚——现在换左脚——再用右脚——换一只脚用脚尖的轮子转弯——好！不错！我放手了！"他放了手，我平平稳稳地溜了一圈。他接住我，把我带到台阶前面，让我坐下，掏出一块大手帕，抛在我膝上说："把你的汗擦一擦，今天练习得够了，以后，你应该选黄昏的时候来溜，这样晒着太阳运动，你会中暑。"

我拿起他的手帕,在脸上涂抹一遍,整条手帕都变得又湿又黑,我的脸红了。他看来却十分开心,在我身边坐下,用手托着头。他微笑地凝视着我,欣赏地说:"忆湄,你猜你给罗家带来了什么?"

"什么?"我不解地问。

"生命!"

"生命?"我有些愕然。

"是的,生命。在你走进罗宅以前,罗宅是死的。你进来之后,罗宅才开始苏醒。"他的笑意渐消,眼睛深深地望着我,"你不觉得,我最近停留在家里的时间越来越多了吗?"

这倒是真的,我思索着。他灼灼逼人的眼光使我不安。他又笑了,扬了扬眉毛说:"你有些怕我吗,忆湄?"

"我什么都不怕!"我噘着嘴说。

"你怕一件东西——鬼!"

我笑了,想起那个被罗太太所惊吓的晚上。人,总是喜欢庸人自扰的!

皓皓仍然托着头注视我。忽然,他说:"你刚刚唱的那支很滑稽的歌,你愿意为我再唱一遍吗?我喜欢它,有股亲切感。"

我真的唱了。唱了一段,我停住,解释地说:"这支歌很长,是一个儿童的歌剧,前面是老鸟在教小鸟飞行,以及告诉它该注意的事项。"

"唱下去!"皓皓命令似的说,他的眼睛深思地瞪着我,眉梢微蹙着。

我唱了下去：

你不要慌，你不要忙，
飞了上去，要提防，老鹰老鹞很可怕，坏心肠。
还有那，猫大王，还有那，蛇大娘……

皓皓的眼睛一亮，兴奋使他的面孔发红，他加入了我唱起来：

它们都能够爬上房，
它们都能够爬进墙，
你要时时刻刻，放在心头上……

"哦！"我叫着说，"你也会唱！"

他蹙紧了眉头，思索着说："我一定在梦里唱过这一支歌，我赌咒，平常并没有听人唱过！"

"你一定听人唱过，而你忘了，"我说，"这并不是一支很少听到的歌，许多年前，这歌曾经流传很广。"

"多久以前流传过？"他问。

"二三十年前吧！"

他瞪着我："谁教你唱的？"

"我母亲。"

一段沉默后，他的眉头放松，爽然地笑了起来，愉快地说："这不就获得答案了？你看，你母亲曾经和我母亲情如姐妹,她们一定来往很密切,那么,在我三四岁的时候,你母亲一定也教过我唱这支歌,所以我会对它有亲切感。"

"三四岁的记忆可以保持很长久吗?"我问。

"我相信是可以的,最起码,在潜意识中会有一个印象。"

我想起中枬也曾和我讨论过潜意识中的记忆问题,这使我联想起嘉嘉的潜意识。放开了这份思想,我弯下身子去解溜冰鞋的鞋带。我刚解开一只鞋子,我的手腕就被另一只手捉住了。抬起头来,我接触到皓皓紧迫着我的那对灼热的眸子,他的脸距离我的脸非常之近,两道漂亮的浓眉在眉心扎结,眼睛里燃烧着一抹奇异的火焰。

"忆湄,"他用一种稀有的、沉哑的声调说,"记得我曾经和你谈起我的'博爱'论吗?"

我点点头。

"我一直有我对女性的一套看法,"他说,眼睛没有离开我的脸,"我认为每一位女性都有她独特的可爱之处,所以,每一位女性都值得人爱。但是——"他停顿了一下,眼光在我脸上扫了一圈:"近来,我发现我的道理无法成立了。每一位女性或者都有一两点符合于我希望的可爱之处,可是,有一天,当一个女孩子具有各方面的优点,能在各方面吸引我,那么,所有其他的女孩子,就都不存在了。"他的眼光由灼热而变得温柔:"忆湄,你懂吗?"

我慢慢地摇了摇头,困惑地说:"不,我不懂!"

"那么,让我来使你懂!"他说着用力一拉,我扑进了他的怀里。他用手圈着我,眼睛对着我的眼睛,鼻子对着我的鼻子。我在他那乌黑的瞳仁中看到自己的脸：紧张、困惑而迷乱。他压低了嗓音，在喉咙里深沉地说："中枏有什么使你着迷的地方？嗯？忆湄？那只是一个书呆子——和你完全不相配。"

"不，"我轻声地说，喉头干而涩，"你不了解他，他有思想，有毅力，有理性。"

"我没有思想？没有毅力？没有理性吗？"他问，咄咄逼人地。

"你——"我更加困惑，"似乎也有。"

"似乎？"他咧了咧嘴，"解释一下！"

"你的思想太偏激，对人生的态度太随便，你容易嘲笑任何事物——不论该嘲笑的或不该嘲笑的。你不重视许多东西，包括生命及感情。你经常是不负责任的，在读书做事恋爱各方面都是——"

"我居然有这么多的缺点吗？"他的眼睛闪着光，"这就是你眼中的罗皓皓？"

"唔，"我哼了一声，"不对吗？"

"不，太对了一些——"他的嘴唇轻触着我的面颊，"只是，婚后你绝不许这样随便地批评我，现在我拿你无可奈何。以后，我会是一个强横而专制的丈夫。"

我惊得跳了起来。"你错了，"我说，"我没有意思要嫁给你。"

"我没错，"他冷静而肯定地，"你将要嫁给我！"

"绝不！"

"一定！"他的嘴唇滑向我的鬓边，"你的面颊为什么发烫？你的心脏为什么狂跳？你的身子为什么惊悸？谁使你不安？谁使你兴奋？谁使你害怕？你和中枒在一起时也会这样吗？嗯？告诉我！"

我挣扎。"你使我战栗。"我说，"中枒使我安宁。"

"安宁？"他嗤之以鼻，"恋爱不是一件安宁的事儿。忆湄，让我来教你恋爱！"

一阵紧迫的压力，我突然无法呼吸，在心脏的狂跳下，在血脉的偾张中，在神志的昏蒙里，我只能瞪着大大的眼睛，望着他那对也睁得大大的眼睛。于是，倏忽间，我和他的身子骤然分开。在我还没有了解是怎么一回事之前，我先听到一声重重的拳击之声，然后，我向上看，罗教授像个庞然巨物般耸立在我和皓皓之间。在罗教授旁边，是脸色发白的中枒。而皓皓，正从台阶上爬起来，用手揉着他的下颚骨，瞪着怒目，瞪视着他的父亲。这突来的变化使我惊愕、慌乱，而无法出声。罗教授和中枒的同时来到，以及罗教授居然会挥拳怒击皓皓，都使我震惊不安。皓皓的下颚立即呈现出一片青紫，可见罗教授出手之重。他们父子二人对立着，好长一段时间，这两人就如两条发怒的斗牛，彼此竖着角，怒视着对方。

"好，"是皓皓先开口，"爸爸，你是什么意思？"

"我警告过你，"罗教授咆哮着说，"你不许招惹忆湄！"

"你觉得我不配？"皓皓仰了仰头，眯起眼睛来，冷冷地说，"你欣赏忆湄，是吗？你以为我和她是逢场作戏吗？爸爸，你错了！你该觉得高兴，终于有人折服了我。对忆湄，我不是随便玩玩,你懂吗,爸爸?难道你不愿意有这样一个儿媳妇?"

罗教授似乎愣住了,许久都没有出声音。我也愣住了,我的视线和中枬接触,他的眼睛死死地盯在我的脸上,如同我是个陌生的人物。那眼睛里没有责备,却有过多的沉痛和伤心,我张开嘴,想解释,却又无法开口,我的心神仍然陷在混乱中。

"神经病!"罗教授的一声大吼使我吓了一跳,接着,他暴跳如雷地对他儿子大叫大骂起来,"混蛋!你该死!该下地狱!下十八层地狱!你这畜生!你娶什么女混蛋我全不管!你碰一碰忆湄我就打断你的狗腿!混账!混账!混账!"骂着,他一下子跳过来,面对着我,一大串诅咒般的恶言恶语像倾水般倒了出来:"你没出息!忆湄!你也该死!该死!该死!笨得像个猪!一群猪!你长了眼睛没有?这个畜生有什么地方吸引你!你活得不耐烦了,是不是?混蛋!混蛋!混蛋!一群混蛋!……"

"哼!"皓皓冷冷地哼了一声,打断了他父亲的咒骂,他灼灼有神的眼光冷冰冰地望着罗教授,静静地说,"爸爸,你可以停止叫嚷了,我想,我已经证实了我的想法——"他顿了顿,慢吞吞地说:"你也在欺骗自己,是吗,爸爸?你——爱上了忆湄!"

皓皓最后一句话如同一颗炸弹,突然在我们之中炸开,所有的人都震住了,没有一个人再能开口,包括说出这句话的皓皓在内。一段使人难堪的沉寂之后,我看到罗教授跳动

127

了一下，接着，就是皓皓滚落台阶的声音。我张大了嘴，惊愕、慌乱、恐惧、惶惑……几十种难言的情绪对我潮涌而来。皓皓从地上跃起，愤怒使他的眼睛发红，他的面颊上又多了一块青痕，他瞪视着罗教授，眼珠向外凸出。然后，他对罗教授冲过去，双手紧握着拳，咬紧了牙，大有一拼生死之态。我大叫了一声："不要！"我无法望着他们父子打斗，尤其是为了我。我从台阶上直跳起来，向他们二人"奔"过去。我忘了我的一只脚上还系着溜冰鞋，我的脚在台阶上拐了一下，身子歪向水泥地面。一阵剧痛从我脚上直抽到心脏，我狂叫一声，滚到地下。痛楚使我全身肌肉绷紧，我听到他们跑近我身边的声音，张开眼睛，看到三张俯向我的脸庞——皓皓、中枬和罗教授。痛楚在我的脚踝处绞紧、撕裂。我咬住嘴唇，闭上眼睛。有人碰触到我受伤的脚，我大叫。冷汗从背脊上冒了出来，我听到皓皓的声音："她的骨头折了，必须马上请医生！"

有人把我从地上抱了起来，我睁开眼睛，是罗教授！他凝视着我的眼睛里不只单纯的关怀，还有着激动和紧张，那须发满布的脸庞因怜惜而扭曲，他狂叫着："请医生去！请医生去！"

皓皓奔了出去，我知道他是去请医生。罗教授抱着我走向屋里，痛楚在我脚上继续加重。我从眼角处看到中枬，他灰白的脸毫无血色，沉痛在他眼睛中燃烧。转过身子，他咬着牙走向室外，落日把他的影子投射在地上，孤独而凄凉。我的心脏绞紧了，张开嘴，我想呼唤他，但，痛楚使我无法成声，我呻吟着，昏然地失去了知觉。

第十章

我的脚上了石膏,被判定一个月的徒刑,必须坐在床上,眼睁睁地迎接着每个明朗的清晨和绚丽的黄昏。这,对于爱动的我来说,不啻是一大苦罪。本来,我应该进医院疗养,但是罗教授坚持要我留在家里,认为这样照顾起来比较方便。而我也怕透了住医院,所以,就每日坐在床上,让医生到家里来诊视和打针。皓皓常取笑地对我说:"现在,你总算有点文静的样子了。"

罗教授常出其不意地来到我的房间里,把他的大手掌压在我的额上,试试我有没有热度。事实上,我从不是娇娇弱弱的那种女孩子,我的身体总是好得过分,连伤风感冒都难得有一次。这次的骨折带给我最大的痛苦是不能活动。日日夜夜地挨在床上,使我心情烦躁,精神不振。一天晚上,罗教授审视着我说:"忆湄,你的气色不好。"回过头去,他对刚好在我房里的中枒说:"从明天起,暂时停止给她上课,让她多休息。"

中枻默默不语。罗教授走出房间之后,他背负着手,走到落地窗前面,呆呆地凝视着外面。他的神情显得那样寥落,眼睛深思地望着窗外的夜色。他那低沉的情绪影响了我,自从罗教授父子为我而起争执,以至于我摔伤脚踝之日起,他就明显地消沉了下去,甚至有些在逃避我。虽然他也常到我房里来看我,但,总是略事盘旋,就匆匆离去。我变得很难有机会可以和他单独相处了,更难得有机会和他谈话。我下意识地觉得,他在疏远我,冷淡我,这使我的自尊心受到伤害。因而,在他面前,我也比以往沉默,而且情绪低落了。

看到他一直瞪视着窗外,我忍不住了。"中枻!"我喊。

"嗯?"他没有回过头来。

"你过来好不好?"

他慢吞吞地转过头,慢吞吞地走向我,停在我的床边,他用被动的眼神望着我。我有些沉不住气,带着几分愤怒,我说:"中枻,关于那天的事,我必须向你解释……你别这样瞪着我行不行?"

"不瞪着你怎样呢?"他无精打采地问。

"你能不能坐下来?"

他在我的床沿上坐了下来,仍然用那种被动的神情,沉默地望着我。

"中枻!"我勉强压制着自己烦躁的情绪,说,"你不应该不给我机会解释,那天,你所看到的,关于我和皓皓……"我困难而艰涩地说,"完全是他主动……我根本就莫名其妙……"

他的眼睛紧紧地盯着我，带着点审察和研究的味道。

"是吗？"他问，眉毛微微地向上抬，"忆湄，最起码，他使你眩惑，对吗？"

眩惑？我侧着头细想。中枑用了两个很好的字，回忆当时的情况，我确实有些"眩惑"，甚至有些被皓皓催眠。无论如何，我并没有积极地去抵抗他。我靠在靠垫上（我的背后塞满了靠垫）蹙眉沉思。而一旦仔细分析，我就发现一项事实，不可否认，皓皓对我确实有一份吸引力。年轻、漂亮、热情、幽默、洒脱不羁……他身上有着太多让人不能漠视的优点！那么，在我的潜意识中，是不是对他也有一份超过了友谊的感情呢？再进一步想，我偷偷地学溜冰，是不是也有想得到他的赞美和欣赏的潜在愿望？这样一深思，我觉得立场动摇了，最起码，我无法理直气壮地向中枑解释！望着被面上的花纹，我沉默了。中枑握住了我的一只手，他的另一只手托起了我的下巴，审视着我的眼睛。我忧愁地回望着他，因为我不知道该说些什么好。他对我摇头叹息了。

"忆湄，"他轻轻地说，"我不该对你责之过苛。你像一个光源，走近你身边的人都受你的照耀，你在不知不觉中吸引任何一个接近你的人，这，并不是你的过错！我太狭隘，太自私。但是，忆湄，我无法不狭隘和自私。在感情上，我承认我有极强的占有欲！我不能容忍任何一个男性对你的亲近，看到罗教授把手放在你的额上，我全心都冒着火……"

"你不能对所有的人都怀疑，"我无力地说，"罗教授只是照顾我，像——一个长辈一样地照顾我……"

"别自欺欺人，忆湄！"中枒说，"皓皓的话并非没有道理，你仔细想想就会明白！你想，罗教授是一个肯照顾别人的人吗？除了罗太太，他照顾过哪一个人？皓皓是他的女儿，身体那么坏，三天两头生病，你看到他去问一声，摸一下吗？他只给她请医生，吃药，打针，就算尽了责任。你，一个投奔而来的孤苦的女孩子，他凭什么要特别地照顾你？忆湄，你那么聪明，难道还看不出最明显的事实？"

"不，"我挣扎地说，"中枒，我是个平平凡凡的女孩子，我并不美，又没有什么特别的聪颖和智慧。你不必怀疑任何人都会爱上我，这是根本不可能的事！"

"你不美？"中枒深深地望着我，"你错了，忆湄，你不知你自己有多美！你也不知道你自己有多可爱！你是一个最完整的生命，充满了诱人的活力和热情，像一个闪光的星体，走到哪儿，就闪耀到哪儿……"

我摇头："中枒，你喜欢夸张，你不该这样赞美我，反而使我觉得没有真实感。"

"对，"他说，"我不该赞美你，但，我发誓我所说的，全是我最真实的感觉。忆湄，你并不十分明白你自己，我不会虚伪地去赞美你，因为，一切虚伪，在你面前都无法存在。你真挚、坦白，而且蕴藏丰富，像一座发掘不完的矿，越发掘就越多……"他叹了口气，"唉！忆湄，但愿我能少喜欢你一些，那么，我就不会因嫉妒而苦恼，因怕失去你而紧张……你懂吗，忆湄？那天，看到你和皓皓的情形，使我想打扁他，想揉碎你！"他捏紧我的下巴，捏得我发痛："你该摔断了骨头，惩罚你那颗易变的心！"

"我并没有变。"我说，"你像个多疑的老太婆！"

"我就是多疑，"他说，"我要你完完全全属于我！每一个微笑，每一根汗毛，每一缕思想！"他捉住我，突然地吻我。"我不再和你生气了，忆湄，"他轻声地说，"如果我不能完全占有你的心，一定是我还不够好，让我再继续努力！"他对我微笑，"在人生的战场上，我从不肯承认失败；在爱情的战场上，你会看出我更大的韧劲和毅力，我非得到你不可！你看着吧！"他那咬牙切齿的模样使我失笑，可是，笑归笑，我的眼眶却没来由地发热。他那份男性的坚强和固执，以及那份强烈的占有的感情，都使我如此心折！

我的眼睛湿润了，我用手轻轻地抚摸他的手背，恳切地说："你已经有了你所要的，还不够吗？"

"是吗？"他凝视我。我含泪点头。于是，他一把拥住了我，他炙热的嘴唇紧贴着我的，我们滚倒在床上，弄痛了我的脚。我轻呼，他把我的脚架好，站在床边凝视我，他看得那么长久！然后，他微笑了，我也笑了。他的眼睛里有泪，我的眼睛里也有泪。重新坐在我的床沿上，他温柔地握住了我的双手，说："这就是爱情，是吗，忆湄？活了二十五岁，我现在才知道什么是爱情，有笑，有泪；有甜蜜，有辛酸；有痛苦，也有狂欢！"

第一阵秋风从我窗前掠过，第一片黄叶穿过窗棂，飘坠在我的书桌上面。清晨，嘉嘉蹑手蹑脚地走进我的房间，用一束新鲜的雏菊换掉了我花瓶中的残花败叶。我的脚尚未复原,躺在床上,我假装熟睡,偷窥着嘉嘉在我的屋内徜徉。她发现了正蜷伏在椅子中打盹儿的小波,显出一份孩子气的高兴,往地上一坐。她把下巴搁在椅子的边缘上,和小波低低地做了一番没人能了解的长谈。小波站起身来,弓了弓背脊,对她慢吞吞地打了一声招呼:"喵!"

"喵!"嘉嘉热心地答应了一声,也弓了弓肩膀。我扑哧一声笑了。嘉嘉站起身来,走到我的床边,侧着头凝视我。我重新合拢了眼睛,也从睫毛下窥视着她。她那皱纹遍布的脸上,依然挂着那种痴痴傻傻的笑容。从花瓶里摘下了一朵黄色的小菊花,她把花朵放在我的枕边,又轻轻地为我拉好了棉被,细心得像个溺爱孩子的母亲,又像个忠心耿耿的老仆。然后,她满意地笑了,再蹑手蹑脚地走出了我的房间,带上了房门。我睁开眼睛,可以听到她穿过走廊的脚步声和她下楼时扬起的愉快的歌声。我侧身而卧,注视着枕边那朵黄色的小菊花,淡淡的清香扑鼻而来,花瓣上还沾着几颗小小的露珠。刚刚从枝头摘下的花朵那样新鲜而芬芳,我有些陶醉了。

门柄再度轻轻转动,又有人来了。是谁?中枞吗?我躺平身子,迅速地合上眼睛,再一次孩子气地"装睡",看看他会做些什么。门开了,又关上。有人轻轻悄悄地走了进来,无声无息地,像一只小猫。我从眯着的眼睛里看过去,一袭白色的绸衣,一件白色的小坎肩,轻飘飘地款步而来,像一团软烟轻雾!是罗太太!她要干什么?停在我的床前,她俯头看我,黑而美丽的眼睛迷迷蒙蒙,像破晓时分烟霭中的两点晓星。她的视线从我的脸上移向枕边,眉头蹙了起来,那本已十分苍白的脸忽然变得更加苍白。慢慢地,她从我枕边拿起了那朵小菊花,背对着我,走向窗户。我无法看到她面部的表情,也无法看出她把那朵花怎样了。只是,当她伫立在窗前的时候,我发现地板上飘坠下许许多多黄色的花瓣,最后落到地上的,是那绿色的花萼和花梗。

她在窗前大约伫立了五分钟,小波突然跳到窗台上,把她吓了一大跳。凝眸注视着小波,她看起来颇不快乐,转过身子,她走向我,我来不及再闭上眼睛,我们面面相对了。有一霎间,我们两人似乎都有些惊愕,我在为那一朵花的命运难过,她,大概吃惊于我的清醒。我们对看了几秒钟,还是我先开口:"早,罗伯母。"她瞪着我不语。"你——"我嗫嗫嘴说,"不喜欢黄色的花吗?"

"谁给你采来的花?"她冷冷地问。

"嘉嘉。"我说。

"嘉嘉?"她沉思了,半响,她喃喃地说,"嘉嘉!她知道些什么?你又知道些什么?"她望着我:"你为什么要到这儿来,忆湄?这里没有你认得的人,你怎么就敢提着一口箱子来投奔?你怎么知道你一定会受欢迎?你怎么敢面对一个陌生的环境?你——"她咽住,神情怪异地盯着我,眼睛是灼热的,"忆湄,你来做什么?你告诉我,你到底来做什么?"

我愕然了,从床上坐了起来,诧异地望着她。她是什么意思?难道我的"投奔"除了无家可归之外,还会有什么其他的目的吗?或者,她十分不欢迎我?迎着她的目光,我说:

"我无父无母,所以我投奔了你们。罗伯母,我还可能有其他的目的吗?你以为我来做什么呢?"

"你——"罗太太的眼神有些涣散,低低地呓语般地说,"他让你来的,是吗?他让你来!我知道,你来的第一天我就知道,你来了,一切都不同了!我看到你,我知道你!嘉嘉也知道!是吗?你要做什么?你预备做什么?但是,请你饶了一个人,好吗?请你饶了他!请你……"

"罗伯母,"我静静地说,"我听不懂你任何一个字,你在说些什么?这个他,那个他,你是指谁?是人字旁的他?还是女字旁的她?罗伯母,你能说清楚一点吗?"

"你懂的,是不是?你什么都懂!"

"我什么都不懂!"

罗太太怔怔地望了我好一会儿,然后,她张开嘴,一个字一个字地说:"你不知道你的母亲是谁吗?"

"我的母亲!"我叫,"我当然知道!她是江绣琳,已经去世了!罗伯母,你在故弄玄虚吗?难道我的母亲还有另外一个人?"

"你的母亲——"罗太太的话没有说完,罗教授猛然推开房门走了进来,他巨大的身子挺立在我的床前,乱发蓬蓬中的眼光直射在罗太太的身上,用警告似的口吻说:"我在门外听到你们在谈话,雅筑,你在说些什么?"

"她在谈我的母亲,"我说,怀疑地看着罗太太和罗教授,"你们以前和我母亲很熟吗?罗教授!我的母亲是谁?"

"你的母亲是谁?!"罗教授瞪大了眼睛,对我鲁莽地喊,

"你在发热病吗,忆湄?还是在说梦话?你连你的母亲是谁都不知道了?还要问我们!你的头脑呢?发了昏吗?"

天知道!这是罗太太提出来的问题!却害我挨上这一顿臭骂!我翘起了嘴巴,嘟嘟囔囔地说:"真不知道是谁没有头脑,是谁在发昏,我不过是重复别人的问题而已!"

罗教授看了罗太太一眼,说:"雅筑,你先回房里去,我有话和忆湄谈!"

罗太太顺从地转过身子,走出了房门。在隐没在门外的一刹那,她回头看了我一眼,那眼光特殊而神秘,我是更加地大惑不解了。

罗教授望着房门合拢,然后,把他重大的身子塞进了我床前的椅子里,瞪着我说:"好了,忆湄,你有什么话要说?"

我一愣,什么话?!明明是他有话要和我说,怎么倒变成了我有话要说了,我皱起了眉,沉不住气地说:"我根本没有话说!只是你们转昏了我的头!我觉得你们全体都在故作神秘!"

"故作神秘?"他的眼珠骨碌碌地转了一下,"忆湄,你别听雅筑的话,难道你还不知道她的神经有问题?她说话向来没头没脑的,你别去惹她就行了!你的毛病就是太爱管闲事!太好奇!太爱乱发问!"

"我?"我张大了瞳孔,"天知道!"

"哼!"他哼了一声,突然用手揉了揉鼻子,仔细地凝视了我一会儿,文不对题地说,"忆湄,你好像瘦了不少!"

"唔,"我愣了愣,"都因为这只脚,假如再这样坐在床

137

上,我真要发疯了。"

"你——"他望着我,显得若有所思,突然说,"应该吃点滋补的东西,你爱吃什么?"

"我——我已经吃得很好了。"我说,"在这儿的生活,比起我以前,真是天堂。"

"你曾经过得很苦吗?"

"是的,有一阵,在妈妈生病的时候。"

他的嘴闭紧了,炯炯逼人的眼光在我脸上上上下下地逡巡着。然后,他那巨大的手掌忽然盖在我的手上,那是只大而有力的手!一股暖流从他手掌中灌注到我的心底。他的眼光逐渐转变,变得那样温柔,那样细腻,像他对罗太太发病时的眼光,温柔得让人心碎。除了温柔以外,那眼光中还有些什么,使我的心脏痉挛而脉搏增速,那是种恻然的、怜惜的、宠爱的光芒。他对我慢慢地摇了摇他那巨大的头颅,用充满感情的低沉的嗓音,喃喃地说了一句:"哦,忆湄,以后你将不再贫苦孤独,你将远离一切苦难!"

说完,他的大手掌在我的手背上加重了压力,于是,刹那间,我发现我被拥进了他的怀里,我的面颊紧倚在他的胸膛上。那是多宽阔的胸怀!他一定有一颗巨大的心脏,我清楚地听到那心脏敲着胸腔的沉重的响声!他满是胡须的下巴贴着我的鬓边,硬硬的像个刷子般的胡须刺痛了我。但,那是种舒适的疼痛,温暖而亲切。他的手轻抚着我的背脊,嘴上模糊地喊着:"小忆湄!可怜的忆湄。"

随着他的低唤,我猛然觉得心境空灵,而疲倦欲睡。这是种难以描述的情绪，仿佛一个在深山中迷途许久的人突然找到了家，一个被寒冷冻僵了的人突然找寻到一盆火。我只感到四肢松懈，满怀温情，像置身在温暖浪潮中，那么舒适而安慰。我闭上了眼睛，本能地攀附在罗教授的身上，我不想离开他，他给我一个强大的保护的感觉，正如他所说的："以后你将不再贫苦孤独，你将远离一切苦难！"

我知道这不是空言，而是真正的许诺！我被保护着，我被宠爱着，世界上，还有比我更幸福、更快乐的人吗？

房门猛地被推开了，我不情愿地张开了眼睛，是徐中枬！他手中捧着一个托盘，托盘里是我的早餐！近来，他喜欢抢彩屏的工作，帮我送东西，帮我做许多小事。他一边跨进门来，一边兴高采烈地叫着："该醒了吧！懒丫头！太阳快晒到你的枕头上了……"

我看到笑容如何在他唇边冻结，我看到肌肉如何在他的面部绷紧，我看到血色如何在倏然间从他脸上消失，我也看到那托盘中的杯子如何彼此碰触而发出叮当的声音。但，我仍然浑身倦意弥漫，不想从那温暖的大胸怀中抬起头来。我听到我自己懒洋洋的招呼声："嗨！中枬！"

托盘重重地落在床头柜上，牛奶杯子在盘中跳了一下，跳出托盘而跌碎在地上。在玻璃杯破碎声中，我看到那四散奔流的牛奶，也看到比牛奶的颜色更白的中枬的面色。我一惊，忽然间醒了过来，迅速地离开了罗教授。我坐正身子，惶然地喊："中枬！"他站在那儿，恶狠狠地凝视着我。如果眼光能够吃人的话，他一定已经把我吃进肚子里去了。我从没有看到过这样的一对燃烧而愤怒的眼睛！他把我震慑住了，我张着嘴，却不知道该说什么好。我怎样能告诉他，罗教授所给我的感觉？不是爱情！不是男女间的感情！是超乎了这一切感情上的感情！就像我宠爱小波，嘉嘉宠爱她的花……罗教授宠爱我！是纯正、自然而深刻的一种感情！我能体会，我能接受，而我无法解释！

"忆湄，"中枂终于开口了，他的声音像两个钢锉子磨出来的那样坚硬生涩，"你这个三心二意、无情无意的东西！"

我听到他的牙齿磨出了声响，我看到他嘴角边的肌肉抽搐抖动……而我错愕着无法出声。

他走近了我，把一只手重重地压在我的肩膀上。在我还没有弄清楚他的意思之前，他已握紧了我，几乎将我的肩胛骨握碎。他猛烈地摇撼我，摇得我头脑昏沉、神志不清。他嘴里沙哑地、胡乱地嚷着："但愿我能杀死你，弄碎你，把你烧成灰，磨成粉！你这个善变的、无情的、可恶的东西！你没有人心吗？你……"

"停住！中枂！"罗教授猛地大吼一声。

中枂真的停住了。我喘了口气，拂了拂散乱的头发，这才能看清中枂和罗教授。我看到罗教授的大手掌压在中枂的手腕上，以权威性的眼光盯着中枂，脸上带着种凛凛然的神情。而中枂双手握着拳，眼睛狂怒地瞪视着罗教授，那对充血的眼睛看起来是可怕的，一瞬间，我竟恐惧他会对罗教授挥去一拳。但，他显然也在用尽全力去克制自己，喉咙上的大喉结上上下下地蠕动着。好半天，他才从齿缝里迸出了几句话:"罗教授,我一直以为你是有人性的,现在才发现你是个名副其实的老怪物!"说完,他举起手来,用力一摔,摔脱了罗教授的掌握。回过头来,他再狠狠地盯了我一眼,说:"忆湄,我总算认清了你!"

转过头,他大踏步地向门外冲去。望着他从门口消失,我觉得心中猝然一痛,不禁翻身下床,想追向门口,嘴里大喊着:"不要!中枬!"我的脚尚未复原,接触地面的一阵痛楚,使我跪倒在地下,我狂叫着:"中枬!中枬!中枬!"

房门砰然一声巨响,中枬头也不回地走了。我扑倒在床上,把脸埋进棉被里,痛哭了起来。我哭得那么伤心,以至于不知道罗教授是什么时候走的。等到我哭停了,抬起头来,房间只剩下我一个人。地板上,片片黄花的花瓣,被窗口吹进的秋风斜扫着,我睡袍的下摆正浸在洒了一地的牛奶中。仰起头来,我看到墙上那张全家福,母亲正俯视着我。喃喃地,我问:"妈妈,你给我安排了怎样的一份命运?"

第十一章

中枥三天没有进我的房门,这三天我不知道是怎样度过的。清晨,我睁大了眼睛,等待着门柄的转动声,而每当门柄转动时,我心脏狂跳,眼睛因期待的瞪视而变得酸涩。门开了,永远是捧着一束小雏菊的嘉嘉!不知何时,嘉嘉认为帮我换花和喂小波成了她的工作,她固执地做这两项事情,绝不允许彩屏插手。嘉嘉离去,彩屏捧来早餐。对着牛奶杯,我瞠目凝眸,无法咽下一口,却让眼泪滴进杯中,溶化进牛奶里。皓皓的推门而入,常引起我一阵错觉,等到看清楚了,失望使我五脏绞紧,热泪盈眶。直到此时,我才了解了自己,真真正正地了解了自己。在我身边的两个青年中,我对中枥的感情胜过了皓皓那么多,那么多,那么多!但,中枥却不走进我的房间,不聆听我的解释,不体会我的深情!这使我在深切的失望中,还糅合了更多的痛心和恨意。我恨他的固执,恨他的主观,恨他对感情方面的颖悟力那么低微!

第三天的黄昏，皓皓走进了我的房间，往我床沿上一坐，他审视着我，对我咧嘴微笑，他看来永远那样乐观和洒脱！

"好了，忆湄，"他说，"你已经眼泪汪汪地望了三天了，你还预备为那块木头浪费多少感情？嗯？"

"木头？"我不解地说。

"嗯，木头！我指的是徐中枬！告诉我，忆湄，他到底有什么让你倾心的地方？他只会长篇长篇地说大道理，要不就像个书呆子般埋在各种书本中。他有什么好处？说实话，他赶不上我的十分之一！忆湄，你如果爱他，还不如爱十分之一个我好些！"我噘嘴，没说话。"你看，我跟你算一个账，"皓皓大模大样地说，"你就可以想清楚了。徐中枬只抵得上十分之一个罗皓皓，那么，假若有一个罗皓皓爱你，不是等于有十个徐中枬爱你了吗？"

我扑哧一声笑了。这算什么谬论？简直滑天下之大稽，我从来没听说过比这个更荒谬的譬喻法！他看来非常之开心。注视着我的眼睛，他神采奕奕地说："你总算是笑了，忆湄，你十分傻！和我在一起快乐，还是和徐中枬在一起快乐？他只会用许多大道理来圈住你，何曾用一点心机来使你快乐？忆湄，你怎么选择的？有时候我觉得你是天下最聪明的人，但在爱情的选择上，你实在是天下最笨的人！"我继续保持沉默。"好吧，"皓皓握起了我的一只手，用理所当然的态度说，"我今天想了想，考大学对你完全是不必要的，我又不会让你出去工作。对一个妻子而言，还是不兼做职业妇女为妙。我要你守在家里，然后我宠你，照顾你。你所要做的，只是尽情地欢笑和享受！这些，大学的课程里都没有！"

"你在说些什么？"我蹙眉说，"我一个字都不懂！"

"唉！"他叹了口气，"你的灵性都跑到哪里去了？我的意思是，我明年夏天大学毕业，我们明年秋天结婚，如何？秋天是结婚最好的季节，不冷也不热……"

"皓皓，"我打断他，"我不会嫁给你！"

他凝视了我几秒钟。"这样吧，让我们好好地谈一谈，"他把双手抱在胸前，不慌不忙地说，"你之所以反对我，并非你爱上了徐中枬。你根本没有爱上徐中枬，你爱的是我，别插嘴，你听我说完！你一开始就爱上了我，可是，你心里有一个毒瘤，那就是我父亲加给你的压力！他一再反对你和我接近，使你觉得接近我就是一个过错。再加上，你是个自尊心很强的小东西，我父亲收留了你，使你在心理上对罗家人有种抗拒，而徐中枬和你的地位类似，难免生出一种惺惺相惜的感情。你误以为这种感情是爱情，其实完全不是！你懂了吗？你爱的是我！不是别人！至于我父亲呢，他显然是太喜欢你了一些，因此，竟怕我会伤害你——他早已认定我是个不堪造就的浪子！但是，不要紧，忆湄，他会慢慢想清楚的……天哪，忆湄，我想你是太容易吸引男人了！"

"你错了，"我说，"你父亲很喜欢我，一种很正常的喜欢；我很喜欢你，也是种很正常的喜欢。但是，这些都不是爱情！"

"什么是爱情？"

"我对中枬和中枬对我！"

"你糊涂透顶!"

"我一点也不糊涂!"

"那么,你确定你在'爱'他?"

"我确定。"

"你确定你'不爱'我?"

"哦,皓皓,"我哀愁地望着他,不胜恻然,"我确定。"

他瞪着我不说话,呼吸急促而不稳定,胸膛在剧烈地起伏着。他把额前的头发往脑后一甩,挑起了眉毛说:"好吧,如果是这样,我也无可奈何!但是,忆湄,你怎么知道你没有弄错?"

"这是不会弄错的事情!"

"那么,爱情和友情有什么不同?"

"皓皓,"我注视着他,"没有你,我能照样生存;没有他,"我摇摇头,泪珠在睫毛上泫然欲坠,"生命、岁月,全变得……"我猛烈地摇头,语不成声,"可怕!"

他用手托起了我的下巴,用一条手帕拭去了我的泪,他漂亮的黑眼睛中没有了往日的嘲谑,显得少见的深沉和恳挚。对我点了点头,他叹息着说:"但愿你的眼泪是为我而流的。忆湄,我总觉得这中间有些不对,你仿佛应该属于我,我们那么相像,是纯属于同一种类!但是——唉!"他再叹息,"最起码,忆湄,我还没有死心,你愿意再给我机会吗?我是不太肯认输的!"

我把我的手放在他的手中。

"做我的好哥哥,"我说,"我从没有兄弟姐妹,一直盼望有个哥哥来保护我,爱护我!"

他从我床上一跃而起。

"我不想做你的哥哥,"他走向门口,打开房门,回头对我再抛下了一句,"我已经有一个妹妹了,够了!"

我目送他走出房间,合上了房门。暮色在室内涌塞着,窗外已经是一片灰蒙蒙的颜色。下了床,我试着走了几步。该感谢现代的医药,更该感谢罗教授为我找的好医生,我已经可以勉强地跛步了。走到窗口,我在窗前的椅子里坐了下来,迎着恻恻轻寒的秋风,我有些瑟缩。花园里,嘉嘉的歌声不知从何处传了过来。"来如春梦不多时,去似朝云无觅处!"但愿这不是写一段感情,否则,岂不过分凄凉!我又想到中枂,中枂,中枂,中枂……这会是一场春梦,一片流云吗?

夜,渐渐地来了。夜,又渐渐地深了。我在窗前已坐了那么久!今天是星期几?似乎是中枂有家教的日子,那么他会在深夜返家。如果他看到我的房内还亮着灯光,他会不会进来看我?无论如何,我将等待!四周是那样沉寂,整个罗宅似乎都已入睡。我侧耳倾听,秋虫在花园中低鸣,夜风在小树林的顶梢回旋,风声、虫声……除此之外,一无所有。站起身来,我扶着墙走向门口,打开房门,我伸头向走廊中看了看,中枂的房间里没有灯光,显然他还没有回家。我为什么不到他的房里去等他呢?如果他发现我带着伤坐在他室内等他,他还忍心生我的气?虽然这么做未免有失自尊,但是,在爱情的前面,谁还能维持那份自尊?不管怎样,我必须见到中枑，我渴望向他解释！

我有说做就做的脾气。走出房间，关上房门，我扶着墙走向了中枑的房间。扭动门柄，房门应声而开，我走了进去，想摸到墙上的电灯开关。但，黑暗中，一张椅子绊到了我受伤的脚。痛楚使我跌了下去，我呻吟了一声，坐在地板上，揉着我的脚踝。我希望没有弄出太大的声响，以免惊醒了罗宅里的人。但，突然间，我有种奇异的感觉，这黑暗的屋子里有些什么？我警觉地抬起头来，就在我抬头的那一刹那，有一片阴影从我的眼前掠过，同时，有种柔软的绸质裙缘从我面颊上拂过去，那是一个女人！我全心悸动而惊惧了。中枑的房内会有一个女人！这几乎是不可思议的！提起了胆子，我用震颤的声音问："你是谁？"事实上，那女人已经不在室内了。门是开着的，就当她的衣服拂过我面颊的那一瞬间，她已擦过我的身边，隐进黑暗的走廊里去了。这是谁，会独自停留在这间黑暗的房子里？罗太太？皑皑？还是小树林里那传说中的幽灵？我打了个寒战，背脊上凉飕飕地冒着冷气。好一会儿，我就坐在地板上无法动弹，然后，我的眼睛逐渐习惯了黑暗，而能辨识室内的桌椅及陈设了。这室内的布置是我所熟悉的，除了我，我断定不会再有别人了。扶着桌子，我站了起来，先把房门关上，再走到书桌前面，扭开了桌上一盏鹅黄色的台灯，然后，我在桌前的椅子上坐了下来。椅子上放着一个海绵靠垫，上面余温犹存，那么，今晚上我所遇到的那个女人一定是人而不是鬼了。鬼不会有体温，这是历来说鬼故事的都强调的一点，她会是谁？百分之八十是皑皑，她在这黑暗的屋子里做什么？也是等待徐中枒吗？我的面孔发热而妒意升腾了。

我孤坐了片刻，四周的寂静包围着我，百无聊赖之余，我拉开了中枒书桌的抽屉。立即，抽屉中有两样东西吸引了我的视线，一样是一件水晶的胸饰，一朵水晶雕塑的小花，上面悬着块小小的纸片，纸片上面写着几行细小的美术字。我凑近灯光细看，看到了下面的句子：

愿你像水晶般清莹，却不要像它那般寒凛！
愿你有水晶的璀璨，却不要有它的冷硬！

我对这笔迹是太熟悉了，虽然没有签名及任何说明的文字，我仍然能一眼辨出写这个字的人：徐中枒！显然，这件胸饰曾被当作一件礼物送给某一个人，而现在，受礼的人又将它还给了它的主人。除了这件胸饰之外，抽屉里还有一张画像。皑皑的画像！微带轻颦的眉梢，盈盈如水的明眸，垂肩的发丝和那略嫌瘦削的下巴。画得那么逼真，那么传神，那么细致！这是一张美丽的画像，人美，用笔更美。在画像的右下角，有中枒的英文签名和完成的日期，这是一年前所画的了。翻过画像的背面，同样的写着几行字：

但愿有一天，我能画下你的微笑！
但愿有一天，你不这样神情寂寥。
那时候，我会低低问你：

为你祝福，你可曾知道？

这几句话的旁边，还写着一行小字：

中枬绘于×年×月，为皑皑小病初愈之贺。

我愣愣地呆了几秒钟，然后，我砰然地关上了抽屉，把那张画像和胸饰一起关进了抽屉里。现在，我能断定今晚来过的女人是谁了，皑皑！为退还这两样东西，还是想提醒那个善变的追求者？中枬，他是因为追求皑皑失败了，才退而求其次地找到了我？本来嘛，我凭什么和皑皑一争短长呢？她比我美，比我沉静，比我文雅，比我高贵……她有太多太多赛过我的地方，我却妄以为中枬是慧眼独具，这岂不是有些狂妄吗？我以为我有多少比别人强而耐人发掘的优点？他会在皑皑与我之间，选择我而放弃美丽无比的皑皑？他只是误会，误会追求皑皑毫无希望，所以他会来追求我！他忽略了皑皑的暗示，她的微蓝，她的花"心"，她的——勿忘我！我猛地站了起来，桌子上有一面镜子，反映出我的脸，乱蓬蓬的短发，微褐色的皮肤，大而并不乌黑的眼珠——如中枬所说，带着些琥珀的颜色——两道生得太低的眉毛和短短的下巴。这就是我，像一只猫的脸！谁会喜欢一个有猫脸的女孩子呢？对着镜子，我喃喃地向镜中那个自己说："孟忆湄，不要傻，你那么平凡，那么孤苦，那么幼稚，你以为你真会使他倾心吗？"

把镜子倒扣在桌子上,我含泪走向门口,还来不及开门,我已经听到走廊上的脚步声:中枒回来了!我打开房门,和中枒刚好面面相对,中枒跨了进来,一把抓住了我的手腕,他看来意外而惊喜!"你的脚好了吗,忆湄?"

"可以走了。"我点点头。

"来,坐一坐。"

"不,我要回房间去了。"我的语气有些硬僵僵的。

"忆湄,还在生气吗?"他低低地问,"我已经想明白了。"

他已经想明白了?但是,我却想不明白了!他把我的脸扳向他:"你怎么了,忆湄?"审视了我一会儿,他把语气放得更加柔和:"告诉你,忆湄,我差一点搬出了罗宅,幸好我没有太鲁莽。今天下午,罗教授和我谈了几句话,他说得很简单,但把一切都解释清楚了。"

"他怎么说?"我问。

"他说你非常之可爱,可爱得像个小婴孩,他眼光里的你,并非十九岁,而只有三四岁,他但愿你是他的女儿!而且——"他顿住了。

"而且什么?"我追问。

"而且,他说——"他慢慢地用眼光在我脸上巡视,"他不反对我们的事,他指的是我们的恋爱。他说,我配你,比皓皓好得多,合适得多。"他叹了口气:"忆湄!还在生气吗?让一切的误会、不快,全消失吧!我那么爱你!"

我想挣开他的掌握,如果没有皓皓,我愿扑进他的怀里,但我无法漠视他曾追求过皓皓的事实!我只是一个候补!假若他追求皑皑成功了，他还会对我加以丝毫的注意吗？我转开头，稚气的泪珠在眼眶中打转，带着些微哽塞，我用浓重的鼻音说："放开我，我要回房间去了。"

他没有放开我，却把我的手腕握得更紧，用另一只手握住我的下巴。他强迫我面对着他，他的脸色沉重了，眼神严肃了，声音颤抖了："告诉我，是怎么回事？"

我摇摇头。"我只是想回房间去。"我说。

"你在怪我，在恨我，在生气，是不是？"他低声下气地说，"忆湄，别对我责备太苛，你想想，我怎能目睹你倚在另一个男人的怀里！在感情的领域里，我承认我非常之自私，我不能容忍你的感情有一丝丝、一点点、一微微地外流。忆湄，嫉妒是很大的过失吗？是不能原谅的吗？"

我已经不怪他的"嫉妒"，我已原谅了那次误会，事实上，我从没有为他的这次嫉妒行为而怪过他！可是，现在的问题已全不是那么一回事了！我可以原谅他的嫉妒，却无法处置自己的嫉妒！何况，这之中牵扯的问题还不止嫉妒，还有我那份可怜的自尊！用力地挣脱了他，我一语不发地向走廊中走去，我步履蹒跚，必须扶着墙才能走稳。他立即追上了我，很容易地又捉住了我。带着几分被压制的恼怒，他粗声地说："忆湄！你这个固执而不讲理的小东西！我这样向你解释，你还不能谅解吗？"

"放开我！"我低低地喊。

"不！"

"放开我！"我抬高了声音。

"不！"

"放开我！"我大叫。

他把我用力一拉，我正站立不稳，过分持久的站立和步行已使我受伤的脚吃不消，再经他这样一拉，我就完全扑倒了下去。他的胳膊承住了我的身子，在我重新站稳之前，他已用力地箍住了我，同时，他的嘴唇压住了我的嘴唇。我有种被侮辱似的感觉，挣扎着，奋力要从他的臂弯中解脱出来。我越挣扎，他箍得越紧。我生气了，愤怒地喊："徐中枬！你如果是个男人，不要和我比体力！"

"我就和你比体力，"他固执地说，仍然箍住我不放，"因为你任性得完全不合道理！你倒说说看，我什么地方对不起你？"

"回去看看你书桌的中间抽屉！"我说。

"我书桌中间抽屉里有些什么？"

"你自己去看！"

"你跟我一起来，如果有误会，我们马上讲清楚，假若再像这样怄上三天气，我一定会发狂了！"

"我不去！"

"你一定要来！"

"我不要去！"我大叫着。

一扇房门"砰"地开了，罗皓皓穿着睡衣跑了出来，站在我们面前。他做作地打了一个大哈欠，伸伸懒腰，耸耸肩膀，不耐烦地说："天哪，忆湄，你遇到强盗了吗？"

"哼！"中枬在鼻子里重重地哼了一声，没好气地说，

"罗皓皓,你最好回到你的屋子里去,少管闲事!"

"咦,"皓皓装出一副惊讶万状的样子来,"原来是你呀,家庭教师!你这是在教忆湄哪一门功课?柔道吗?"

"少管闲事!你懂不懂?"中枬恼怒地喊,"我和忆湄谈我们的话,与你无关!"

"谈话?"皓皓又耸了耸肩,"看样子,你们谈得过分'有声有色'了!"他看看腕表,"现在是午夜十二时二十五分,你们这种'轰轰烈烈'的谈话,能不能留到明天再谈?否则,整幢屋子都要被你们的谈话所'震动'了!"他停住,对我深深地鞠了一躬,绅士派地伸出手腕,演戏似的说:"孟小姐,我有没有荣幸送你回房间?看样子,你的脚已经过分疲劳了!"

我把手放在皓皓的手腕上。但,同时,中枬的手也放在皓皓的手腕上。他放得一定很不"柔和",皓皓咧了咧嘴,立即掉转身子,面对着中枬,一时间,他们二人脸对着脸,眼睛对着眼睛,火药味迅速地在空气中弥漫开来。灯光从两扇开着的门里透出来,照射在两张脸上。中枬是极度的愤怒;皓皓却带着他特有的满不在乎,可是,紧张和怒气却写在他的眼睛里。露了露牙齿,他似笑非笑地说:"家庭教师,你想要赐教几招武功吗?"

"我告诉你,"中枬愤愤地说,"我看不惯你那副装腔作势的鬼样子!请你别再干涉忆湄的事,否则……"

"否则怎样?"皓皓挑战地昂了昂头。

"否则我要打落你的牙齿!"中枬大吼,激怒使他脸色发白,眼珠向外凸出。我从没有看到他动这么大的火气,又这样地不能自制过。皓皓仍旧带着他那满不在乎的味儿,挑着眉梢,用低沉的嗓音说:"你不妨试试看!别人的事我懒得管,忆湄的事我就是要管!忆湄是我们罗家的客人,是你徐中枻的什么人?嗯?家庭教师,你不觉得你才管得太多了吗?"

徐中枻瞪大了眼睛,沉重地呼吸着,然后,他一个字一个字地说:"忆湄是我的未婚妻!"

"哦?"皓皓斜睨了徐中枻一会儿,掉头来望着我,问,"忆湄,你是吗?"

徐中枻也迅速地盯着我,用稍稍急促的口气说:"告诉他!忆湄,你是吗?"

我望望这个,又望望那个,张着嘴,一个字也说不出来。这两人间剑拔弩张的形势使我紧张,我急于想出一个办法来缓和一下空气。但,他们两人都盯着我,似乎问题的关键全悬在我的一句答案上,我口吃地、嗫嚅地说:"我……我……"

"忆湄!"中枻不耐地喊,"你是怎么回事?"

"忆湄!"皓皓也喊,"你不用受他的威胁!"

"闭起你的嘴!"中枻对皓皓喊。

"闭起你的嘴!"皓皓喊了回去。

砰然一声闷响,我眼前一乱,也不知道是谁打了谁,只知道他们已展开了战斗。出于一种本能,我惊呼了一声,而他们之间已快速地交换了好几拳脚。走廊中又是一扇门砰然而开,罗教授那颗毛发蓬乱的巨大的头颅伸了出来。在一阵稀奇古怪的诅咒之后,罗教授揉着眼睛,咆哮地喊:"这是什么玩意儿?这是什么玩意儿?"

就那样几跳,他已经站在我们面前了。看到了我,他似乎更加诧异,不信任地张大了眼睛,他愕然地说:"是你?忆湄?你的脚已经好了吗?怪不得这样'惊天动地'呢!"转过头去,他对那两个已停战的武士说:"你们在干什么?表演拳击吗?"他不同意地摇着他巨大的头:"时间不对!地点也不对!给我全体回房间去!"

"哼!"中枡哼了一声,对罗教授冷冰冰地说,"罗教授,我先说一声,你们罗宅的家教我不干了,您另请高明!我明天就卷铺盖离开这儿!"说完,他扭转头就走。但,罗教授咆哮地喊了一句:"慢着!中枡!站住!"

中枡站住了。

"你不干了,忆湄的大学怎么办?"他盛气凌人地说,"年轻人,你是这样不负责任的吗?亏你有满肚子的大道理!你爱干也得干,你不干也得干,忆湄考不上大学我敲断你的腿!说走就走,哪有那么容易的事?废话!你们全回房间去,忆湄的脚好了,明天也恢复上课!好,全给我滚开!"

徐中枡显然被罗教授的一顿臭骂骂得有点昏了头。他愣了两秒钟,说:"罗教授,你是什么意思?"

"我的意思是,你非留在罗家不可!"罗教授大叫着说,"你想走,除非是你发了神经病!"

"我?"中枡愕然地说,"我发了神经病?天知道这屋子里是谁有神经病!"说着,他转过身子,悻悻然地向他自己的

155

房间走去。

"忆湄!"罗教授突然又发现了我,怒吼着说,"你以为你的脚很结实是不是?半夜三更满屋子闲荡!我看你的神经也出了问题!"我一愣,好,又骂到我头上来了。噘起嘴来,我在喉咙里轻轻地叽咕了几句,一面向房间里退去。罗教授没有饶过我的叽咕,他叫着说:"你在说什么鬼,忆湄?"

"我说,"我站住,大声讲,"假若我的神经也出了问题,是受了你们罗家的传染!"

罗皓皓纵声大笑了起来,在这夜色中,他的笑声在整幢楼中发出了回响。罗教授被激怒了,暴跳地喊:"你这是干什么?笑什么?神经病!发疯!"

罗皓皓笑得更加厉害,一面笑,一面也走向他的房间。在笑声中,他高声地念:"神经人人皆有,巧妙各自不同!"房门合上了,在合上的那一刹那,他又抛下了四个字的注解:"神经之家!"

第十二章

这夜，我又失眠了，脑子里是那样杂乱纷扰的一团，所有平日接触的人物都在脑中盘旋不去。罗教授、罗太太、皓皓、皑皑、中枬……每一张脸都像电影中银幕上的特写镜头，轮流在我脑子里出现。我疲倦万分，却无法睡着。感情上的困扰、精神上的不宁……种种种种，我觉得自己卷进了一个问题家庭，而又糊里糊涂地变成了问题的核心，再又制造了许多新问题，这些问题都像一股股缠绕在一起的苎麻，把我层层地卷裹住了。

我不住地在床上辗转反侧。由于无法睡着，我开始数起数目来。从一数起，数到了一千零三十、一千零三十一、一千零三十二……我仍然了无睡意。迫不得已，我开始倒过来数，一千零三十、一千零二十九、一千零二十八……当我数到八百七十九，又混成了九百七十八，又混成了七百八十九，我再也弄不清楚了，嘴里还在喃喃地七呀八呀九呀的,神思已逐渐恍惚,睡意慢慢地爬上了我的身子,沉甸甸地压在我的眼皮上。心中模模糊糊地,还在想弄清楚,到底是七百八十九,还是九百八十七……然后,蒙眬中我听到一声门响,仿佛有人轻轻地推开门走了进来。我的潜意识还在数字中挣扎,脚步声、呼吸声,一片似有似无的阴影,一只手在轻触我的手腕……我惊跳,从床上猛地坐了起来,大声说:"七百八十九!"我醒了。室内的光线昏昏蒙蒙,我忘记拉上落地窗的窗帘。月光透过了玻璃窗,成为一种黯淡的苍灰色,塞满了我的屋子。在我的床前,罗太太像个幽灵般挺立着。因为这已经不是第一次,在我的潜意识里,早有一种本能的防御,所以我并没有因她的出现而惊吓。相反地,她却似乎被我那声"七百八十九"吓了一跳,呆呆地瞪视着我。

"噢,罗伯母。"我轻声地说,"您有什么事吗?这么晚了!"

她不响。我伸手扭亮了床头柜上的台灯,她立即阻止地说:"不要开灯,我不想让罗教授知道我在这儿。也不想惊动任何一个人。"

我重新把灯关掉。靠床里挪了挪,我拍拍床垫说:"您坐一坐吧,好吗?您是专门来找我吗?是不是有话要和我谈?"

她坐了下来,面对着我,好半天都没有开口。但,从她忧愁的面色上,从她那美丽而悲哀的眼睛里,我知道她一定有话要和我说。她平日是缺乏表情的,可是,现在却有一张极特殊而柔和的脸,虽然光线那么暗,我依然能辨出她与往日迥然不同的那副神情。

她想对我说什么？忽然间，我心头掠过一丝奇异的灵感，是不是她自始就想和我谈话，而每一次都被人打断了。如同那个被她惊吓的晚上，以及好几次的白天，在我屋里，都有着片段的、奇妙的谈话。她想告诉我一件秘密吗？秘密，为什么我会想到这两个字？因为这家庭中总有一份潜在的神秘感吗？因为这家庭的组合分子过分地特殊吗？不管怎样，我希望能听到她所要说的。

看到她迟迟不开口，我忍耐不住了："罗伯母，您要告诉我什么吗？"

她摇摇头，深深地叹了口气，用一种忧伤的语气说："不告诉你什么，只向你请求一件事。"

"请求！"我惊异地喊，"您向我请求吗？您怎么会有事需要向我请求呢？"

"是的，我请求你，你能答应吗？"

"什么事呢？"我困惑地问。

"你——忆湄，你饶了他吧！"

又是这一句话！我简直摸不着头脑！我向她俯近了一些，加强语气地问："你能不能说清楚一点，罗伯母？你要我饶了谁？我是对任何一个人都没有坏心的。我想，我不会伤害任何一个人！"

"你会，"罗太太用平静的声调说，"你会伤害许许多多人。"

"是吗？罗伯母，为什么？请你先告诉我，你要我饶了谁?"

"皑皑。"

"皑皑?"我更加惊愕了,"我对皑皑做了些什么,使你如此不放心?罗伯母,您根本不明白,我一直希望和皑皑做好朋友,但是,她拒绝我!我可以向您起誓,我对她没有丝毫的恶意。……"

"你有!"她打断了我。

"我没有!"我申辩。

"你抢走了徐中枒!"

"徐中枒!"我叫,到现在,我才算摸到了一点门路,原来闹了这么半天,是为了徐中枒!我凝视着罗太太,凝视着她那在黑暗中的侧影,挺直的鼻梁和闪烁的眼睛!这是一张母亲的脸!我曾认为她是一个没有什么感情的母亲!现在我知道我错了!她是个十足的母亲。而且是个溺爱孩子的母亲!可是,她对我的责备却未免太不合理!我屈起了膝,把手肘支在膝盖上,托着下巴,静静地说:"罗伯母,我并没有存心'抢走'徐中枒,我是'爱上'了他!您不能因为我有这份感情而责备我,是吗?"

"你是存心'抢走'他的,对不对?"罗太太紧紧地望着我说,她的眼光在柔和中又透着威棱,显出份奇异的逼人的力量,"你是存心的,一开始,你就知道皑皑在爱他!"

"或者,我有一些明白皑皑在爱他,"我坦白承认,"但这与我对中枒的感情毫无关系,我并不因为皑皑爱他而我也爱他,我是因为他是徐中枒而爱他!"

"你真爱他?"罗伯母不太信任地问。

"是的!"我坦率而不害羞地说。

"可是,他——并非一个很吸引人的男人。"

"你这样认为吗?"我说,"但他非常吸引我,也很吸引皓皓,是不是?"我不知道为什么要为中枬辩白,我不喜欢听到有人贬低他,"吸引这两个字并不十分妥帖,我相信,皓皓比较容易吸引女人一些。可是,真正感情的发生,并不是单单用吸引两个字来包括的——"我迟疑了一下,"举例来说吧,一般女性一定不会喜欢罗教授,他那样暴躁易怒,粗犷不羁,而又不修边幅,但他却很能吸引你,对吗?"

或者是我敏感,我觉得罗太太战栗了一下,我的话有什么地方使她震动了?她看来非常不安和疑惑,那对眼睛中明显地带着些防备的神色,她在怕什么?怕我吗?为什么?

片刻之后,她的嘴唇嚅动了,突然说出一句话来:"忆湄,你放弃他吧!"

"放弃谁?"我一愣。

"中枬。"

"为什么?"我本能地抗拒了。

"为了——皓皓。"她低低地说,"如果你不来,中枬会爱上皓皓的,或者已经爱上她了。你一来,把所有已建铸的感情全破坏了。皓皓不会表达自己的感情,看外表,总会觉得她是个冷冰冰的女孩子,但她脆弱而热情。忆湄,你和皓皓不同,你坚强,你洒脱,你快乐,你禁得起打击,皓皓却不行。"我头一次听到罗太太这样清清楚楚地分析事情,也是头一次听到她这样有条不紊地讲上一大篇话,看来,她并非终日精神恍惚的!她也有清楚的理性和思想!可是,她所要求我做的事,是可能的吗?

"罗伯母,"我说话了,"您太自私。"

"是的,我太自私。"她轻轻地说,叹了口长气,"不过,忆湄,你那么坚强,失去中枡,对你不会是个太大的打击……"

"您怎么知道?"我反问,"罗伯母,人生有很多东西可以'放弃',但是,绝不是爱情!如果有人能为了成全别人而放弃自己的爱情,那么,她是神,而不是人!罗伯母,您把我估得太高了,我是人,而不是神。"

罗太太再度战栗了一下,我又刺到她什么地方了?

"可是,忆湄,"她仍然想说服我,"你不会像皑皑一样地爱中枡。"

"你又怎么知道?"我挑战似的问,"不会有一种度量衡,能够衡量出爱情的多寡。而且,就算你认为皑皑比我更爱中枡,这也不能成为我放弃中枡的理由!"

"当然,"她自语似的说,"可是如果没有你,皑皑会得到他!"

我相信这是实情!但,罗太太这样一说,却提醒了我一件事实,我突然明白她为什么认为有资格和权利要我放弃中枡了!我是罗宅收容的孤儿!我无权和罗家的小姐争爱!假如我和皑皑的利害相冲突,我只能牺牲而成全皑皑!因为她是罗家的小姐!我是孤苦无依的、渺小的孟忆湄!

"哦,罗伯母,"我觉得深深地被刺伤了,"或者,您有些懊悔收容了我!"我的傲气在一刹那间抬头了,带着激昂的情绪,我慷慨陈词:"是的,罗伯母,我只是你们罗宅收容的一个孤女,但是,我不能因为你们是我的恩人,我就处处要听你们的摆布……"

"哦,你错了,"罗伯母轻轻地打断了我,"我并没有想摆布你……"

"但是,您要我放弃中枬!"我的声音高了起来,"您能不能为了另外一个女人而放弃罗教授?您能吗?"

罗太太猛地从床上站了起来,眼睛睁得大大地瞪着我。我想,我已经触怒了她。但,受伤的自尊使我顾不了这一切,我继续说:"你能要求一个人放弃他的生命、意志、前途、梦想、快乐……这一切吗?中枬对于我,就是这一切的一切!我怎能为了一饭之恩,把所有的东西都放弃?如果您认为给了我一个安身的地方,就有权对我做如此的要求,那么,我宁愿明天就迁出罗宅!我和中枬一齐迁出去,赤手空拳打下的天下比有所倚靠和助力而得到的更加有意义……"

"忆湄!"罗太太喊了一声,"我并没有这个意思,只是皑皑太可怜,因为我知道她那份感情和她那份柔弱,我知道得太深太深了。你要体谅我是一个母亲……"

"皑皑,"我说,"她应该稍稍坚强些。我相信她会坚强,你不能把她再训练成一株菟丝花。"

"菟丝花?"罗太太错愕地问。

"是的,菟丝花!就像小树林里的那一株,你没注意到吗?攀附在一棵松树上,根部深入松树里,靠松树给予它养分和生命。一旦松树倒下了，菟丝花也就完蛋了。罗伯母，"我率直地未经深思地说了出来，"你已经是一株菟丝花了，你希望皑皑做第二株菟丝花吗？在我，宁愿做疾风中的一苇劲草，也不愿做一株菟丝花！"

罗太太呆愣愣地站着，似乎被我的话震住了，陷入一阵深深的沉思中。我感到我的措辞未免太过分，最起码，我不该对一个长辈这样讲话，于是，也懊丧了起来。但罗太太忽然回过头来看着我，她的大眼睛里竟蓄满了泪，亮晶晶地闪着光，这使我惊惶而莫知所措了。她轻声说："不错，应该做一苇劲草，而不要做一株菟丝花。可是，忆湄，菟丝花是一种植物吗？"

"是的。"我不解地点点头。

"也是大自然界里的一种生物吗？"

"是的。"我再点点头。

"它的存在，它的生命，是上帝给予的吗？"

"我想——是的。"我更困惑了。

"那么，菟丝花不能不做一株菟丝花，是不是？我是说，假若它已经被造物者指定是一株菟丝花的时候，指定它必须攀附在别的植物上生存的时候！它不能对造物者说：'我不想做一株菟丝花，你让我做一株劲草吧！'是不是？菟丝花就是菟丝花，你怎能要求它不是菟丝花呢？生命的本身并无过错，对不对？"听起来蛮有道理，但是我的头已经转昏了。什么菟丝花菟丝花的，我简直弄不清楚了。罗太太幽幽然地叹了口气，用更轻的声音说："这就是我的悲哀，我——不能不做一株菟丝花!"

说完,她慢吞吞地向房门口走去,曙光已经微现,窗玻璃被染上了一层苍白。她的脸色是同样的苍白色,黑眼睛黑得像看不见底的潭水,我被她那种深刻的哀愁所折倒了,禁不住地喊了一声:"罗伯母!"她站住了,面对着我,在我还没有开口之前,她凄凉而忧伤地说:"好了,忆湄,我收回今夜所谈的话。你很对,我无权要求你放弃中枂,我原以为——你或者并不很爱他,现在我知道我错了。"她叹息:"人生没有一件可以强求的事情,你会恰巧在这个时候来到,正当皑皑和中枂的感情快要进入微妙阶段的时候,然后又轻而易举地抢走了中枂……"她仰头看看微露出灰白色的窗外的天空,慢悠悠地自语般地问:"谁在安排人世间的一切?这世界上有没有一条自然的法律,对这些是是非非、恩恩怨怨,做一个公平的裁判?"

我不太能了解她的话,只能默默地望着她出神,她的眼睛那样专注地望着窗外,像个热心的宗教崇拜者,面对着她所信奉的神祇。她那倾诉般的言语,有一种扣人心弦的力量,使人眩惑迷茫。就在我们二人都默然不语地发着呆时,房门突然被缓缓地推开了。于是我看到中枂用一只手支着门框,另一只手推开房门,静静地站在那儿。就这样一眼,我已经断定他在门口站了一段很长的时间。他的衣领散着,穿了件毛背心,还是昨晚的装束。伫立在那儿,他一动也不动,只用一对火般的、烧灼着的、狂热的眸子,不转瞬地凝注在我的脸上。我也怔住了,一夜无眠使我昏昏沉沉,冗长的谈话令我浑身倦意弥漫,而中枒的眼睛让我如醉如痴。就这样,我们对视着,谁也不开口,直到罗太太的一声深长的叹息,才把我们同时惊醒了过来。她走向了门口,对拦门而立的中枒说:"你可以让我过去吗,中枒?"

中枒让在一边,却对走出门外的罗太太深深地鞠了一躬,虔诚而恳挚地说:"谢谢您,罗伯母,您帮了我一个大忙。"

罗太太看了他一眼,一语不发地走了。中枒相反地走近了我,站在床边,他继续用那对狂热的眸子上上下下地望着我。接着,他在床沿上坐了下来,伸手拉住了我的双手,我以为他会给我一个热情的拥抱或长吻,但是,他并没有。他只静静地凝视着我,凝视得我的五脏都疼痛了起来。然后,他把他的脸埋进我的双手之中,久久都无动静。等到他抬起头来之后,他的脸色那样白,而眼睛那样清亮!他仰视着我,轻轻地说:"忆湄,我从不知道我在你心里能有这样的地位。我像个傻瓜,是吗?你应该打我,我是这样的愚蠢和无知!"

我没有说话,只固执地望着他。他靠近了我,慢慢地把我拉进了怀里,轻轻地用下巴摩擦着我的头发。在我的耳边,低低地吐露出一番话来:"忆湄,我承认,在你未到之前,我确实想追求皑皑,这是我的弱点,或者是一般男性的弱点,皑皑太美,美得使人无法不动心。可是,很快我就发现了自己的错误,并非由于皑皑的冷淡,而是由于性格、气质一切都不相近,你懂吗?忆湄!我对皑皑的撤退不是因为你的插入,是因为本身的误解。至于你,忆湄,我不愿夸你是美女或才女,但,你是我梦想多年的那个女孩子!是我心目中最最完美的一个偶像！"他吸了口气，轻唤着说："忆湄，忆湄！让那所有的不快和误会都过去吧！以后，我们之间再没有争执、纷扰、嫉妒和怄气！以前的所有不快，都是天下本无事，庸人自扰之！以后，我们应该都变得聪明一点，再别做庸人！"

他托起我的脸，嘴唇从我耳边滑到我的唇上，静静地停在那儿，不再说话了。天，已经完全亮了，怎样一个无眠的夜！

我重新"蹦跳"于花园之内，数着菊花的朵数，拾着满地的黄叶，兜着一裙子的秋风，快乐得像一株风铃草（不过，我并不知道风铃草是什么玩意儿，只喜爱这个名字）。从花园转入了小树林，穿过了爬满紫藤的花棚，一下子停在那棵缠绕着菟丝花的松树前面。一时间，我愣了愣，皑皑正坐在松树下，双手抱着膝，静静地望着我连跑带跳地过来。她穿着件浅蓝色的上衣和深蓝色的裙子，垂肩的长发迎着风飘荡。猛一看去，她真像一朵可爱无比的蓝色小花——勿忘我。

"嗨！"我说，热心地笑，"你在这儿干吗？"

"什么都不干。"她淡淡地说，"只是坐坐。"

我在她身边的草地上坐了下去，伸长了双腿，一面好奇地望望她，因为她的姿态那么优美自然，而我就手脚都放得不成样子。学着她架起腿来，怪不舒服，又伸了回去。用手撑着地面，我半躺在地上，愉快地笑着说："你怎么能坐得那样自然，我怎么不行？"

"谁知道！"她脸上不挂一丝笑容。我碰了一个钉子。看样子，要在她身上找寻"友谊"一定是白找。还是少费力气好些，松开手，干脆往地上一躺，摘了一棵小草，我细心地剥掉两旁的大叶子，而把草心放进嘴中去咀嚼。草心带着股浅浅的幽香和淡淡的甜味，细细地沁入胃脾之中。皑皑坐在一边，蹙着眉凝视我。为了免得再碰她的钉子，我不再开口，悠然地注视着树隙之中的蓝天和白云。

"他们就是因为这些地方喜欢你吗？"皑皑突然问。

"什么？"我没听懂。

"我说皓皓和中枒。"

"皓皓和中枒怎样？"

"就喜欢你这副样子吗？"她指指我，眉头蹙得更紧了。

我坐了起来，对她摇摇头。"我不知道他们喜欢我什么地方，"我坦白地说，"不过我也不认为这样躺在地上有什么不妥。"我剥了一根草心给她，"要试试吗？在嘴里嚼嚼很好玩，有点甜味。"

她躲之不迭，好像我要她吃的是毛毛虫。把头回避得远远的，她惊叹地说："天！我真奇怪你是从什么地方来的？"

"高雄。"我说，"高雄，那不应该是个野蛮的地方。"

"当然，那是个非常美丽的都市，有全省最大的百货公司，有可爱的渔港和海湾，还有许许多多亲切的人们。"我想起几乎已被我遗忘的林校长和妈妈的同事们，以及那些活泼天真的小学生，我有好久没有给他们写信了。

"那里的女孩子都吃草的吗？"皑皑一本正经地问。

我愣了一下，就大笑了起来。多么荒谬的问题！她以为吃草是一种民间的风俗吗？我奇怪她的头脑怎么那样单一化。"这只是好玩而已，"我笑着说，把手里的草丢开，"难道你小时候没吃过野生的草莓、蔷薇花的花心，或是酸酸的酢浆草？"

"这些是可以吃的吗？"她仍然一本正经地问。

"噢！"我说，"只是好玩，我记得小时候专门跑到山边上去找草莓、花心，或是酢浆草，有时还会采些野生的菌子，让妈妈给我煮汤喝。这只是好玩而已。你从没有这样玩过吗？"

"我不知道这有什么好玩。"她索然地说，从草地上站了起来，扑掉她裙子上的落叶，看样子，她准备离去了。但，她并没有马上走开，站在那儿，她又凝视了我好一会儿，才点点头，用冷冰冰的声调说："就是这样，突然间，会有一个从未谋面的、会吃草的女孩子，从陌生的地方跑来，把一个原来安安静静的家庭，搅得天翻地覆。你不觉得这件事有点奇怪吗？"我瞪视着她，一时间，有些转不过头脑，不知道她说这些的用意到底是什么。她微微地笑了一下，一种淡漠的，带着些轻蔑意味的笑，继续说："你不感到奇怪吗？我却觉得非常奇怪！为什么你的母亲要把你托付给一个多年没来往的老朋友？为什么我父亲会收容你？你是谁？孟忆湄！就像这名字这样简单吗？你到底是谁？你的母亲是谁？你的父亲又是谁？你到我们罗家来的目的是什么？"

我瞠目结舌，皑皑的问话是咄咄逼人的，顿时，我也困惑迷糊了起来。我是谁？我的母亲是谁？我的父亲又是谁？对于罗宅，我像个来历不明的人物吗？"你的母亲是谁？"这不是我第一次听到的问句,我的母亲!难道……难道……难道……这是不可能的,我甩了一下头,把皑皑加给我的阴影一起甩掉。

"哦,"我迎战似的说,"皑皑,你想把我导入一条迷途吗?最简单的事让你分析起来,可能变成最不简单的!而你又不能体会吃一根草心的小乐趣,你是个思想古怪的人!"

"是吗?"她问,"你认为这是简单的问题吗?吃草心!除了牛和羊这种动物是吃草的之外,我只听说童话中有一种小天使,靠草叶花心和朝露为生,你是个天使吗?"她审视着我,点着头说:"或者你是!不是普通的天使,倒像个复仇天使!"

复仇天使!我头一次听到这样荒谬的天使名称!我复仇?我复谁的仇?失恋使皑皑神经错乱了吗?还是她想要错乱我的神经?皑皑把被风吹乱了的长发拢了拢,开始向树林走去。走了几步,她又掉头对我说:"你错了,忆湄,我不是一株菟丝花,说不定我也是棵劲草呢!只希望你别残忍到把我的草心也吃掉了。"

她走了。我仍然坐着。菟丝花!劲草!看样子,那一夜我和罗太太的谈话,偷听者还不止中枥一个人!目送她的影子消失在林外,我思想麻乱而纷杂,情绪迷茫而困惑。就在我恍恍惚惚地发着呆时,忽然间,有只手冰冰凉地搭在我肩膀上,碰着了我的面颊。我大吃一惊,恐怖地回过头去,是堆着一脸傻笑的嘉嘉!我长长地吐出一口气,用手按着狂跳的心脏,有些生气地说:"你干什么,嘉嘉?"

"花——"她憨笑着说,"谢了。"

花谢了?当然,这已经是秋末时分了。我望着嘉嘉,她仍然穿着单衫,怪不得手冻得那么冷。难道没有人照顾她的生活吗?我脱下了身上的一件开口毛衣,站起身来,披在她的身上,拍拍她的肩膀说:"这件衣服给你,多穿点,别受凉!"

她愣愣地注视着我,用手拉着毛衣的前襟,我简直无法分析她是高兴还是不高兴。慢吞吞地,她转开头去了,一面走,一面单调地重复地说:"花谢了。花谢了。花——谢了。"

我抬起头来,猛然看到面前那株菟丝花,真的,花——已经谢了。

第十三章

　　自从上次和皑皑作了那篇谈话之后，我发现我和她之间更加疏远了。她似乎在有意无意地避开我，就是在走廊和饭厅中碰到了头，她也很少和我说话。由于她的冷漠，我也失去了往日想在她身上找寻友谊的"雄心"。尤其，除了冷漠之外，我感到她那对美丽的大眼睛，每次看我时，都带着几分敌意和窥探的意味，常使我浑身不舒服，又满心不自在。可是，我的生活已经太充实，又太忙碌了，中枬和考大学两项，就可以占据我全部的思想和时间，我再也不愿意为其他的事来伤脑筋了。

　　"我和中枬"，每每想到这四个字，我就能感到从体内流过一股暖流。是的，天冷了，冬风已起，黄叶纷飞，小树林里大部分是常绿乔木，何况台湾许多植物都有"四季如春"的特性。但，有些冬季枯萎的，叫不出名字的树木，已使遍地铺满了落叶。和中枬坐在落叶堆中，凝视着那些叶子飘飘坠坠,一刹那间,可以盛满一裙子的黄叶,那份诗情,那份画意,真非笔墨所能形容。冷吗?不!当两人心头都充满了暖洋洋的热力,冬风与春风,又相差几许?有时,望着黄落飘零,我会冲口而出地念一句诗:"无边落木萧萧下。"中枒会立即接下去念:"不尽柔情滚滚来!"他把杜甫的名句"不尽长江滚滚来"胡乱篡改,改得虽然不伦不类,却很贴合我们的实际情况。我笑了,他笑了,我觉得落叶也笑了。

坐在花棚之下,我捧着一本教科书,全力集中思想想看进去。中枒坐在我对面,忙忙碌碌地把紫藤花编成一顶花冠。孩子的玩意儿!但他编得那么专心,那么有劲,会使你觉得他在制造一件艺术品!回到我的书本上,我默记着那些差一点点就意义大异的英文片语,暗中诅咒着创造英文的那个人,怎么会找到这么多的介词,又用得如此广泛和类似!谁能分得清楚那些 in、on、of、off,发音像小波打喷嚏。真要命!还是中国的文字好得多,总不会把脑子转得七荤八素。我蹙蹙眉,耸耸鼻子,撇撇嘴,摇摇头。怎么回事?那些片语就不肯钻进我的脑子里去,死也不和我合作!有什么事情不大对头,中枒怎么了?为什么我情绪如此不稳定?我猛地抬起头来,中枒正好好地坐在我对面,隔着石头桌子,默默地注视着我。

"五十五次!"他说。

"什么?"我愣住了,好一句没头没脑的话!

"我正在试验心灵感应。"

"什么心灵感应?"

"我在心里叫了你的名字五十五次,你才抬起头来!"

多傻!不是吗?怪不得英文片语不肯跟我合作,原来都被他叫跑了!我翻翻眼睛,噘着嘴。然后,我笑了,他笑了,穿过花棚的冬风也笑了!

雨季来了,花园里整日是迷迷蒙蒙的一片。气温一天比一天低,厚厚的、灰白色的云层压在屋檐和小树林的顶梢。彩屏在我室内生了一盆火,把火盆放在书桌旁边,和中枒分占着书桌的两端,烤着火,听着雨声,望着雨雾织成的网,静静地温习着功课。历史、地理、语文、英文、代数、三角……哦,老天!如果没有考大学的麻烦,风在林梢低吟着,像一支歌!雨在玻璃上轻敲着,像一首诗!他的铅笔猛然敲上了我的手背,差一点使我把书本落进火里去。

"收收心!"他说。

"如何收法?"我问。

"眼睛看着书,心里想着书!"

我的眼睛看着书,书上有一张讨厌的脸在望着我,我皱眉,揉揉眼睛,看清楚了,是个六角形。六角形的面积!天!让那些 sin、cos 死掉吧!雨那么好听,雨那么好看!收集了雨丝,织成一面网,网住了他,也网住我,有多美!

"你的心又不在书上了!"他说。

"噢,别太残忍!"我祈求地仰望着他。

他的手指从我的额上滑到鼻尖上,然后落了下来,叹口气:"我想吻你,忆湄。"

"好的,把所有的学问都吻进我的肚子里,我就可以不用再念书了。"

他对我摇头:"你真不害羞。"

我的脸蓦然发热,低下头,赶快把眼睛对正书本,目不斜视。但他的身子挨了过来,托起我的下巴,他的唇压着我的,无数的吻。每吻一下,他轻轻地说:"这是英文,这是语文,这是历史,这是地理,这是代数……哦,还有三角、几何、英文文法和补充教材……噢,别动,补充教材比课本多一倍,现在才补到三分之一……"

一阵焦味,烟雾从脚下冒了起来。什么地方失火了?推开他,我的裙角正拖在火盆里,一个小型火灾刚刚开始!我跳了起来,他拉住我,扯过床上的一条毛巾被,在我身上一阵乱挥。火灾扑灭了,幸未受伤,除了那条倒霉的裙子!我们相对站着,我瞪着他,他瞪着我。然后,我笑了,他笑了,那盆烧得旺旺的火也吐着红色的火舌笑了。

在爱情的领域里,幸福似乎是无止境的。自从那次深夜谈话之后,没有了嫉妒,没有了猜疑,也不再彼此折磨,用欢笑堆积起每一分、每一秒的时间,用快乐填补了每一厘、每一寸的空间。一会儿的凝眸,一会儿的依偎,一会儿的别离……都有着各种不同的滋味。幸福之杯已经装得太满了,除了考大学的压力时时刻刻压在我心上,我看不出有什么外力会使这杯子倾倒。可是,太满的杯子总会外溢,我不能让那杯子跟着所盛的东西同样增长。有时,我会觉得我拥有的已经太多了,凭我,一个渺小的孟忆湄,似乎是无此资格的。但愿天不妒我!

随着冬日的来临，罗宅也比往日更沉寂，罗太太和皑皑都整日躲在房中烤火，轻易不走出门一步。罗皓皓，他是个变化最大的人，不知从何时开始，他那些乱七八糟的朋友们都不再上门了。这，显然也使罗教授减少了许多工作，以前那种惊天动地的咆哮声久已不闻了。皓皓仿佛比过去喜欢待在家里些，但他不再缠我。只是，经常要带着那股嘲谑的神情，对我来上一句："忆湄，你什么时候可以觉悟？"

"觉悟？"我不解地问。

"唔，当你发现你选错人的时候，不妨再来找我！"

"永远不会！"我笑着跑开。

他拉住我："忆湄，我常觉得你是个没心的女孩子，对于我的痴情，你似乎丝毫都不在意！"

"你错了，"我站住说，"我有心，但是只有一颗心！"

"已经给人了，对吗？"

"不错！"我干脆地回答。

"好吧！"他放开我，耸了耸肩，"看样子，我只好去跳河了！"

我大笑，说："你永远不会跳河！"

他抱着手臂靠在走廊上，皱拢眉头，屏着呼吸，狠狠地望着我。我带着一串轻笑，溜向我的房间，他赶上来，帮我打开房门，像个绅士般对我一鞠躬，让我进去。我隐进门内，他低低地说："见鬼！我嫉妒你的快乐！"

转过身子，他大踏步地走开。我倚在门上，望着他的影子消失。奇怪，难道他真的会如此"受伤"？那不该是他这种个性的男孩子所有的!明天,他就会找到一个新的女朋友,把一切的不快都忘掉了。我走进房门,立即把他的影子抛开。我有那么多该想的事,实在无心去想他了!

小波选择了火盆旁边的一块位置,做它的"卧房",现在,它已经长成一只硕壮的大猫了。只可惜,罗宅似乎没有什么老鼠可以让它表演一下,偶尔,它只能在厨房里捉两只蟑螂,衔到我面前来炫耀一番。这样也总比什么都不捉好些,最起码证明它不是个完全的废物!这个可怜的小残废,在罗家,它一直并不受欢迎,罗教授和罗太太对它都有一分明显的厌恶。或者,因为它跛了一条腿,自然不像一般小猫那样行动优雅,跳蹦敏捷。而我呢,却正由于它是残废,就特别怜爱它一些。小波也是个机灵鬼,它深深明白,只有在我身边,才是它的安乐窝,不会被骂过来,赶过去,或踢上一脚。所以,它总是缩在我的身边。(皓皓早已忘记共同养它的诺言,对它根本置之不顾。中枬一看到它,就要戏称我"小慈善家"。)冬天一来,小波也染上了疏懒病,近来天天在火盆边打呼噜,连捉蟑螂的兴致都没有了。每次看到它酣卧在火炉边,都使我联想起皓皓的笑话,不知道它会不会有一天,胡子也被老鼠咬掉了。不过,有一次,它倒是真的烧断了三根胡子。这天下午,我午睡醒来,火盆边没有小波的影子,床上也没有。(近来,它已养成上我的床的坏习惯了。)难得,它今天居然变勤快了。我起了床,把火盆中的火燃旺了一些,懒洋洋地打了个哈欠。看看表,距中枬下课回家还有好一会儿,打开了三角课本,禁不住再打了一个哈欠。sin2X 等于多少？cos2X 等于多少？一百个无聊。

一声尖锐的呼叫，打破了整个楼房的寂静。我抛开了书本，冲出房门，想看看发生了什么可怕的事情！于是，我看到走廊中已纷纷跑出了好几个人，包括罗教授、罗太太和皓皓。那声尖叫，是从皑皑屋子里发出来的，房门关着，皑皑还在里面乱喊乱叫。罗教授冲上前去，一下子打开了皑皑的房门。于是，我看到一个吓人的场面！

小波！我那只残废的小猫，不知怎么跑进了皑皑的房间，嘴中竟然紧紧地衔着一只又肥又大的老鼠！大概它初立奇功，有些兴奋过度，而皑皑的大惊小怪更引起了它的慌乱。所以，它衔着那只老鼠满屋子乱跑乱窜。皑皑似乎正在画画，桌子上全是颜料瓶，支着一个大画架。小波的奔窜一连带翻了好几个颜料瓶，瓶子滚在地下打破了，流了一地红红白白的颜料。皑皑手中握着一把画笔，又气又急又怕（她紧紧地防备着不让小波嘴中的老鼠碰到她），就一面大叫着，一面把画笔向小波乱砸。她不砸还好，这样一砸，小波就更加惊慌，竟一下子跳到画架上面，把一张已快完工的画撕下了一大条纸，身子吊在画架上面，嘴里还咬着老鼠不放。皑皑更气了，跳着脚，她把手里所有的画笔全砸向了小波，嚷着说："死猫！死猫！谁养的要命的猫！自己也不管！"

由于房门的敞开，小波发现了一条出路，就一跃而出，紧接着跑进我的屋子里去了。皑皑看看她损失了的画，气得眼睛发红，抓起一把画笔，她跳着脚追入了我屋里。我也追了进去，罗教授和皓皓等人也跟了过来。我们这样一拥进内，把惊魂甫定的小波又吓得乱跑了起来,我嚷着说:"好了,好了,你们吓着了它!"

"死猫!鬼猫!"皑皑仍然嚷着,又是一把画笔对小波扔了过去。小波凌空一跃,半死的老鼠落到地下,小波却冲向了墙上悬挂着的妈妈的那张画上。我只听到当啷一声响,镜框掉了下来,玻璃砸破了。小波穿过了落地窗,跑到外面,从窗子上跳落到花园里去了。

一场风波,到此应该结束了。彩屏已闻风而来,拾走了半死的老鼠,也扫掉了玻璃碎片。可是,皑皑还在生气,站在我的房门口,她气得浑身发抖,喘息着说:"我最近画得最成功的一张画,你赔我!"

"好了,算了,"罗教授不耐地摆了摆手,"一只小猫,闹得这样天翻地覆,什么玩意儿?!"

"哈哈!"皓皓仰天而笑,看样子非常得意,"我早就知道这只小猫要引起一些风波,果然不错!有趣!有趣!"说着,他转向了皑皑,笑着说,"难得看到你这样大呼小叫,而且运动了一番筋骨,小波值得嘉奖呢!你就缺乏运动,多发脾气、多摔东西对你有益!"

皑皑对她哥哥翻了翻白眼,噘着嘴,一转身向门口走去,彩屏已先到她房里去收拾残局了。她在门口停了停,大概越想越有气,转过头来,突然对我大声说:"忆湄!把你的猫丢掉!我们罗家不是收容所!除了收容你,还要收容你的残废畜生!"

她走了,我僵立在室内,这几句话像轰雷击顶般地把我打昏了！是的，罗家不是收容所，收容了我已经是大面子了，而我还不识趣地弄了一只残废小猫来！我咬住嘴唇，有两股热潮往我的眼眶里冲，迅速地模糊了我的视线。于是，我听到罗教授一声巨大而震怒的吼声："皑皑！你给我站住！"

接着，我听到罗教授沉重的脚步声奔向走廊，几乎是立刻，他已拖着皑皑走回了我的房间。我惊愕地瞪大了眼睛，泪珠还在眼眶中打转。泪雾迷蒙中，我看到罗教授巨大的手掌紧握着皑皑的手臂，带着一分野蛮的强迫性，把她给硬拉了进来。同时，他暴跳如雷地在对皑皑喊："你道歉！皑皑！向忆湄收回你刚才讲的那几句话！赶快！说！"皑皑一定被罗教授的手握得非常疼痛，她的眉毛蹙着，脸色苍白，却紧闭着嘴一语不发。罗教授更加激怒了，他跺了一下脚，使整个地板都震动了，然后用震耳欲聋的声音大吼："皑皑！我叫你道歉！听到没有？"

皑皑开始哭了起来，大颗大颗的泪珠从她那美丽的黑眼睛里滚落下来，再加上她那细致的抽泣呜咽之声，竟出奇地美丽和柔弱动人。我已经忘了我的伤心，反而对皑皑生出一种强烈的同情和抱歉的感觉。我的小猫弄坏了她的画，打翻了她的颜料，又惊吓了她，还害她挨罗教授这样的一顿大脾气！我用手揉掉了眼睛里的泪，愣愣地说："噢，罗教授，她并没有做错什么！"

罗教授盯着我，他的眼光看起来是奇怪的。半晌，他又在喉咙里发出他习惯性的那种模糊不清的诅咒，不知是在咒骂我的不识好歹，还是咒骂皑皑对我的污蔑。转过身去，他似乎对于我们间的纷争失去了兴趣。一边叽咕，一边大踏步地走开了。这时，罗太太走上前来，她的脸色和皑皑的同样苍白。她牵住了皑皑的手，把皑皑也带出了我的房间。望着她们母女一齐走出去，我突然感到一阵难言的孤独和苦涩，心中模模糊糊地掠过了《天伦歌》歌词中的两句：

> 人皆有父，翳我独无，
> 人皆有母，翳我独无，
> ……

如果我有父母，又怎会为了收养一只小猫而怄气！我在床沿上坐了下来，把两只手交握着放在裙褶里，静静地陷进了沉思之中。有人走向了我，停在我面前。我抬起头，是被我忽略了的皑皑！他正望着我微笑，看来心情良好而精神愉快。用手揉了揉我短短的鬓发，他笑着说："一件小事，是不是？假若你是株劲草，应该连台风都不放在眼里。这，不过是阵微风罢了！何况，你不只是株劲草，你还是棵小小的忘忧草！"

劲草！劲草和菟丝花！看样子，这个典故已经传遍罗宅了。我仰望着皑皑，他对我眉飞色舞地笑笑，再揉揉我的短发说："快乐起来，忆湄！欢笑应该属于你！"

他走了，帮我关上了房门。我目送他走开，心底涌上一股暖流，眼睛居然再度湿润了。皑皑，我喜欢他，真的！

中枬下课回来，走进我房间的时候，我正在收拾我的行装。我把那口又小又破旧的皮箱放在桌子上,满床堆满了衣服书本,我却对着那些衣物发呆。记得我来的时候,只有一点点简陋的东西,现在,我的衣物已经增加了一倍有余。这些,大部分都是用罗教授给我的钱买的,小部分是中枻买给我的。如今,这些东西我是带走好呢,还是留下好呢?

中枻推门而入,对这零乱的情况大感惊讶,皱了皱眉,他说:"忆湄,你这是在干什么?"

"收拾东西。"我轻轻地说。

"做什么呢?"

我抬头望着他:"回高雄去,到林校长那儿去!"

"你发疯了吗?"中枻问。

"没有。只是——我住不下去了。"

中枻走到我身边,用手臂圈住了我的肩膀,把我揽到床边,让我坐下。凝视着我的眼睛,他温柔地说:"现在,告诉我,发生了些什么事?"

我的额倚在他的肩膀上,我的身子靠着他。慢慢地,细细地,我把小波造成的"小风波"叙述了一遍。他仔细地倾听着,然后,他放开了我,站起身来,在室内来来回回地踱着步子,似乎在考虑着什么。最后,他在我面前一站,下决心似的说:"忆湄,你是不是决定要走?"

"嗯。"我哼了一声,老实说,我并不十分"坚决"。

"好吧,这样吧,"他说,"我们一起走!寄人篱下的生活本不好过,我原准备等你考上大学,就可搬到宿舍里去住。现在只好在外面租一间屋子给你住,我可以和朋友合租一间,要不,也可以到教员单身宿舍去。只是这样当然很不方便,例如生活起居、衣食住行这些问题,你一个单身女孩子,难免让人不放心。至于你说要回高雄,我是无论如何不会让你去的。"他把两只手按在我的肩膀上,俯身看我,又低低地说:"你总会成为我的妻子,请让我照顾你。"

我默然不语,他又在室内走了一圈,站住说:"你先别忙着整理箱子,让我先给你把房子找好了,你才能搬出去。做事要有计划,不能太鲁莽,对吗?"

停在书桌前面,他拿起妈妈的那张画,仔细地看了看,玻璃已经打碎,木边的框子也折断了。他下意识地取掉了四边的木框,把画在手上卷了卷,又摊开来看,说:"你母亲可以成为一个画家,她的笔触很有魄力;皑皑的画就太柔媚了一些。"翻过画的背面,他看了看,突然深思地望着我,仿佛有所发现。过了好半天,他才用一种特殊的声调说:"忆湄,你出生在什么地方?"

"噢,"我愣了一下,"我不知道,妈妈没说过,可能是四川吧,怎么?"

"我发现一件很有趣的事。"他说。

"有趣?"

"你母亲这张画的背面写了几行字,你知不知道?"

我摇摇头:"那是妈妈自己配的镜框,我从来没有打开看过,怎么会与我的出生有关呢?"中枒把那张画拿到我面前来,于是,我看到在这张石峰夕照图的背面,有妈妈娟秀的毛笔字,题着两句诗:

点点孤峰衔落日，行行哀雁带斜晖。

　　这两行字的旁边，还另外有一行细小的、耐人寻味的字：

　　一九五九年秋，遥忆湄潭风光，往事如烟，不复可寻，因而作此图。

　　我抬起头来，看着中枂。中枂也深深地望着我，他显然在想着什么问题，我几乎可以看到他脑海中那匹思想的马在如何奔驰着。他的眼睛专注而凝肃，牙齿轻轻地咬着下嘴唇。

　　"中枂——"我说。

　　"别吵，"他打断我，"让我想一想。"

　　"你在想什么？"我问。

　　"一个问题，"他回答了等于没有回答，然后，他放开眉头，重新又"看"到了我，"湄潭是一个地名，"他说，"在贵州省，是个小县城。"

　　"哦？"我说，"你认为我母亲是在湄潭生了我，所以给我取名叫忆湄？"

　　"不，我想的不是这个，"他说，"你母亲可能是在湄潭生了你，也可能湄潭是她难以忘怀的地方，或者是她与你父亲相遇的地方，所以为你取名忆湄。你的名字，当然与湄潭有不可分割的关系；而湄潭，又与你母亲有不可分割的关系。可是，这些都不是我想的。我想的是另外一件事情。"

"什么事?"我不耐地说,"别卖关子。"

"一年以前,我曾经帮罗教授整理一份地质资料,翻出了许多的旧资料,由于资料残缺了好几页,我在罗教授的书房中翻箱倒箧地寻找,曾经无意间看到一张旧照片,照片里是一男一女,男的是罗教授,女的并不是罗太太,照片下写着一行小字:摄于贵州湄潭。"

"噢,"我错愕了一下,"你认为——那个女的是我的母亲?"

"有此可能。"他望望墙上那张全家福里的妈妈。

"那个女的像我的母亲吗?"

"这个我可不敢说,那张照片里的女人是什么样子我早就记不住了,只记得是个很年轻的女孩。那张照片起码有二十年以上的历史,罗教授年轻漂亮,和——皓皓几乎一模一样。"

我沉吟不语,中枒又说:"你看,忆湄,我获得了一个观念,你母亲大概曾经是罗教授的旧情人,或者和罗教授有过一段轰轰烈烈的恋爱,所以,你母亲临终的时候,会想起把你托付给罗教授,她知道罗教授一定会看顾你。"

"这——只是你的猜想,"我说,本能地抗拒这种"可能性","你并没有办法证实照片里的女人确实是我母亲。而且,如果真像你所分析的,我母亲一定不会把我交给罗教授!"

"为什么呢?"

"我的母亲个性很强,不会愿意把自己的孤儿托付给旧日的恋人。尤其,你该记住一点,我母亲和罗太太以前是好朋友,假若我母亲和罗教授恋爱过,一定和罗太太有过摩擦,怎么还肯让我来和罗太太生活在一起呢？罗太太又怎么会友善地待我呢？"

"你以为——"中枑慢吞吞地说，"罗太太对你很友善吗？"

"虽然不见得很喜欢我，最起码也无恶意。"

"是吗？"中枑用浓重的鼻音说，"你不觉得她——好几次半夜出现在你屋里，多少有些奇怪吗？在你来以前，她并没有夜游的习惯。"

"你觉得——"我有些不安了。

"我觉得，"中枑加重语气说，"整个的事情都不简单，整个罗宅都是一个谜——包括突然插入这个家庭的你在内！"

"我记得——"我嗫嚅着说，"我刚到罗家的时候，你曾经说我会习惯罗宅。那时，你似乎并不认为它是一个谜。"

"确实，那时的罗宅比现在单纯些，你来了，使所有的事情复杂——"他凝视我，突然停住了，好一会儿，才又说，"我又有了一个想法。"

"什么想法？"我问。

"别忙，"他说，"我必须仔细地分析一下，也证实一下！现在我还不能具体地说出来，让我好好地想几天。"他走到桌子旁边，把我放在桌子上的皮箱合起来，塞进了壁橱里，又把床上乱七八糟的衣服抱起来，向橱中乱塞。

我跳起来说："你干什么？"

"把你的东西收好，"他说，"你暂时不要搬出去，等我弄清楚再说，我要解开这个谜！"他把橱门关上，反身望着我，"别那么不开心，好吗？忆湄，来，今天晚上放一天假，我请你到外面去吃晚饭——儿童乐园的烤肉，怎样？然后，我们去看场电影！"他对我微笑，"把所有的问题、烦恼都暂时抛开，你是株忘忧草，是吗？走！出门玩玩去！"

"中枬，"我蹙着眉说，"你有了什么新发现？"

"什么都没有！"他说，拉着我的手，"别再去想了，想得越多，烦恼越多。思想最简单的人，才是最快乐的人！"

他拉着我走出房门，跑下楼梯。一个烦恼的白天过去了，一个美好的晚上正迎接着我们。

第十四章

这天下午,细雨绵绵密密地洒着,天空全是暗沉沉、灰蒙蒙的一片。报纸上的气象报告,寒流正从华北而来,高气压向东南移动。我的房间因为有一面落地长窗,虽然严严密密地关着,又拉紧了窗帘,仍然觉得寒冷。炉火烧得很旺,熊熊的炉火使人昏然欲睡。这样的天气,最好是躲在被窝里看小说,再准备点瓜子牛肉干,如果再有个知心的人随便聊聊,这才是人生最大的享受。抛开了书本,我叹口气,从火炉旁的椅子里站起身来,桌上的茶杯中,剩着一点冷冰冰的残茶,暖水瓶已经空了。抱着水瓶,我走出房间,到楼下厨房里去灌开水。我高兴有这么一点小事来让我做做。说真的,那枯燥乏味的课本真让我厌倦透了!

下了楼,正想到厨房里去,餐厅通罗教授书房的那扇小门吸引了我的注意力。那扇门是半开半合的,似乎正在诱惑我走进去。侧着头想了想,今天是星期三,罗教授下午有课,不会在家里。皑皑躲在她的房里烤火，不会出来；罗太太就更不用说了；皓皓中午就出去了，临出去之前，还到我房里来转了转，发誓说一定要帮我找一只和小波一模一样的猫回来。（我忘了叙述一点，自从上次小波受惊从窗子里跳走之后，就宣告失踪。为了这事，我曾经浪费了不少的眼泪。）中枬每天下午都有课，所以，家里的人都不会到书房里来，这扇门一定是罗教授走的时候忘记关好。我沉思了几分钟，终于抵制不了那扇门的诱惑，把水瓶放在餐桌上，蹑手蹑脚地走到书房门口。把头伸进书房，我张望了一下，果然，像我所预料的，整个一间书房中，除了冷冰冰的空气和暗沉沉的光线之外，一个人影都没有。我跨了进去，反身关上了房门。于是，我置身于一个寒冷、阴森而空旷的大房间里了。一瞬间，我心头掠过了一阵奇异的、不安的感觉。四壁的大玻璃橱，橱下都是抽屉，橱顶堆满了乱七八糟的纸张——可能是历年来学生的考卷，也可能是罗教授的研究资料。我相信这些东西都有多年没有整理，空气里散发着一股淡淡的霉味。

沿着那玻璃柜，我开始慢慢地环着房间走，一面凝视着柜子中陈列的那些岩石。每一块岩石下都有一张卡片，上面记载着岩石的种类和名称。我慢慢地看过去。元古纪：砂岩、砾岩、石灰岩、石英岩。结晶片岩纪：云母片岩、千枚岩、石英岩、石墨片岩、石灰岩。片麻岩纪：片麻岩、鱼闪岩……噢，多么枯燥乏味的东西！怪不得中枬无法念下去。只一会儿，我就对这些岩石失去兴趣了，不再去注意那些岩石。我开始研究那些大抽屉。从第一个柜子下的抽屉开始，我轻轻地拉了开来，拉抽屉的声音沙嘎地响着，打破了这空旷的屋子的沉寂，使我自己吃了一惊。本能地，我对自己窥探的行为有些不安，下意识地感到可能有人在暗中注意着我，四面望了望，屋中静寂如死，只有我的呼吸声在急促地起伏着。

弯下腰，我望着我所打开的抽屉，全是些成年的老古董的资料，一个个的卷宗夹子，上面分别写着年代，什么元古代、太古代、古生代、新生代……我随便地翻了翻，毫无意思。关上了这个抽屉，我再打开第二个，里面是些尚未整理的资料和图片，同样地乏味。关上它，我再打开第三个。就这样，我一个个抽屉开下去，顺着秩序，这些抽屉也一个比一个零乱，堆的东西越来越复杂。终于，我在一个抽屉里发现了个古旧而发黄的牛皮纸信封，封袋上写着"零星照片"四个字。我的心狂跳着，这里面有我想找的那张照片吗？打开封袋，我的手微微地发着抖，把一大沓乱七八糟的照片从封袋里掏了出来。我正想逐张看过去，但，一阵轻微的响动惊动了我。我猛地抬起了头，顿时，我大大地吃了一惊，浑身一震，那些照片全从我手里散落到地上去了。

在我面前，罗太太像从地底钻出来的一般，正亭亭然地站在那儿。使我吃惊的，还不单单是她的突然出现，而是她的神情和眼色！她的背脊挺得那么直，披着一件不知是什么年代的白色披风，披风里穿得仍然十分单薄。她在战栗着，是由于冷，还是其他因素，我不知道。她的眼睛直直地瞪着我，森冷、清幽……是一种我无法描述的神色！那眼睛和她那苍白的面色相映，使人立即联想起从坟墓里爬出来的幽灵和鬼魂。我打了个寒战，本能地退后了一步，讷讷地叫了一声："罗——伯——母！"

她直视着我，不前进，也不后退；不动，也不说话。整个的人，像一座直立的木乃伊。我心底的寒栗在加重，说真的，她实在不像个活着的人！"罗……罗……"我的牙齿打着战，"伯……母，我……我……不知道……你在……在……这屋里。我只……只是随便……看看。"我笨拙地解释着。

她继续瞪着我。"对——不起！"我向门边退去，忽然间，我害怕起她来了。在这黑暗而充满霉味的屋子里，她给我一种近乎恐怖的感觉，那对大而空洞的眸子，像两个深不见底的黑谷，要把人活活地吞进去。我转动着门柄，继续点着头说："我……我……希望没有……打扰你，我……要上楼去了。"

我还来不及打开房门，她迅速地"移"到了我的面前，同时，她的一只冰凉的手压在我的手上，阻止了我打开房门。那是只死人的手！那么冷，那么瘦骨嶙峋！她的眼睛黑得奇异，里面有些什么让人害怕的东西！我陡地又打了个冷战，我明白了！她在发病！现在的她，和那夜谈"菟丝花"的她是多么不同！那夜，她温和而有理性及思想，现在，她像个木头雕刻的幽魂！我嗫嚅着、战栗着说："罗……伯母，您……您……要什么？"

"你，你要什么？"她反问了一句，这句话使我迟疑了一下：她到底是清醒的，还是在发病？"我不要什么，"我说，仍然在害怕,"我只是随便看看。"

她的手在我的手臂上移动。我穿着厚厚的两件毛衣,她的手指当然不可能接触到我,但我却跟着她手指的移动,皮肤上起着鸡皮疙瘩。然后,一下子,她的手指挪到我的颈项上了,冷冰冰的手指,枯瘦得像鸡爪一般,硬硬地扣在我的脖子上。我咽了一口口水,僵硬地转动着头颅。她的眼神涣散了,喃喃地,狂热地,她开始说一些不知所云的话:"我并不是存心……你不该让她来……这样是残忍的……你在这儿,你在这儿……监视我……我不能……我不容忍……这样是残忍的!我不是存心……"

我伸长了脖子,用手试着去拿开她的手指,但她一下子扣紧了我,她的眼神狂乱而可怕!我的呼吸紧迫了,恐怖征服了我。我挣扎着,那第一日早晨的可怕的经验又重临到我身上。我模糊不清地喊着:"放开我!放开我!放开我!"

她的手指更加用力,在疯狂的情况下,她竟变得那么有力!我的喉头紧缩而呼吸急促,眼前金星乱迸。求生的本能使我奋力挣扎了,我用双手去抓她的手,而她也用双手来掐住我。同时,她在狂乱地嚷着一些话:"有了你……我们都要完……你不该来……我讨厌你!我讨厌你!我讨厌你!"

我无法呼吸,也无法用力,在她手指的重压下,我已经感到眼球发胀,耳朵里嗡嗡乱响,眼睛模糊不清……罗太太的脸在我眼前放大,一张可怕的脸!一张僵尸般的脸!那手指,如同无数的枯藤,勒在我的脖子上!菟丝花!这是菟丝花的藤蔓吗?它必须绕在我的脖子上吗?我的心志昏乱了!

但我不愿意死！我不情愿死！在这关闭的书房内，被一个疯子掐死！我挣扎，身子撑在门上，我竭力弄出响声，只有响声可以召来救援的人！我的腿碰到门边的一张椅子，用力地，我踢翻了那张椅子，砰然的响声似乎让罗太太震动了，她的手指松了些，我乘机抓紧她的手腕向外拉……我们纠缠着，喘息着……然后，我听到有人走近，房门被推开了。几乎是立即，一个人扑了过来，一下子扑在罗太太的身上。我脖子上的重压解除了。我急忙跳到一边，喘了一大口气，这才看清扑上来救我的人，居然是完全出乎我意料的人：是嘉嘉！嘉嘉，她的头庄严地竖在她的脖子上，她脸上时时刻刻带着的笑意消除了。她分开了罗太太的手之后，并没有放松罗太太，她打倒了罗太太！

我惊愕地张大了嘴，看着她把罗太太摔倒在地下。正当她还要扑上前去的时候，我叫住了她："不要，嘉嘉！"嘉嘉停止了。抬起头来，她愣愣地望着我，那张皱纹遍布的脸显得茫然和无知。很明显，她并不知道自己做了些什么，救了我，完全出于她的本能。但，我却说不出我有多么感激她。牵住她的手，我拍拍她的手背，喃喃地说："谢谢你，嘉嘉，谢谢你！"

她仍然愕然地看着我，可是，我的友善振奋了她，那痴痴的笑容又浮上了她的嘴角。她看来兴奋而愉快，那笑容是那么单纯，而又那么想讨好于人！嘉嘉，她是寂寞的，不是吗？一阵感恩和怜悯的冲动之下，我贴近她，吻了吻她的面颊，低低地说："但愿每个人都和你一样单纯，那么什么问题都没有了!"

我的举动使嘉嘉完全怔住了,有好一会儿,她似乎连气都透不过来。她那股真正的"受宠若惊"的神情令我衷心感动,我的眼眶不由自主地湿润了。知道这世界上有一个人没有缘由地崇拜你,没有条件也不求代价地喜爱你,尽管是个白痴,也同样让人感动!罗太太从地上坐了起来,她坐在一地的照片之中,依旧直着眼睛。同时,彩屏、皑皑都已闻声而来。彩屏瞪大了眼睛站在门口,皑皑却紧紧地蹙起了眉头,不信任地看着室内。

"这是怎么了?"皑皑望着我问。

"我想,"我疲倦地说,"你最好打个电话给罗教授,让他马上回来,你母亲又发病了,她几乎掐死了我。"

说完这句简单的话,我不想再管罗太太的事了。对于我,这简直是一次可怕的经验!牵着嘉嘉的手,我退出了罗教授的书房,心中发誓再也不走进这间房子。带着嘉嘉,怀着一份对嘉嘉的感情,我头一次走进了嘉嘉的房间(她住在一排下房中的一间)。那是个阴暗狭窄的房子,玻璃窗破了一扇,冷风从破口处无拘无束地窜了进来。整个房子冷得像个冰窖,迎着风,我连打了两个寒噤。走到她的床边,我摸了摸棉被和垫被,单薄得可怜。我望着嘉嘉,皱拢了眉头,摇摇头说:"嘉嘉,你就住在这样的地方吗?"

嘉嘉对着我傻笑。一阵冲动之下,我跑到我的屋里,把我床上的棉被抽了一条,又拿了一条毛毯和一个比较舒服的枕头,走回嘉嘉的房间,把棉被和毛毯给她铺好,枕头也放好。一回头，我看到她瞪着眼睛，吃惊地望着我，傻傻地问："小姐，你做什么？"

我高兴她能问出一句有条理的话来。拍了拍床，我微笑地说："嘉嘉，如果我的分析不错，你应该也是个被收容者，我们有相同的地位，以后，让我们分享我们所有的。"我明知道，这几句话不是她所能了解的，再拍了拍床，我简单地说："给你的，嘉嘉。"

嘉嘉走过去，在床沿上坐下，摸摸枕头，又摸摸棉被，再摸摸毛毯。都摸过了，她又去摸枕头，再摸棉被，然后，她就痴痴地傻笑，一直坐在那儿笑。我悄悄地退了出去。当我走开的时候，我听到她在唱歌了，又是那支老歌：花非花！她唱得那样婉转动听，我知道她的内心也在欢唱着！给别人快乐也使自己快乐，我跨上楼梯，向我的房间走去，罗太太使我受的惊吓几乎已被嘉嘉的歌声带走了。

回到屋里，我关上房门，拨了拨炉火，添上两块炭，在藤椅里坐下，我长长地吐出一口气。想想看！我差一点被罗太太掐死，不禁又心惊肉跳了一阵。伸手去拿桌上的茶杯，冷冰冰的半杯残茶，这才想起原来是下楼灌水的，结果开水也没灌，还几乎送命！回想起来，一定是罗太太先就在书房里，听到了我的声音，她就藏在橱与橱之间的黑暗的空隙中了，而等到我翻出了照片，她才突然现身。但是，她在书房中做什么？她又为什么要藏起来？还是她走进书房的时候就已经在发病中？整个的行为都是一种病态？

我摇摇头，反正，都是解不透的谜！拿着火钳，我无意识地拨着炉火,手仍然有些微颤。当我弯下腰去的时候,一样东西从我毛衣外套的宽口袋中掉了出来,落在火盆的炭灰上。我拾了起来,是一张陈旧的照片,显然这是那散落的许多照片中的一张,鬼使神差地落进了我的衣袋里。带着几分好奇,我打量着这张照片,是张毫不出奇的婴儿照。一个大约半岁大的女孩,坐在一张圈圈椅里。翻到照片的背面,有一行小字,写着:

摄于皑皑六个月大。卅三年一月

是皑皑!我再翻过照片的正面,注视着那个小女孩,照片已经很旧了,孩子的面孔并不太清楚。但,那是个硕壮的小东西,没想到今天弱不禁风的皑皑,在婴儿时代却是个肥肥胖胖的娃娃!当然啦,十八年间,一个小婴儿长成个楚楚动人的少女,你再要去找她们的相似处是不可能的!例如,这照片里的女孩子有个短短的小鼻子,鼻梁处打着皱,胖胖的短下巴,灵活的眼睛,一副滑稽相!如果没有背后的注解,我怎么也不会想到这是皑皑!不过,说真的,我倒蛮喜欢这照片里的小娃娃,远胜过今日的皑皑!婴儿总给人一种亲切感,而皑皑,却过于冷漠了!把照片抛在桌上,我对它已失去了兴趣。

在炉边默默地坐了片刻,我听到罗教授回家的声音,罗太太显然已在我为嘉嘉忙碌时就回到了她的房里。我听到罗教授沉重的脚步声奔过走廊,急匆匆地跑进罗太太的屋里。

过了大约十分钟，罗教授的脚步又穿过走廊，走下了楼梯。我坐在我的椅子里，正在默想着要不要把今天的遇险原原本本地告诉罗教授，还没有等我想出结论，罗教授已奔上了楼梯，沉重而狂暴的脚步一下子停在我的门前。接着，我的房门被"撞"开了，罗教授"冲"了进来，狂怒而闪烁的眸子在须发中射着光，那颗大头颅一直逼到我的眼前。从喉咙里，他迸发出一声可怖的怒吼："忆湄！"我吓了一大跳，火钳从手中落到地下。许久以来，他没有这样凶地对待我了。错愕地抬起头来，我愣愣地望着他。

"好！你倒说说看，你是什么意思？"他暴跳如雷地嚷。

"罗教授！"我困惑地说，"怎么——"

"你解释！忆湄，"罗教授继续喊，"你到我书房里去找什么？"

"我……"我嗫嚅着，"看到书房门开着，我……走进去随便看看。"我转动着眼珠，想找出一个妥帖的理由来解释我的翻箱倒柜，"我只是……只是……有些好奇。"

我的理由似乎并不太好，他的头向我逼得更近，眼睛里冒着火："好！你说说看！书房里有什么'奇'值得你去'好'！"他的手猛地抓住了我的手腕，把我一拉一带，我差点栽到火盆里去，他的头几乎撞到了我的额角。用震耳欲聋的大声，他叫得我心惊胆战："我告诉你，忆湄！我存心要好好待你，送你进大学，让你幸福快乐！可是，如果你存心要破坏这个家庭的话，你就是逼我做我不愿意做的事，那么，忆湄，还是在你把一切都破坏了之前，趁早送你走的好！"

197

我的背脊挺了起来,试着想挣脱他,但他那巨大的手掌,把我抓得那么紧,我根本就无法动。泪水在我眼眶中泛滥,我控制不住自己了。"罗教授!"我喊,"你的太太差点掐死我,你又来欺侮我!你不必送我走,我自己会走!马上就走!你放开我!"

罗教授没有放开我,但他斜睨了我好一会儿,问:"谁要掐死你?"

"你太太!"我说,"如果不是嘉嘉赶来救了我,我现在大概已经死掉了!你们看我不顺眼,我也不要在这里住下去了,整个罗宅像个疯人院!说实话,我怕你们,罗教授,我怕你们家的任何一个人。除了人之外,我也怕你们家的鬼!好吧,我走!就是你不赶我走,我也要走了,我早就该走了!"

我一连串的大嚷大叫反而使罗教授平静了,他放了我,抱着手臂,站在我面前,深思地凝视着我。

我揉着我的手腕,由于他用力太大,我的手腕已留下几道红痕,我含着泪,低低地、自言自语地、不经考虑地说:"一个是野蛮民族,一个是女疯子!"

"唔,忆湄,"罗教授开了口,语气里的火药味却消除了,"不要胡言乱语!"

我噘起嘴:"事实如此!"

"好了,"罗教授带着股息事宁人的态度说,"这事我就不追究了。只是,以后你不许再到我书房里去乱翻,把你的心思用在书本上吧,大学考不上,如何对得起你母亲的一番苦心？现在，念书吧！"他大踏步地向门口走，我喊："等一等，罗教授！"

他站住了，回过头来，不耐烦地说："你还有什么鬼事，忆湄？"

"罗教授，"我坚定地咬着牙说，"谢谢你这半年多来的收容和教育，这一次，我是决心要离开这儿了！你们使我有一种压迫感，我无法在这种气氛下生活！与其求人，不如求己！无论如何，我很感激你们，但是我要走了。"

罗教授盯着我，他的眼中再度燃烧起怒火，看来是凶恶的。"我这儿不是你的旅馆，忆湄。"他愤愤地说，"你高兴住进来就住进来，你高兴走就走！世界上哪有这么方便的事？而且，你是你母亲托付给我的，在你念完大学之前，你休想离开我们罗家！"

"大学可以不念，"我喃喃地说，"屈辱却不能再受！"

"谁让你受了屈辱？"他咆哮起来，跳到我身边。在我警觉到危险之前，他的大手已抓住了我的肩膀，接着，我就被他像筛糠般乱摇一通。"告诉你，忆湄！你别不识好歹！对于你，我已经不知道该把你怎么办才好了。你来了，惹雅筑发病，让皑皑伤心，又使皓皓不安，连徐中枬在内，无一不受你影响，而我——"他猛地顿住，瞪视着我，压低了声音，在喉咙里自顾自地诅了一大篇咒，才放掉我，用手揉揉鼻子，喃喃地说，"算是命中注定的吧，你是罗家的克星！我什么都忍耐，你还要一来就要走！别糊涂！给我好好地待下去！"

他又走向门口，这次，我没有再叫住他了，因为我已经被他连嚷带闹带摇撼地,弄得头昏脑涨了。他走出了房门,又回过头来对我喊了一句:"忆湄!假若你敢走,被我捉回来,我就拆散你的骨头!"

房门砰然关上,震痛了我的耳膜。我用手捧住头,脑子里如同万马奔腾、几万只铁蹄在我脑中践踏奔跑着,眼前金星乱跳,胸中又闷又胀。整个下午的事件搅昏了我,坐在椅子里,我无法动弹,只感到头痛欲裂。

雨滴敲击着玻璃窗,声音单调而落寞,室内渐渐地昏暗了。炉火已熄灭,空气冰冻了起来,我坐着。在麻木的脑子里,不断地出现着两个问题,像幻灯字幕般一再映现:"走?不走?""走?不走?""走?不走?"除了这个问题之外,我还有个更困惑的问题:"他们是欢迎我,还是讨厌我?"

天黑了,彩屏来敲我的门:"吃饭了,小姐!"

"我不想吃,"我说,"不吃了!"

彩屏走了,我又继续坐着。然后,门开了,中枑大踏步地走了进来,电灯一下子大放光明,我眨着眼睛,不能适应突来的光线。中枑审视着我:"怎么回事?"他问:"我一回家就听到彩屏说起,罗太太又发病了吗?"我点头。"你怎么了?"他皱拢眉头,"忆湄,你苍白得像个鬼!"走近我,他托起我的下巴:"你的眼睛那么奇怪,忆湄,告诉我,到底怎么了,你像个迷了路的孩子!"

我是个迷了路的孩子吗?我是的。谁带我回家?我的家又在哪儿?扑进了中枑的怀里,我用手臂圈着他,这是我唯一的亲人和知己！我轻声地喊："噢！中栩！噢！中栩！噢！中栩！"

于是我哭了起来。

第十五章

我不知道，谁会有突然失掉了自己的感觉？我就失去了自己。我说"失去自己"还不能完全表明我的感觉——不止于"失去自己"，而是骤然之间，发现将近十九年来你所认识的那个孟忆湄，几乎是根本不存在的，你的背景、身世，一切都变成了谜。我是个最不善于分析的人，而中枥却是个最善于分析的人。当我把所有发生过的事向他细细叙述，而他仔细思想之后，我发现自己陷进一团浓雾里了。

火，已经重新燃了起来，屋子里散发着懒洋洋的暖气。中枥和我面对面地坐着，中间是炉火。夜已深了，他的手握着我的手，他的眼睛凝视着我的眼睛。他那两道挺直的眉毛微锁着，思想的马又在他脑中疾驰了。许久，他沉思地说："但愿我知道你是谁！"

"我是谁？"我迷惑地说，"一个孤苦无依的女孩子，名叫孟忆湄，今年将近十九岁。"

他摇头："没有这么简单，你不是你，忆湄，你不是单单纯纯的孟忆湄。"他用手支着额，苦苦思索，"忆湄，你还记得你的父亲吗？"

"很模糊，"我说，"他是个文质彬彬的人，身体很坏，长年累月地生病，整天躺在病榻上看书。妈妈常说他是书呆子。"

"你长得像你父亲吗？"

我指指墙上的全家福照片："你看呢？"

"我看不像。"他摇摇头，"忆湄，我有个大胆的假设。"

"什么？"

"不过是假设而已，"他说，深深地望着我，"我说出来，你不要太吃惊。我的假设也并不见得对，但可以解释许多疑点。"

"你说说看！"

他握紧了我的手，一个字一个字地说："罗教授是你的父亲！"

我惊跳，叫着说："胡说八道！"

"别激动，"他说，"冷静地想想，你会发现我的假设不是没有道理的。你说过，你母亲个性很强，却把你托付给罗教授，如果没有一份特殊的关系，她怎么能确定罗教授一定会收容你？这是第一点。罗太太对你显然有些敌意，从许多事件上都可以看出来，而你又常引起她发病，原因何在？她一定知道你的身份，而她有种潜意识的嫉妒，不止对你，还有你母亲，这是第二点。皓皓下了苦心追求你，罗教授显然也欣赏你，以父子之情，他应该促成你和皓皓，但他没有缘由地阻扰和反对，为什么？可不可能你和皓皓是同父异母的兄妹？这是第三点……"

"别说了！"我打断他，"照你这样分析，我母亲是罗太太的好友，而与罗教授有了暧昧，生下了我；至于我那个父亲，只是名义上的，是吗？换言之，我是个私生子，罗教授对我没有负上责任……"

"或者，是你母亲不愿让他负上责任！"中枂插嘴说。

我沉默了，这倒很合乎妈妈的个性，带着一个私生的女儿悄然离去，等到自己的生命即将结束，再把女儿还给那个父亲。我咬着嘴唇，连打了两个寒噤，只因为这"假设"的可能性太大！而我，百分之百地不愿接受这个可能性！站起身来，我在室内无意识地兜了一圈，然后停在中枂面前，大声地说："无稽之谈！我告诉你，完全是无稽之谈！你在编小说了！"

中枂凝视了我几秒钟，说："有时，你很能面对现实；有时，你又喜欢逃避现实！"

妈妈也说过类似的话！我想，人都有同样的毛病，对于自己不愿接受的现实，就加以逃避或拒绝。我勉强地说："可是，中枂，你并没有证据，这仅仅是你的猜测而已！"

"不错，"中枂说，"这只是猜测。不过，我想，给我一点时间，我或者可以找到一些证据……"他沉吟片刻，抬起头来说，"罗教授喜欢把所有的东西，往书房里那些大橱的抽屉里塞，那里面有没有可以证明你身世的东西？罗教授和罗太太一定都不希望你知道自己的身世——我是说如果你是罗教授的女儿的话——那么，今天罗太太到书房去，是不是也想找出这些东西而加以毁灭？凑巧你也去了，她只好躲起来，同时窥探你的动机……"

"中枂，"我的不安加深了，"你的侦探小说看得太多了，再说下去，你会说罗太太是在装疯，而目的是想谋杀我了！"

中枂紧紧地盯着我。"无此可能吗？"他问。

我悚然而惊。"中枂，"我叫，"你别吓我！"

中枂站起身来，从身后抱住了我，把我揽在他的胸前，他的下巴贴在我的鬓边，温和而恳挚地说："听我说，忆湄，我不想吓唬你。可是，我要你提高警觉，人生有许多事是我们根本想不到的。罗太太确实是个神经不太正常的人，在你来之前，她也常发病，所以她的神经病不会是装的。可是，自从你来之后，她似乎越来越怪，今天居然会疯到要掐死你，使我大惑不解。不过，她既然神经不正常，你就无法预料她会做出些什么事来。所以，忆湄，听我讲几句，尽量地避开罗太太。同时，晚上睡觉的时候，别忘了锁门。你是从不记得锁门睡觉的，记得那天你和罗太太谈菟丝花和劲草的深夜，我在门外偷听的事吗？老实说，那夜我就是听到罗太太的脚步声向你的房间走，我不放心，跟踪而去的。我一直有种恐惧……"

我寒战了，说："噢，中枂，你别胡扯，你不知道你在说些什么。"

中枂放开我，坐回到椅子上，叹了口气说："我知道我在说些什么，但愿——一切都是无稽之谈！"

我也坐回到他的对面，低头注视着炉火。一块新燃着的炭有了烟，我细心地用火钳拨了出来，用灰把它遮住，以免烟雾熏了眼睛。我的背脊上一直凉飕飕的，像有个小虫子在爬，说不出来的一股不自在，好半天，我们谁都没有说话。然后我下意识地在炭灰上画着字，一面低低地说："我真想搬出去，我真不想住在这儿。我投奔到这儿来就是一个错误。"

"是吗？"中枡的语气有些特别。我抬起眼睛来，他正在注视着一张照片，是那张皑皑的婴儿照！把照片放进他的口袋，他说："你应该来，忆湄，否则，我如何能认识你？"

"你——喜欢这张照片？"我问，莫名其妙的妒意在心中升腾。

"不错，"他笑了，捏捏我的下巴，"你在意了，是不是？因为我又收藏了一张皑皑的照片？别去管它，我只是喜欢这小娃娃的表情，皱皱的小鼻子像个猫头鹰。"他站起身，拍拍我的手背："好了，忆湄，你也该睡了，记住要关好房门。"

他走向房门口，打开房门，跨了出去，又回头问了我一句："忆湄，到今年七月，你就满十九岁了，是不是？"

"是的，怎么？"

"我居然不知道你的生日！"他噘着嘴说。

"七月二十一日。"

他笑了："我会记得牢牢的，你比皑皑差不多大了一整岁。到时候，送你一打小白猫做生日礼，好吗？以填补失去的小波。"

"小波的位置不是别的猫所能填补的，"我怅怅地说，"他们竟不能容忍一只残废的小猫！其实，小波根本毫无过失！"

"皑皑的过失也不大，"中枂笑着说，"如果你是她，说不定也会发脾气。皑皑的本性是很善良的，别把这点小事记在心上，那就不像你的个性了！"

"你好像很偏袒她哦！"我用鼻音说。

"别那么酸溜溜的！"他的笑意更深了，再捏捏我的下巴，他的身子向走廊里隐去，同时，还抛下了几句话，"不过，嫉妒对你有益，最起码，你不再眼泪汪汪地伤心了。好，明天见！保险你明天起来的时候，今天所有的烦恼都已成过去了！"

我目送他的影子消失，虽然明天一早就能见面，却仍然若有所失。关上房门，我默立了片刻，终于，郑重地锁上了房门。刚刚把门落了锁，我就听到楼下嘉嘉的歌声，不知从花园的哪一个角落飘了过来："花非花，雾非雾！夜半来，天明去。来如春梦不多时，去似朝云无觅处！"

在这阴雨绵绵的冬季的深夜里，这歌声别有一种苍凉的韵味。忽然间我心底掠过一阵寒意。"花非花，雾非雾，夜半来，天明去。"这是什么？谁也无法了解白居易作这阕词时的心情，更没有人明白他在隐示着什么。既非花，也非雾，能在夜半来，而天明去，这是什么呢？一个梦？一段感情？一个幽灵？一个鬼魂？……噢，我是越来越神经质了！

清晨，我在冰冷的空气中醒来，双脚都已冻得麻木。分了一条棉被和毛毯给嘉嘉之后，我所盖的就未免太单薄了。起了床，头重鼻塞，脚还没落地，已经一连打了三个喷嚏。

下了楼，罗教授正坐在餐桌旁，我的早餐也已摆了出来。刚刚坐下，左一个喷嚏右一个喷嚏，眼泪跟鼻涕都来了。罗教授从他的报纸上抬起头来，盯着我。

"怎么了？"他简单地问。

"我想是感冒了。"我说。

"为什么不小心些？没关窗子？"

"不，是棉被不够！"

"棉被？"他的浓眉纠缠了起来，"怎么会？我关照过，你床上的用具要和皑皑、皓皓的一样！那么你为什么不早说？要等到生病了才开口？想冻死吗？"

我凝视着他，这个毛发蓬蓬的人是谁？我的父亲吗？和皓皓、皑皑一样！他想用同等的待遇来待我吗？低下头，我啜了一口稀饭，轻声地说："棉被本来是够的，但是，昨天我分了一条棉被给嘉嘉。"

"嘉嘉！"他看来十分惊愕，"怎么？"

"我不想让她冻死，她睡觉的地方像个冰窖，玻璃窗破了，冷风满屋子奔窜……"我停下来，鼻子里一阵发痒，要打喷嚏又打不出来，我张着嘴，眨着眼睛，好不容易才把这阵难过熬过去，"我想，很少有人注意到她是怎样生活的，她自己又什么都不懂。我奇怪以前的那些冬天，她是怎么度过去的！"

罗教授紧紧地盯着我，眼睛里闪烁着两簇奇异的火焰。

"于是，你就把你的棉被给了她？自己冻得生病？"

我点点头："不错，我把棉被给了她，但并没有料到会感冒。"

他继续盯着我。"你也这样爱管闲事!"他闷闷地说。

"噢,这不是闲事!"我说,"嘉嘉也是个有生命、有情感、有血有肉的人。凡是生命,都该被重视……"

"凡是生命,都该对他自己负责任!"罗教授冷冷地说。

"有些生命,是无法自己负责的,他没有能力照顾自己,你也无法对他苛求。嘉嘉是这样,不止嘉嘉,罗伯母……"我顿住,一个喷嚏阻住了我下面的话。

罗教授冷然地接了下去:"是一株菟丝花,是吗?菟丝花是要靠别的植物支持才能生存的,是吗?"

"噢,"我懊恼地说,"她告诉你的吗?那——只是一个无心的譬喻。"

"一个很恰当的譬喻。"他喃喃地说,又问,"谁给了你这些奇奇怪怪的思想?嗯?"

我愕然,摇了摇头。"我不知道,"我说,"大概是与生俱来的!"

他不再说话,低下头,自顾自地吃着他的早餐,我也埋头吃我的早餐,同时还要和我的眼泪鼻涕和喷嚏作战。一顿饭,我不知道打了多少个喷嚏,我每打一次,罗教授都要抬起眼睛来看我一眼。就这样,我吃完了早餐,一抬头,我发现罗教授正靠在椅子里,静静地望着我。我心中一动,冲口而出的,我问:"罗教授,你知道一个地方,叫作湄潭的吗?"

罗教授像触电般一震,迅速地说:"你说什么?"

"湄潭,"我重复了一次,"你知道这个地方吗?你去过吗?"

"湄潭？"他口齿不清地问，那些乱七八糟的毛发全扎到一堆去了，"你从什么地方听到这个地名？嗯？"

"妈妈的画上写着这个地名。"我说。

"是吗？"他的毛发又舒展了，"我知道，那是个小县城，在贵州省，风景很美丽。"

"你在那儿住过吗？"

"是的，"他含糊不清地说，"一段短时间。"

"是不是——"我迟疑地问，"我母亲认识你们的时候，就在——湄潭吗？"

"见鬼！"罗教授跳了起来，把报纸扔在桌上，没好气地说，"你在干什么，忆湄？你想知道些什么？还是在调查什么？嗯？别自作聪明！"他转身向餐厅门口走，又回过头来，气冲冲地说，"告诉你，忆湄！把你的心完全放到书本上去！别再管闲事！"

罗教授走了，我仍然坐在椅子里，望着饭碗碟子发呆。罗教授是谁？我的父亲吗？看样子，中枂的猜测是越来越合乎逻辑了。那么，换言之，妈妈在一种不名誉的情况下生了我，"孟"只是名义上的姓而已！多么可怕！不，这太不可能！我一定可以想出理由来推翻这可能性。妈妈是一个那么正直的女人，怎会和有妇之夫发生暧昧？不过，感情的事常常是无法解释的，我又有什么把握肯定妈妈一定不会呢？摇摇头，我不愿再想了！皑皑说过："你是谁？突然跑了来，把一个本来安安静静的家庭搅得天翻地覆？"罗太太也说过："你知道你的母亲是谁吗？你知道——"

是的，我现在明白了，我的身世不像我想象的那么简单！我的身世是一个谜！站在饭厅的中央，我愣愣地自问："我是谁？我是谁？我是谁？"

"你吗？"餐厅门口有一个声音在答复我，"我想，应该是一种小妖魔和小仙女的混合品！"

我抬起头来，皓皓站在餐厅门口，正咧着嘴对我笑。一经和我的视线接触，他立刻眨了眨他漂亮的眼睛，愉快地说："听说昨天你曾受过一场虚惊，是吗？"

"虚惊！"我说，"岂止是虚惊！我差一点送了命！"

"不过毕竟没有送命！"他笑嘻嘻地说，走到我的面前，审视着我，"这么一件小事就让你变得如此苍白吗？"

我"阿啾"一声，打了个喷嚏，用手揉着我不通气的鼻子，说："苍白的原因是失眠和感冒。"

"失眠？"他大大地发生了兴趣，"是为了我吗？"

"呸！"我说，"皓皓，你从没有正正经经说过一句话，永远只会贫嘴！"再打了个喷嚏，我说，"你昨天回来得很晚？"

"你在关心我？"他反问。

"哼！"我哼了一声，"皓皓，你是个最难于谈话的人！"

他在餐桌边坐了下来，仍然望着我笑。

"你应该恭喜我，"他慢吞吞地说，"我有了个新的女朋友，我想，我这次不会再三心二意了。"

"真的？"我问。

"你希望是假的？"他的眼睛亮晶晶的。

我掉头向餐厅门口走，他一下子赶上来，拦住了我的去路。抓住我的胳膊,他的脸逼近了我,眼睛闪烁地瞪着我,嘴角的肌肉收缩着。看样子,他是在莫名其妙地生气。

"你干什么?"我问。

"忆湄,"他恨恨地说,"我真不知道你有什么地方特别好!你不算很美,更谈不上成熟及诱惑力,你又是这样一个执拗而固执成见的小东西!但是,你身上具有什么?真的,忆湄,你是谁?你不是个简简单单的女孩,而是个妖魔和仙女的混合品!罗家欠了你什么?你注定了来扰乱这整个的家庭!"

我困惑地瞪视着他,他也瞪视着我。然后,他长长地叹息了一声,放开了我,转过头去,自言自语地低声说:"我但愿有一种巨大的力量,能把我从你的身边拉开!"

我凝视他,蹙起了眉,于是,他一下子把我推开,推得又重又野蛮,嘴里乱七八糟地嚷着说:"哈!你干吗做出那么一副悲天悯人的样子来?你以为我罗皓皓会痴情如此?不过哄你玩玩而已,你可别自作多情!天下的女孩子那么多,我罗皓皓谁都可以爱,你,算不了什么!"他对我眨眨眼睛,"所以,忆湄,你看,你大可不必为我难过。"

我静静地望了他好一会儿,然后,我攀住他的肩膀,轻轻地吻了他的面颊。我的举动触怒了他,他像碰上了有毒的东西一样,猛烈地推开了我,忙不迭地用手擦拭着被我吻过的地方,嘴里低低地、叽里咕噜地诅咒。这样子和神情都像极了罗教授。

我轻声地说:"皓皓,如果我恐惧的事情是事实,那么,那个大力量终究会来的。"

"你在说些什么鬼?"他问。

我摇摇头,不再回答。离开了他,我走出餐厅,回到了我的房间里。在书桌前坐了下来,鼻子塞得更加厉害,炉火烤得我头痛。忽然间,我强烈地思念起妈妈,思念和妈妈共有的那些岁月:一间小小的房子,一对相依为命的母女,和那份单纯得不能再单纯、宁静得不能再宁静的生活。想想看,不久之前,我还依偎在妈妈身边,事事让妈妈拿主意,连早上起床,穿哪一件衣服,都要问一声妈妈。而现在,我竟处在这样复杂紊乱的境况里!妈妈,妈妈,在她交代我来投奔罗教授的时候,她曾预料到我会遭遇这些事情吗?

黄昏的时候,彩屏捧了一大沓毛毯和棉被走进我的房间。把东西堆在我的床上,她望着我说:"老爷要你晚上在家里不要出去,他请了医生来给你看病!"

"哦,"我错愕地说,"一点小感冒而已,真犯不着请医生。中枥已经买了特效药来了!我的身体又强,现在都不头痛了。"

彩屏把棉被帮我铺好,那是一床崭新的、鹅黄色的底色、桃红色的花朵的棉被,鲜艳而夺目。毛毯也是新的,浅绿的底,墨绿的格子。彩屏笑着说:"老爷自己上街去买来的。我在罗家做了这么多年,还是头一次看到老爷买这些东西,以前都是叫我们去买的。"她看看东西上缀着的价格标签,又笑了,"老爷买东西一定不会讲价,起码贵了一百块!"她注视我,含着笑意的眼光里,似乎还带着抹奇怪和研究的神情。连她也在诧异我的身份和在罗家奇异的地位吗?她也在怀疑我是谁吗？床铺好了，她又说："小姐，你的棉被给了嘉嘉吗？"

"是的。"

"老爷今天下午叫了配玻璃的人来，把嘉嘉房间的玻璃窗都修好了。"彩屏说，望着我，"小姐，从你来，嘉嘉的生活好多了，以前，实在没有什么人会去注意她。"她把换下的被单和枕套抱起来，向门口走，又站住说，"罗家的人都是好人，不过，他们都不大去注意别人的，每个人只管自己。"

这是下人嘴里批评的主人，但确实有些对。目送彩屏走出房间，我呆呆地在床沿上坐下，用手抚摸着那柔软的棉被，嗅着那新东西上所特有的香味，有些心境恍惚。罗教授自己上街去买来的！难得他会记起帮我买棉被！贵了一百块？岂止一百块？但，最使我感动的，还不是他为我买棉被或请医生，而是他为嘉嘉配玻璃窗！一件小小的事，却可证明他那粗粝的外表下，藏着一颗怎样的心！

望着窗子上的露珠和窗外苍苍茫茫的暮色，我奇怪这是怎样一个世界？奇怪罗家所有的人，是怎样的个性？奇怪他们是欢迎我，还是不欢迎我？是喜爱我，还是讨厌我？为什么他们好像都很喜欢我，而又总要令我难堪？这，到底是怎么一回事？是因为我"特殊"的"身份"吗？我"有"一个特殊的身份？

对着窗子，我喃喃地问："我是谁？我是谁？我是谁？"

第十六章

接连而来的好几天,我变得精神不安而神志恍惚,无论早晨或黄昏,白天或黑夜,我都会突然间冲口而出地自问一句:"我是谁?"我想,我已经快要精神分裂了。自从那天在书房遇险之后,我十分恐惧罗太太。每次碰到她,我都会有种痉挛的感觉,而立即急匆匆地避开。罗太太对我是怎样的想法,我不知道,但我敏感地觉得,她常在暗中窥探着我,那两道眼神狂乱而怪异。许多时候,我会恐怖地想,她是在找寻机会再来勒死我。这种念头令我神经紧张而心情恶劣。

中枬这几天显得很忙碌,他常常不在家,我不知道他忙些什么。而在家的时间,他也很少到我房间来,他总是借故停留在罗教授的书房里,我猜他是在搜集一些资料,用来证实他的猜测。不过,从他沮丧而困恼的神色上看来,他是一无所获。罗教授似乎也变了,他那掩藏在须发中的眼睛,不再像往日那样坦白自然,却经常以一种奇怪的、怀疑的神色,不信任地望着我，或是中枂，或是皓皓和皑皑。甚至于，他也用同样的神色去看罗太太。我觉得他有种潜在的紧张，时时刻刻都在戒备着什么。皓皓呢？那天在餐厅中和我谈了几句简单的话之后，他似乎故态复萌，又变得早出晚归，成天不在家。如果有一两分钟的在家时间，不是向中枂挑衅，就是和罗教授"顶牛"。有一次，我还听到他在取笑皑皑，说她是个蜡像美人。皑皑，她也真像个蜡像美人，她越来越苍白，越来越瘦弱。由于瘦，鼻子就显得特别高，眼睛也显得特别大，有种西方古典美人的美。但，她那黑而深邃的眸子使我不安。或者，她也知道她的眼光会使我不安。我觉得，她屡次地故意盯着我看，仿佛想用她的眼光来杀我。她的眼光也确实收到了效果，我有份被伤害的难堪，罗宅对我而言，是愈来愈难处了！

这天早上，从睡梦中醒来，意料之外的，竟有着满窗耀眼的阳光。长久一段时间，只看得到暗沉沉的天和低压厚积的云层。一旦看到阳光，那份喜悦和振奋真难以形容！何况我向来是个比较爱动的人，这些日子，被雨和寒流困在家里，几乎使我浑身的筋骨都发霉了。因此，当早上中枂来给我上课的时候，我像个冬眠乍醒的小昆虫般"跳"到他面前，一下子用手钩住了他的脖子，兴奋地说："今天放我一天假，中枂。太阳那么好，我们到郊外去走走！"

中枂把我的手从他脖子上拿下来，微蹙着眉头望着我，那神情像我提出的是个荒谬绝顶的提议！他丝毫不发生兴趣地说："怎么想出来的？好好的要到郊外去玩？你知道还有几个月就要大专联考了。"

"别那么道学气!"我噘着嘴说,因为被泼了一大盆冷水而不高兴,"偶一为之,又怎么样?难得有那么好的太阳!"

他看看天,太阳似乎燃不起他的兴致。"今天不行,忆湄。"他冷淡地说,"你需要把或然率弄弄通,我也还有事要办!"

"你这两天在忙些什么?"我有气地说,"整天看不到你的人影!"

"要放寒假了,你知道,"他说,"学期快结束的时候总是忙一点。"把书本摊开在桌子上,他说:"来吧!让我们开始上课!"

用手支着头,我无精打采地望着课本。或然率!我对那些或然率一点兴趣都没有!阳光透过玻璃窗,暖洋洋地照射在我的身上、书桌上和课本上。多好的阳光!多美的阳光!拿着一支铅笔,我在笔记本上胡乱地涂抹,勾出一个人头,加上些胡须和乱发,半遮半掩在乱发中的眼睛,这人是谁?罗教授?一个地质学专家?我的什么人?在人头的旁边,我涂上两句话:"人面不知何处去?一堆茅草乱蓬蓬!"

"嗖"的一声,我的笔记本被中枏抽过去了。他看看笔记本上的人头,又看看我。"这是你做的或然率的笔记?"他问。

"我讨厌或然率!"我说,"中枏,你太严肃。"

他叹息了一声:"严肃,是为了你好。"他再看看那个人头,"不过,你倒有很高的艺术天才,恐怕学画比学文对你更适合。"

"中枻,"我恳求地说,"别上课吧,我一点心情都没有。太阳使我兴奋,玩玩去,怎样?"

中枻凝视了我几秒钟,低下头,在课本的习题上一路圈出三四十个题目,放在我面前,说:"把这些题目做完,我们再出去!"

"这够我做到月亮上升!"我叫着说。

"不错!"他点点头,"我们可以去看晚场的电影!现在,你做习题,我也要出去了。"

"你到哪儿去?"

"去看个朋友!"

"你对看朋友有兴趣,对陪我出去就没有兴趣!"我嚷着说。

"忆湄,"他站在我面前,深深地注视着我说,"人生,有许多'责任',是比'玩玩'更重要的,我们已经浪费了不少的时间,不能再浪费了。我有些正经事要办,你别太孩子气,晚上我再和你详谈。"

"不要!"我任性地说,"你只知道正经事!在你脑子里,责任啦,工作啦,前途啦……实在太多了!皓皓说得对,你是个只会谈大道理的书呆子!跟你在一起,就别想开心地玩玩,你永远是煞风景!"

我的话触怒了他,听到皓皓的名字,他的眼睛就冒起火来了。"我要告诉你,忆湄,"他板着脸说,"假如我有一个和罗教授同样富有的父亲,我不愁吃,不愁穿,也不愁没房子住;我又有一个安于做寄生虫的个性,浑浑噩噩靠父母的财产过一辈子就满足了,如果我是那样一个人,我会带你玩,带你疯,带你做一切你爱做的事!满足你个性中坏的一面!或者你也希望我做那样一个人,但是我不是!你对我满意也好,不满意也好,我就是这样一个人!"

说完,他气冲冲地走向了门口,扶着房门,他又加了一句:"晚上请你看电影!"房门砰然关上,我呆呆地坐在椅子里,带着满腔的失意和受伤的感情,瞪视着向我诱惑的闪烁着的满窗阳光。一早上欢悦的心情全飞走了,中枘,他是怎样一个人!难道在爱情的领域里,还是这样的倔强和固执!我的提议是很不对的?他未免太过分了!责任!责任!他心中除了责任还有什么?我沉重地呼吸着,愤怒和懊恼使我全心激动。"晚上请你看电影!"怎样的语气,仿佛请我看电影是他在向我还债!我稀奇这场电影吗?不过渴望有一天的时间,和他单独相处而已,如果连这么一点点领会力都没有,还算什么知心呢?

我大约发了十分钟的呆,然后我跳了起来,走出房间。在走廊上,我碰到了正要下楼吃早餐的皓皓!他望着我,睐了睐眼睛,他眼中的光芒和太阳光相映。带着个和阳光同样温暖的微笑,他说:"早,忆湄!阳光没有鼓舞起你一些活力来?"

"我向来是不缺乏活力的!"我说。

"是吗?"他锐利地望着我,"有兴趣出去玩玩吗?"

我心中怦然一动,注视着他,他的眼睛是慧黠而难测的。"到哪儿?"我意志动摇地问。

"由我来安排,包管你玩得很开心,怎样?你的每一天都给了徐中枏,能够给我一个整天吗,从早上到晚上?"

"从晚上到深夜!"我冲口而出地说。为什么我会冒出这样一句话来?是在潜意识中想对中枏报复吗,还是根本就很喜欢皓皓?

皓皓不给我反悔的时间,拉着我的胳膊,他像个加足了油的火车头,嚷着说:"那么,立即出发!"

于是,我们并肩"冲"下了楼梯。

这是奇妙欢愉的一天,假如没有中枏的阴影在时时刻刻地困扰着我的话,那就太完美无缺了。早上,我们叫了一辆计程车,一直驶到野柳。冬天的野柳,除了冷冷的岩石嵯峨耸立之外,就只有滔滔滚滚的海浪喧腾呼啸。我们准备了野餐,坐在那大块的岩石上,没有其他的人,没有车马、电唱机、收音机等的吵闹。静静地享受,那情调真美极了,动人极了!皓皓说了好多他自己的笑话,逗得我一直捧腹不已。然后,当一次我的大笑停止之后,他忽然握住了我的手,深深地凝视着我说:"忆湄,和我在一起不快乐吗?"

"太快乐了!"我说。

"那么……"

我知道他又要旧话重提,趁他没把话说出来之前,还是堵住他的嘴比较好。掉头看看海面,我说:"看!海上有一条船!"

他看看海面,远处真的有一点帆影,正渺小地漂浮在浩瀚的大海上。就那么瞥了一眼,他又转回头来望着我,低低地说:"你喜欢中枒,因为他是个孤儿,一个有独立性和干劲的孤儿,对吗?"

"或者,这也是原因之一,"我说,"爱情常常是没道理可讲的。有时,我觉得我更该爱上你,但是……"我耸耸肩,这是皓皓的习惯,和他在一起时,我常会在不知不觉中模仿他,"或许我们的个性太相近,反而……"

"好吧,别说了!"他打断我,也耸了耸肩,"反正,就是这么回事,我了解。"他把手压在我的手背上,对我微笑,"以后我们不再谈这个,忆湄,我实在太喜欢你。"他抬起眼睛来,重新望着海面,那一点帆影仍然在远方的水面漂漂荡荡。"有一天,"他幽幽地说,"我会乘上一条船,扬帆远去。我身上有许许多多的缺点,最大的一项,是没有奋斗和吃苦的能耐——其实,我是很了解自己的——我应该锻炼锻炼。有一天,我会独自去闯我的天下!"他又望着我,突然大笑,跳了起来,"好了!我们的话题未免太严肃,简直不像出自罗皓皓之口。来!忆湄,站到那块奇形怪状的大石头旁边去,让我帮你照一张相!"他带了个小型的柯达照相机。

我站起身来,我们迅速地摆脱了刚才那话题给我们的拘束感。在岩石与岩石之间,我们像孩子般追逐嬉闹,又像孩子般收集着蚌壳和寄居蟹。一直到红日将沉,才尽兴地离去。从野柳回到基隆,正是吃饭的时间,我们在基隆吃了晚饭,皓皓说:"基隆有许多可玩的地方,你敢去吗?"

"只要不是水手们聚集的酒吧!"我说。

"舞厅呢?"他斜睨着我问,带着个有趣的挑衅般的微笑。

我略事犹豫。

"姑且放肆一次吧！"他说，"你难得被解放一天！应该快快乐乐地玩，疯疯狂狂地玩。你还那么年轻，已经快被管教成一个小老太婆了。别顾虑太多，舞厅并不坏，不会吃掉你，何况还有我呢！"

于是，在尽兴的一天之后，我们又有了疯狂的一晚！灯光、人影、音乐、旋律……他拉着我的手，转、转、转！转得我的头发昏，转得我眼花缭乱！他大声笑，我也大声笑，像喝醉了酒。这是我生命中从没有过的一夜，那些快节拍的舞曲使人飘飘然，仿佛浑身都充满了活力。那些彩色缤纷而又旋转不已的灯光让人眩然如醉。而那些跳舞的人们的嬉笑欢乐又具有那么强大的传染力，我们快乐得像一对不知天高地厚的小娃娃。

深夜——真是名副其实的深夜，街上已没有行人，天上只有几点冷冷的孤星。我们乘着一辆计程车，在黑夜的街头，疾驰着回到台北。一日之游使我困倦，在车上我几乎睡着了。直到车子停在罗宅的大门口，我才惊醒过来，伸了伸懒腰。我倦意蒙眬地问："到家了？这么快！""下车吧！"皓皓说。我下了车，靠在大门口的围墙上打哈欠，皓皓按了门铃。深夜的冷风扑面吹来，我不胜瑟缩。皓皓解下他的大衣，裹住了我，笑着说："在车上打瞌睡，出来时再被冷风吹一吹，你大概又要害一次重感冒。"我哈欠连天，把头缩进他的大衣领子里，笑了笑，没有说话。假若再没有人来开门，我可能站在那儿都会睡着了。

门开了,我懒洋洋地跨了进去,并不知道门里面有一场风暴正等待着我。一只手攫住了我的手臂,有人剧烈地摇撼着我,皓皓的大衣滑到了地上。突来的变故把我的睡意驱散,我惊愕地抬起眼睛,接触到罗教授圆睁着的怒目。

"说!忆湄!"他厉声地吼着,"你跟这个混蛋跑到哪儿去了?半夜三更才回来!"我没有来得及回答,他又是一阵猛摇。

"说!"他大叫,声如巨雷,"你们到哪儿去了?做了些什么?"

"噢!"我说,"不过是玩玩而已!白天到野柳野餐,晚上去基隆跳舞……"我的话还没有说完,罗教授扬起手来,重重地挥了我一耳光。这一下,我的睡意是真的完全没有了。瞪大了眼睛,我呆呆地望着罗教授。罗教授的眼神是狂暴的,继续抓着我的手腕,他嚷着说:"假如你来到罗家,是学习堕落,那么,你还是离开吧!管你念不念大学!管你上进不上进!管你……"

"爸爸!"挺身而出的是罗皓皓,"是我带忆湄去的!你要怪,怪我好了,别在忆湄身上出气……"

"好,好,好!"罗教授喘息着,放开了我,转到他儿子面前,"我正要找你,我是该管你了,早就该管你了!"他大叫,"你给我滚过来!"

罗教授骤然放松了我的手臂,使我失去平衡,差一点栽倒在地下。站稳了身子,我的面颊上被罗教授所打的地方,正热辣辣地发着烧。耻辱和愤怒也在我内心中发着烧。从来没有一个时候，我觉得如此耻辱和委屈！就是我的母亲，也从来没有打过我，这个怪人以为他收容了我，就有权"如此"来"管教"我吗？何况我不认为我犯了什么大过失，值得挨这一耳光。泪涌进了我的眼眶，顾不得那相对咆哮的一对父子，我哭着跑进客厅，又跑进餐厅，在楼梯口上，我碰到了正拦在楼梯口的皑皑！她微仰着头，脸上挂着似得意而非得意的笑。我想，她百分之百地目睹了我的挨打。冷冰冰地，她注视着我说："噢，忆湄，我想你玩得很开心！"

她的讽刺对我如同火上加油，我的血管都几乎爆裂，我瞪视着她，不再顾忌自己的语气过分刻薄。仓促中，我只想抓一样武器来打倒她，打倒她的冷漠，打倒她的骄傲，打倒她的优越感！于是，我尖酸地说："当然，我玩得很开心！我用不着在别人的书里夹花瓣，我用不着叫别人'勿忘我'，而他们愿意跟我玩。至于你，就是种上一园子的勿忘我，人家仍然把你这抹微蓝，抛弃在垃圾箱里！"

我看着皑皑的脸色忽青忽白，我看着她的嘴唇惨白如纸，心底掠过了一阵报复性的快感。但，当我准备上楼而抬头向楼梯上面看去时，我呆住了。罗太太像尊石膏像般站在楼梯上，一对眼睛妖异地瞪视着我。然后，她一步步地跨下楼梯，一步步地向我逼近。我的背脊发麻，手心发冷。她又来了！我知道，她又来了！来要我的命！我向后退，她向前进。然后我的身子抵住了墙，再也无法后退了。靠在墙上，我被动地仰着头望着她。她停在我的面前，并没有像我预期的那样来掐我的脖子，却直着眼睛喑哑地问："你要怎样才肯放手？你要怎样才算达到目的？你要些什么，由我来给你，好不好？我一定，一定让你满足，好不好？……"她昏乱而没有系统地说着，慢慢地举起了手来，我神经紧张，没有等她接触到我，就爆发了一声尖叫。我的尖叫似乎更加刺激了她，她捉住了我的手臂，嘴里喃喃地、呓语般地，不知道说些什么。同时，手指已箍紧了我。我挣扎，狂叫……我的喊声把一切都压倒了。于是，我看到罗教授和皓皓都冲了过来。同时，徐中枂也出现在楼梯的顶端，高高在上地俯视着楼下发生的一切。

我立即被"救"了出来，从罗太太的掌握下得到解脱，我啜泣着冲上了楼，奔向中枂。在我的困厄中，我永远第一个想到的就是中枂！抓着中枂的手，我战栗地喊："噢，中枂。噢，中枂。"

中枂牵住了我的手，他严肃的脸上没有丝毫的笑容，把我送进了我的房间，他站在我的面前，冷淡地注视着我说："你不用告诉我，今天晚上发生的一切，我全看到了！"

我张大了嘴，泪珠停在睫毛上，困惑而不解地望着他，他看来何等冷酷！

"我只有一句话送给你，"他冷冰冰地说："那就是：人必自侮而后人侮之！"说完，他掉头就向门口走，我慌乱地喊："中枂！"

他站住，忍耐地说："你还有什么事？你玩够了，疯够了，回到家里来，对别人也挖苦够了，你还有什么事？"走回到我面前，他用手托起我的下巴。到这时，我才发现他在生气,他眼中燃烧着怒火,语气僵硬而冷漠:"我高估了你,忆湄。"他说,"现在,我愿意告诉你,我这几天在忙些什么。我不愿你继续住在罗家,所以我找了一间房子,是我一个同学家里分租给我的,我正布置着它,希望给你一个意外的惊喜。这是第一件事。我想以后由我供给你的生活和读大学,所以正奔波着找寻一个兼差,现在已经找到了。是个广告公司的设计员,待遇很高,约定今天要面试,所以我不能陪你出去玩,这是第二件。我默默地做这一切,在事情没有完全弄妥之前,不想让你知道,免得分你的心,也免得弄不成功,让你失望——为你设想得如此周到,而你,却陪着另外一个男人,流连于舞厅之中!"他恶狠狠地瞪着我,"忆湄,你辜负了我待你的一片深情!"

"噢,中枑!"我无助地喊。

"这些倒也罢了,你对皑皑说的那几句话,简直像个没教养、没风度的女孩子!忆湄,"他对我摇头,仿佛我是个病入膏肓、无可救药的人,"你使我失望!我想,是我认错了你!为你做的一切,全没有意义!或者,我配不上你,我太实际,不能陪着你胡天胡地地玩,只能默默地去为你工作。而你,对工作远不如对娱乐的重视!你,和皓皓倒真是一对!"

他甩开我,大踏步地走出了房间,砰然的门响震碎了我最后的忍耐力。我扑倒在床上,把头埋进枕头里,失声痛哭起来。我哭了那么久,那么久,那么久,从有声的哭变成无声的哭,从有泪的哭变成无泪的哭……然后,我停止了啜泣。窗外寒星数点,夜风低回呜咽,我茫然四顾。怆恻之中,已不知身之所在。我从床上坐了起来，静静地用手捧着头，凄凉地回忆着我所遭遇的一切。一件明显的事实放在我的面前：罗宅已不是我所能停留的地方。罗教授对我那么野蛮跋扈，罗太太时时刻刻都可能掐死我，皓皓对我徒劳的追求，皑皑对我的嫉恨，以及中枬——中枬，这该是我心头最重的一道伤痕——已经鄙视了我。罗宅，我还能再留下去吗？最好的办法，是我悄然而去，把罗宅原有的平静安宁还给罗宅！或者中枬还会再去追求皑皑，那不是皆大欢喜？至于我，孤独而渺小的孟忆湄，是梦该醒的时候了！这半年多来的日子，对于我，不完全像一个梦吗？我站起身，慢慢地收拾好我的衣箱。又把墙上那张全家福的照片取下，对着妈妈的遗容，我泪水迷蒙、语不成声地说："妈妈，请原谅我无法照你所安排的去做。"

把照片也收进了箱子，我又静静地坐了一会儿。然后，我在桌上留了一个小字条：

罗教授：

很抱歉，我的来临带给你们许多困扰，现在，我走了。以后罗宅一定能恢复原有的宁静。谢谢您和您的家人对我的厚待和恩情！

祝福你们家每一个人！又及：请善待嘉嘉，那是个不会照顾自己的可怜人。

忆湄留条

除了这个字条之外,我也留了个字条给中枬。这条子足足写了将近一小时,撕掉了半刀信纸。最后,只能潦草地写上几句话:

中枬:

　　我走了。带着你给我的欢笑和悲哀走了。希望我们再见面的时候,我能够距离你的理想更近一些。祝你幸福!

忆湄

两张字条分别压在桌上的镇尺底下,天际已微微发白了。我提起箱子,轻悄地走出房间,合上房门,对这间我住了将近九个月的房子再看了一眼,在心中低低地念:"再见!再见!再见!"

我穿过走廊,走过了罗太太的房间,走过了罗教授的房间,走过了皓皓和皑皑的房间,也走过了中枬的房间。一路上,我凄楚地、反复地,在心中喊着:"再见!再见!再见!"

下了楼梯,穿过无人的小院落,我在晨光微曦中,离开了这个有我的梦、我的爱,有我的欢笑和眼泪的地方。

第十七章

搭上了早晨第一班南下的柴油特快,我在中午的阳光中回到了阔别九个月的高雄。提着箱子,站在火车站前的广场上,举目四望,高雄!那么亲切、那么熟悉的地方!我离开的时候,车站前的那株凤凰木花红似火,现在,绿荫荫的叶子仍然在冬日的寒风中摇晃。高雄,高雄,别来无恙!而我呢?去时怀着一腔凄苦和迷惘,回来时却怀着更多的凄苦和迷惘!三轮车停在小学校的门口,我和妈妈共同居住了那么多年的地方!孩子们在大操场中追逐嬉笑,教室中一片书声琅琅。噢,我的故居!我成长的所在!林校长在家里,还是在校长室?无论如何,我还是先到校长室去碰碰运气。林校长,她将多么惊奇我突然来到!

在校长室门口,我被一群热情的故友们包围了,妈妈的同事们!带着那样惊喜交集的表情,把我围在中间,推来攘去地拉着我,无数的问题和评语向我涌来:

"噢！忆湄！你长大了！"

"忆湄，你成熟了，也漂亮了！"

"忆湄，台北的生活好吗？"

"忆湄，为什么这么久都没信？把老朋友都忘了，是不是？"

"忆湄，到高雄来玩的吗？能住几天？"

左一个问题，右一个问题，我被弄得团团转。然后，林校长排围而入，从人群中钻了进来，她大喊："忆湄！"

抛下箱子，我扑过去，一下子投进了她的怀里。她拍着我的背脊，像慈母般恺切温柔，同时一连串地嚷着："怎么？忆湄，一去半年多，起初还收到你两封信，然后就音信全无了。罗教授待你好吗？台北的生活如何？大学考试准备得怎么样？现在怎么有时间到高雄来？……"

面对着这成串亲切而关怀的问题，我忽然失去了控制力。一路上，我竭力忍耐着的泪水，终于夺眶而出，"哇"的一声，我放声痛哭起来。林校长大吃一惊，用手环抱着我的肩膀。她失措地、惊慌地拍着我，结舌地说："这……这……这是怎么了？忆湄，别哭！有话好好说，怎么了？忆湄，你受了什么委屈？来！先到我家去，慢慢再谈。"

我拭去泪，抬起眼睛来，无助地望着林校长，低低地说："林校长，我回来了！不再去台北了！这儿还能收容我吗？"

"噢！忆湄！"林校长喊，"你说什么话？这里永远是欢迎你的！来，来，来！一切都先别谈，到我家去洗把脸，吃点东西。"挽住了我，她不管三七二十一地提起我的箱子，把我向她的家中拉去。到了林校长家里，洗了脸，吃了一碗特地给我下的肉丝面，精神好多了，心情也平定了不少。她的孩子们绕在我的身边，孟姐姐长孟姐姐短地问个不休。林校长费了好大的力气，才算把那群热心的小东西赶到外面去玩了。关上房门，她握住我的手，关切地说："现在，你可以告诉我了，怎么回事？罗教授待你不好吗？"

我凝视着林校长，怎么说呢？我在罗宅的九个月中，一切是那么复杂，那么错综，人、事及感情！我如何能把这事情清清楚楚地说出来？何况，这之中还牵扯着我的身世之谜，牵扯着妈妈的名誉！瞪着林校长，我微蹙着眉，久久无法说一语。

"哦，忆湄，"林校长拍拍我的手背，"不说也罢，我想我猜得出来。"她叹了口气，"本来嘛，你妈妈也想得太天真了，多年没有谋面的朋友，就贸贸然地让你去投奔，现在的人都那么现实，谁还会真正地去重视友谊呢？……"

林校长的话丝毫搔不着我心中的痒处。摇摇头，我本能地为罗教授辩护："不，并不是这样，罗教授是……是个很好的人……他……他待我也不坏。"

"那么，你为什么又回来了呢？"

我想着昨夜，想着罗太太，想着我受的屈辱，皑皑和中枥……泪又涌进了我的眼眶，我摇头，用手蒙住脸，啜泣着说："不，不，请您别问。"

"好，我不问你，"林校长豪爽地说，"等你哪天心情好的时候再告诉我。反正，你终于要在我家住下来了！我家地方

231

小,你可以和我两个女儿住一间屋子,你母亲希望你考大学,你还是继续念书,准备考试,如何?"

"不,"我说,"我想自食其力,我可以教那些孩子。"

"你想当教员?"

我点头。

"我认为——"林校长说,"你还是该完成你母亲的遗志。"她沉吟了一下,又说,"好吧,你先住下来,这问题让我们再慢慢讨论。"

我又在我居住熟了的地方住下来了。早上,我踏着草地上的露水,找寻着我和妈妈共同生活的痕迹。我重新来到那破旧的小屋门口,现在,这屋子翻修过了,住着一位新来的男教员。我在那门口呆呆地伫立了那么久,让那男教员惊奇得瞪大了眼睛。而当他来找我搭讪时,我又像个受惊的鸽子般飞走了。操场上、教室里、走廊边、校园内……处处有妈妈的影子。黄昏,我躲在无人的校园墙畔,望着彩霞满天,望着落日西沉,我悄悄地啜泣低唤:"妈妈!妈妈!"

妈妈,妈妈,妈妈在哪儿?我在任何的地方找寻妈妈,处处有妈妈,又处处没有妈妈!于是,我偷偷地流泪,偷偷地哭泣,哭我的孤独,哭我的无依。就在这终日徘徊中,我领会了一件事,妈妈在我心中如同神圣。我之所以决然离开罗宅,是不是也由于害怕去面对一个可能公开的真实?我决不愿想妈妈会生下一个私生子。妈妈,她是完美无缺的,她是我心目中的偶像!许多天过去了,我仍然像一个游魂般,整天在各处荡来荡去。对妈妈的凭吊和哀悼稍稍平淡一些之后，中枬和罗教授等人的影子就跟着浮了上来。他们会找寻我吗？中枬会难过吗？皓皓、皑皑呢？罗太太呢？于是，我开始强烈地思念起他们，不止他们，还有嘉嘉、彩屏，以及早已失踪的小波。我怀念那幢大宅子，怀念那花圃，也怀念那闹鬼的小树林！我终日失魂落魄，揽镜自照，憔悴苍白得几乎已不再像"我"。白天，我食不下咽。夜里，我寝不安眠。随时随地，我都像个易碎的物品般，不能碰触。因为眼泪之闸永远开着，碰一碰就要流泪。我，和九个月前离开的那个孟忆湄已经不同了。我不知道，从什么时候开始，我已失去了我自己。

中枬，他会和皑皑恋爱吗？在失去了我之后，那抹"微蓝"也该被重视了。本来，他就喜欢着她的，不是吗？罗教授把中枬留在家里，待以上宾之礼，让他教皑皑画画，所为何来？他们早就期望着中枬和皑皑恋爱，不是吗？那么，现在，他们都可以如愿以偿了。我整日整夜地想着这些问题，想得我头发昏，想得我神思恍惚。而与这些问题同时而来的，还有一次比一次加深的内心的痛楚。于是，我明白了。在那些无眠的夜里，我流着泪，在心中辗转地呼喊着："中枬，你不可以爱她！中枬，你不可以爱她！中枬，你不可以爱她！"日子冗长困倦，我的脚步踏遍了校园每一个角落，找寻不到失去的我。头一次，我了解了李清照的词："寻寻觅觅，冷冷清清，凄凄惨惨戚戚……"的情意。也是头一次，我懂得了真正爱情的滋味。

我的失魂落魄瞒不过林校长，一天，她看着我端着饭碗发呆，笑着说："忆湄，菜不合你的口味吗？"

"噢！"我猝然醒觉，"不，很好。"我连扒两口饭，伸长脖子咽下去。

"忆湄，告诉我，"林校长的手越过饭桌，握住了我，"你遭遇了一些什么？"

放下饭碗，泪水夺眶而出，我站起身来，奔出了房子。

一天又一天，我慢慢地醒悟，我必须面对现实，拿出勇气来生活了。早上，我围上围裙，到厨房去帮林校长弄早餐，然后，到院子里去喂鸡。撒下一把米，看着那些各种颜色的鸡从四处跑来，小小的脑袋啄食着米粒，我心头稍稍欢快了一些。生命，是可喜的，虽然我这条生命正在愁苦中，但我仍然爱其他的小生命。喂完了鸡，又到校园中，低年级的校园里，有一个大的铁丝笼子，里面畜养着十几只小白兔。我和它们每一只都是好朋友。拿着一大把青菜和胡萝卜，我送到它们的嘴边，望着它们争先恐后地抢食。蹲在地上，我抚摸着它们的背脊，和它们低低地说话。有一只离群独居，不肯吃东西，我摸摸它的额，似乎比一般兔子的体温高。病了吗？我怜惜地把它抱了起来，向林校长的家里走。对于小动物的病，我有个偏方，曾经百试不爽——不管什么病，都喂它半包鹧鸪菜。

抱着兔子，系着围裙，我慢吞吞地向前走去，到了林校长家的门口，看到林校长最小的一双儿女正在争论着什么。

"是海盗！"一个说。

"不是，是刚从监狱里放出来的，可能是个杀人犯。"

"不是,是海盗,海盗都是这个样子的,电影上我看过!"

"我也看过电影,囚犯都是那个样子的!"

"我告诉你是海盗!"

"我告诉你是囚犯!"

"打赌!赌三颗弹珠!"

"好!等下我们问妈妈!"

我站住,在冬日的阳光下,望着那两个争执着的孩子。当孩子真好,不是吗?无忧无虑,无愁无怨。兔子在我怀中蠕动,我拍抚着它,安慰地说:"别急,小兔子,马上弄药给你吃。"

有一片阴影罩了过来,我低着头,可以看到有个人影由远处移近。然后,我望见一双穿着皮鞋的脚,鞋面上积着灰尘。深灰色的西服裤,裤管瘦而长。目光慢慢向上抬,西服上衣,敞开的领口,没有系领带,方方正正的下巴……我的眼光和他的接触了。他站在那儿,静静地望着我,眼睛深邃闪烁。我们彼此对望着,谁也不开口,时间慢慢地消失,云遮住了太阳,又放开了它。他一直显得那样安详自如,只是脸色有些反常的苍白。终于,他先开了口:"好吗,忆湄?"

我点点头,喃喃地不知说了些什么。

他伸过手来,轻触我怀里的兔子,他的手指神经质地颤抖着。

"它怎么了?"他问。

"病了,大概是感冒。"我说。

他的手指从兔子身上滑到我的手背上,一把抓紧了我,他战栗地喊:"忆湄!总算找到了你。"

我闭上眼睛,一阵天旋地转,泪珠沿着面颊滚落。好半天,我无法说话,也无法移动,只有泪水无拘束地泛滥奔流。于是,我觉得他拉住了我,又用手环住了我的腰,他的声音清晰而痛楚地在我身边响着:"忆湄,你怎么那样傻?就这样不声不响地走掉?你使整个罗家都翻了天,你知道吗?现在,都好了,是不是?我们来接你回去。别哭了,来吧!"

我仍然在哭,除了哭,我似乎不会做任何的事情了。中枂拥住了我,拍着我的肩膀,试着要稳定我激动的情绪。而我,把额头抵在他宽辟的肩膀上,哭了个肝肠寸断。好不容易,我的哭声低微了。中枂托起我的下巴,像对待一个小娃娃一般,帮我擦着眼泪。接着,我听到林校长的小女儿拍着手喊:"看啊!孟姐姐,不害羞,女生爱男生!女生爱男生!"

推开中枂,我看看他,又看看那拍着手的孩子,忍不住又挂着眼泪笑了。中枂注视着我,也笑了。于是,我忽然听到一个人大踏步走近的声音,同时,一只大手抓住了我的手腕,我抬起了头,看到的是罗教授须发蓬蓬的脸和灼灼逼人的眼睛。"好呀,"他夸张地嚷着,"忆湄!你翘课逃到这里来了!也怪我平常太粗心,只知道你以前住的地方是个小学校,也不知道住址,这一下,把全高雄市的小学校都翻遍了,才把你翻出来!好!现在乖乖地跟我回去!"

"我……我……"我嗫嚅着。

"你还有什么鬼意见?"罗教授咆哮地喊,"你就是有什么不高兴,在家里吵一顿、骂一顿都可以,干吗一个人跑掉？台湾那么多人口，那么大地方，让我到哪里去找你？这不是给人出难题吗？你走了不要紧，家里人仰马翻，中枬怪我不该打你一巴掌。其实，鬼才知道你挨了一掌就会跑掉！嘉嘉满屋子跑上跑下地找你，结果突发奇想，以为你藏在抽屉里，把所有的抽屉打开来找，翻得乱七八糟。皓皓也跟我吵……现在，好了，你赶快跟我回去吧！还有你那只鬼猫，不声不响地在我放卷宗的抽屉里做了窝，啃了一抽屉的鱼骨头……这些，只有你回去处理……"

"什么？"我惊喜交集地大叫，"小波，它回来了吗？"

"回来？"罗教授叫，"它几时失踪过？失踪的是你！现在，别多说了！走吧！看能赶得上几点钟的火车！"

我犹豫着，一转头，我看到含笑站在一边的林校长。她走过来，握住我的手臂，带着个了解的笑容说："去吧，忆湄，罗教授都跟我讲过了。回去吧！忆湄，好好念书！好好考上大学！"

我仍然在犹豫，罗教授拉着我的手腕就向校门口走。他的手碰到了我怀里的小兔子，他吃惊地叫："天哪，这又是什么玩意儿？"

"小兔子，它在生病。"我说，举起兔子来，"我可以带它一起走吗？"我问。

"噢，噢……"罗教授的眼珠奇异地转动着，从他的大鼻孔里吸着气，"好吧！带它走！我看，家里该为你辟一个动物园呢！"

我欢呼了一声，多日来的烦恼忧愁和悲哀都在一瞬间飞走了。

把小兔子交到中枏手里,我说:"帮我抱一抱!"就转身冲进屋里,去收拾我的箱子。

提着箱子,我走了出来,林校长过来和我握别,含蓄地笑着说:"下次,你再来的时候,希望不再是私逃的了。"

我望着林校长,有些依依不舍。罗教授已经不耐地抓耳挠腮了。我们向校门口走去,林校长的两个孩子推来推去地低声说着:"你去问!"一个说。"你去问!"另一个说。

"他们在做什么鬼?"罗教授问。

我望着罗教授毛发蓬蓬的脸,猛悟地大笑了起来。罗教授皱着眉叫:"笑什么,你?"

"笑他们!"我说,"他们想证实对你的猜测,不知道你是海盗呢,还是囚犯?"

中枏也笑了起来,林校长也笑了,罗教授瞪着眼睛,竭力把脸色放得严肃,却在喉咙中稀奇古怪地诅咒。我们就在笑声中、诅咒声中、孩子的起哄中,走出了大门。

两小时后,我、中枏和罗教授都在北上的火车中了。

火车向前疾驰而去,抛下了树木、原野、村庄和城市。我和中枏并排坐着,罗教授坐在我们的对面。小兔子用个小铁丝笼装着,放在座位下面。一路上,我们都十分沉默。中枏似乎有许多话要对我说,碍于罗教授,只能默然不语。罗教授蹙着眉,瞪视着车窗外面,不知道在想些什么。我呢?车子越接近目的地,我就感到越惶惑。我出走了一次,又回来了!事实上,我出走时所想逃避的种种问题仍然存在,回来之后,我又将面对它们,一切情形不会好转,问题依旧没有解决。我,该怎么办?车子过了台中,过了新竹,一站又一站,台北渐渐近了。车窗外早已一片黑暗,远处几点灯火在夜色里闪烁,一会儿就被车子抛下了。新的灯火又重新出现。我凝视着那旷野里的灯光,茫然地想着,那些有灯光的地方,是不是都有人居住?这些人又都是如何生活着的?是不是也有像我这么多的烦恼和困惑?车子过了竹北,又过了桃园,中枒在椅子上不安地欠动着身子。我侧过头去看他,他的神色有些奇怪。终于,他咳了一声,突然说:"罗教授!"罗教授似乎吃了一惊,转过头来瞪视着中枒。

"罗教授,"中枒说,"我有几句话要和您说,在车子没到台北之前,我想先和您讲清楚。"他看了我一眼,暗中伸过手来握紧了我的手,"我想和忆湄到台北后就宣布订婚,同时,我预备负担起忆湄的生活。我已经帮她租妥了一间屋子……"

"你是什么意思?"罗教授满脸的须发虬结起来了,眼光凶恶地瞪着中枒。

"我的意思是——"中枒镇定而坚决地说,丝毫没有被罗教授的凶样所折倒,"忆湄到台北之后,不回你的家,我已对她另有安排。"

"你是谁?你有什么资格安排忆湄?"罗教授低沉地吼着,眼光更加凶恶了,"荒谬!荒谬透顶!"

"我是忆湄的未婚夫!"中枒紧握了我一下,挺了挺背脊,"我一定要安排她的生活!罗教授,她在罗宅太不安全!"

"太不安全?"罗教授的眼珠几乎突了出来,"谁会吃

239

掉她?"

"我怎么知道!"中枬说,"最起码,她在罗宅并不快乐。罗教授,您不能再逼走她一次!"

"我没有要逼走她!"罗教授叫。

"事实上,罗宅的每一个人都在逼她!"中枬说,深深地盯着罗教授。"罗教授,"他一字一字地说,"忆湄是您的什么人?"慢慢地,他从上衣口袋里掏出一张照片,递给罗教授,"这张照片里的人又是谁?"

我对那照片瞟了一眼,是那张皑皑的婴儿照!我诧异地望望中枬,又望望罗教授。我不知道中枬在玩什么花样,但,罗教授却显然被触怒了,他的眼珠狂暴地转动着,须发怒张,握着那张照片,他的手发着抖。好半天,才从喉咙里迸出一句话来:"中枬,你以为你有权去窥探一个家庭的隐秘?"

"我想我有权要保护我所爱的人!"中枬昂了昂头,"我必须使忆湄不受伤害!"

"谁会伤害她?"

"我不知道,"中枬望望我,"或者是那个知道她的身世,而又嫉恨着她的人!罗教授,我想,您还是说出来吧,她是谁?"

罗教授的眼睛瞪得那么大,我猜他很可能对中枬扑过去,如果不是在火车里,后果真不堪想象。中枬镇静地迎视着罗教授的目光,似乎一点也不肯妥协,他们彼此瞪视着,谁也不说话。车子继续在夜色中向前滑行,许许多多的灯光被抛在后面了,车子驶进万华站,灯光热闹了起来。罗教授低低地说一句："你知道多少？"

"并不太多，"中枬也低低地说，"不过，您继续保密太不聪明，世界上没有一件秘密能够长久保持。忆湄有权知道她自己的故事！"

罗教授低低地在喉咙里叽咕了一句，谁也不知道他说的是什么。

中枬又开了口："假如你认为忆湄该住在罗宅，你一定有很好的理由，是吗？如果她必须像个被收容的难民般，屈辱地寄人篱下，就不如离开罗宅，自由自在不受耻辱地生活！"

"耻辱？谁让她受了耻辱？"

"皑皑。她看不起忆湄，看不起的最大原因，是因为忆湄是个来投奔的孤儿！"

罗教授怔了怔，我敏感地觉得，他似乎战栗了一下。

车子进了台北站，播音器里在报告终点已到。中枬站起身，取下了我放在行李架上的箱子，我也忙不迭地提起我的小兔子。我们向车厢门口走去，中枬说："忆湄和皑皑的地位是平等的，是吗？"

罗教授跨下车厢，站在月台上，望了中枬一眼："并不完全平等。"

我跳下车厢，我们走过天桥，走出了台北站，三轮车和计程车全来兜揽生意，中枬凝视着罗教授："回哪儿去？"

"当然是回家！"罗教授愤怒地叫。

"您的家？"

罗教授的背脊挺直了，他的一只手压在我的肩膀上，他在战栗着。低声地,他说:"是的,我的家,也是忆湄的家。"

中枒的眉头放松,挥手叫了一辆计程车,我们钻了进去。

"罗斯福路!"中枒对司机说。转头来看我:"你在干什么,忆湄?"

"我的小兔子,"我轻声说,"它在发烧。"

罗教授又战栗了一下,接着,是一声深长的叹息。

"你的小兔子!"他喃喃地说,"你的习惯和你的母亲完全一样。"

"我的母亲是谁?"我问。这是个久已存疑的问题。

"是——"他慢慢地,一字一字地说,"我的妻子!"

第十八章

窗外，有很好的月光。

我们环坐在客厅里。所谓我们，是罗教授、中枬、皓皓、皑皑和我，只缺了罗太太。我们到家时，已经晚上十点多钟，罗太太已睡了。罗教授分别把皓皓、皑皑叫到楼下，并吩咐不要惊动罗太太。我们坐着，围成一个圆形，中间生了一盆火。夜，已经很深了，窗子关得很密，月亮把窗玻璃染成了灰白色。室内，只亮着壁角的一盏有着绿色灯罩的落地台灯，整个室内的光线有些暗沉沉而绿阴阴。幸好炉火烧得很旺，映红了每一个人的脸。罗教授靠进椅子里，眼睛深沉地凝视着炉火，开始了他冗长的叙述。

"那是一九三八年，我刚刚大学毕业，为了考察地质，我在广西、贵州一带游历，收集一些钟乳石和石灰岩。一九三八年的秋天，我到了贵州的一个小县城里——湄潭。在那儿，我遇到了绣琳，也就是忆湄的母亲。"罗教授停下来，望望我，又转头去望着皓皓,"同时，也是你的母亲，皓皓。"

"什么？"皓皓惊跳起来。

"别动，"罗教授说，"让我慢慢地说。"

他用手揉揉鼻子，回忆使他的眼光惨切。停了好久，他才又说："我应该先告诉你们，我有个很富有的家庭，我父亲是桂林城中的首富之一，我是独子，很早就继承了我父亲庞大的遗产。所以，毕业后，我带着两个家仆，很舒服地在家乡附近一带游山玩水。至于考察地质，不过是借口而已。到了湄潭，我原不准备久留，那是个穷苦而简陋的小地方，但，我却邂逅了江绣琳。

"那是个黄昏，落日衔在山峰之间，彩霞满天，归雁成群，我在一棵大树下发现了江绣琳。支着个简单的画架，她在画一张风景写生，她的画并不十分好，人长得也不算漂亮，服饰简单淳朴，态度落落大方——给人一种亲切感。我那时年纪很轻，也很风流自许，上前去随便找点话和她谈了谈，然后，我再也离不开湄潭了，我在那儿足足住了十个月。回到桂林的时候，已多带回去一个人，江绣琳，我新婚的妻子。

"绣琳是个穷苦人家的女孩子，受过高中教育，朴实而善良。我常觉得她心中是个无价的宝库，你可随时在她身上发掘出宝藏来。回到桂林，我们家庭的富有吓到了她，成群的仆人使她手忙脚乱，故意刁难的老人家让她暗暗流泪。但，她是相当坚强自信的人，在一年之内，她克服了所有的困难，也收服了所有的仆人。你不会找到比她更成功的主妇，也不会找到比她更得人心的主妇。大家都喜欢她，而她，也从没有主人架子。她快乐，无忧无愁，爱唱歌，爱笑，爱闹。她的笑语之声，随时随地飘浮在那栋古老的宅子和深广的花园里。

"没多久，深院大宅使她厌倦了。她是个完全闲不住的女子，她种花、养草、养金鱼，这些，仍然不能让她满足。她有颗太善良而不甘寂寞的心，不知从什么时候开始，她染上了一个收集癖——她收集一切小动物，多半都是病弱无依且骨瘦如柴的。猫、狗、兔子、鸽子……无所不养。常常，她到外面去逛一趟，就抱回一只小脏猫，或者被抛弃的小狗——长了满身的疮。她会不厌其烦地给它们治疗，照顾它们，畜养它们，看着它们从瘦弱变强壮，她就快乐无比。

"这种收集小动物，起先我也觉得很好玩，看她那么热心，也分享她的一份快乐。但是，逐渐地，家中鸡飞狗跳，变成了个'病残动物园'，总觉得不大是滋味。虽然说过她几次，她却依然故我，而且，她又有一篇大道理，振振有辞地说：'你怎么能看着一条生命被弃置呢？难道你不喜欢生命吗？有什么快乐能够比望着生命茁壮成长更让人开心呢？我喜欢照顾它们！你别剥夺我的快乐！'

"好吧，我只有让她去！结果，她变本加厉。有一天，她到乡下我们一个远亲的家里去玩，回来的时候，居然把他家的一个白痴女儿也带回来了。那就是嘉嘉，既说不出几句整话，又什么都不懂，而且瘦得只剩一把骨头，还害着疥疮。我责备她不经思索，弄这么个白痴来岂不自找麻烦！她却笑着说：'我们家又不怕多一个人吃饭，她家里没有人要她，生活得比我们家的狗还不如，实在太可怜。而且，她并不很笨，我可以教她做一些事，教她种花，养小动物，她一定会学得很好，反正，让我来管嘛，又不要你操心！'

"就这样，她把嘉嘉留在家里，以后半年之内，她就忙着'教育'嘉嘉，教她种花，教她生活，教她养小动物，还教她唱歌！她忙得不亦乐乎，嘉嘉居然也似懂非懂地跟着学。那时候，绣琳最爱唱的一支歌就是'花非花'，她足足费了半年多的时间，终于教会了嘉嘉，直到如今，嘉嘉这支歌仍然时刻不离口。当嘉嘉学会了唱这支歌的时候，绣琳开心得就像得到了全世界，她跑来跑去地嚷着：'她不是白痴！她不是白痴！'

"但，白痴还是白痴，嘉嘉学完了这支歌，再也学不会别的，唱来唱去就是这一支，成天唱到晚。但，她倒是学会了种花和养小动物，而且，变成了绣琳的影子。绣琳对她的照顾，她也很能了解和体会。每当绣琳在花园中浇花唱歌时，她永远在一边手舞足蹈地跟随着。绣琳的爱好，她也知道，例如，绣琳喜欢黄色的小草花——那是家乡遍地野生的。嘉嘉常常满山遍野去给绣琳采了来。这也是为什么她特别喜欢忆湄的原因，忆湄长得太像绣琳。我想，她根本分不清忆湄和绣琳。

"一九四〇年，皓皓出世了，这条小生命带给绣琳的喜悦真非言语所能形容。我当然也很高兴，尤其，我想，有了这个孩子，绣琳可以不再去收集小动物了。孩子应该可以占据她全部的注意力，但是，我错了。孩子满月后，她娘家有人来桂林,希望她带孩子回去住几天,她去了。

"她在娘家大概住了两个月,回来的那天,她的轿子后面跟着一乘小轿子,上面还垂着帘子,因为太阳很大。轿子抬进了大门,满院子站着迎接她的仆人,还有我。她抱着孩子从轿子里钻了出来。我至今记得她的神情,用一种喜悦的而又畏怯的眼光望着我,低低地喊:'毅!''怎么?'我瞪着另外那乘轿子。'我要给你一个意外。'她说。'是什么?''你不生气才行!''到底是什么?'

"她把我牵到那乘轿子门口,一下子掀开了帘子,我和一个瘦骨嶙峋的女孩子面面相对了!老实说,我从没有那样吃惊过。那女孩苍白得像个鬼,瘦得只剩下了骨头,一对大得惊人的黑眼睛畏惧而怀疑地瞪视着外面的人群。我向后退,一时间,只能反复地喊:'这是什么?这是什么?'

"绣琳带着可爱的微笑回答我:'是个人哪,我的老爷!'

"'哎,'我有些生气了,'我当然知道她是个人,但是,她是个什么人?''一个女人嘛!'绣琳顽皮地望着我,对我眨着眼睛,想缓和我的怒气。

"'一个女人!'我暴怒地叫,'我当然知道她是个女人!但是,她来做什么?她是谁?'

"'她是我的小妹妹。'绣琳噘着嘴说,因为我的生气而有些气馁。

"'小妹妹!我从没有听说过你有什么小妹妹!'

"'不是亲的,是个本家的姊妹。她也姓江,她父亲和我父亲是同曾祖父的兄弟!'

"'多远的亲属关系!'我瞪着她,心里有气而又无可奈何,忍耐地问,'好吧!就算是你妹妹,你把她带来干什么?'

"'她,她,她在生病。'

"'哦。'我翻翻眼睛,心里已经明白了七八成,'什么病?'我气呼呼地说。

"'肺病,第二期。而且,她,她,她……'

"'她怎么?'

"'她的神经系统有点问题,她家里要把她送到疯人院去。'

"好!先是白痴,又是疯子!我家里岂不变成疗养院了?望着绣琳那对坦白而切盼的眸子,我气得说不出话来,停了好久,才问:'那么,你怎么把她带到我们家来呢?难道我们家是疯人院吗?'

"'噢!'绣琳喊,'别那么残忍!你看她病成那副样子,送到疯人院去一定没命。救人一命总是好事,而且,她的神经根本就没什么病。反正,我来管她,不要你操心嘛!'

"又是那句话!接着,她关于生命的大道理又来了。我叹着气,被她的热诚所折服,何况,人已经来了,又不能再送回去,只得无可奈何地说:'好吧!你不怕麻烦,弄个病人到家里来,我还有什么话说?就留下她吧!'

"'啊哈!'绣琳欢呼地大嚷,'毅!你是天下最好、最善良、最伟大的人!'

"就这样,这个女孩子走进了我们的家庭,这,就是雅筑。"

罗教授停了下来,室内那样静,只有好几个人的呼吸声在起伏着。炉火劈啪地响,窗外有风声,像是一声叹息。毛玻璃上晃动着树影,远处有一只不知名的夜鸟在哀啼。唤什么?想唤回失去的伴侣吗?我的眼中凝着泪,绣琳,我的母亲!没有人比我对她更亲近,听着罗教授口中的她,我依稀看到一个年轻时代的妈妈,那副娇憨任性而调皮的样子。噢,我的母亲!我的母亲!罗教授抬起眼睛来望着我。

"忆湄,记得你关于菟丝花的那个譬喻吗?"

我迷惑地注视着罗教授。

"雅筑来了,"他继续他的叙述,"是的,她就是一株菟丝花。一株柔弱细嫩的藤葛,必须攀附着别的植物才能生存。她的到来,使绣琳终日忙碌,但她忙得非常高兴,她调养她,请最好的医生来治疗她,伺候她,宠她,爱她,如同待一个亲生的小妹妹。

"第二年春天来临的时候,雅筑的肺病已经痊愈,面颊上也染上了一些轻红,美丽得像一朵亭亭玉立的白色睡莲。绣琳更加爱她,更加宠她,喊她作白雪公主,给她做了许多白色的衣服,布置一间漂亮而雅致的房间给她,认为只有她配穿白色的衣服,配用白色的东西。时间一天天过去,雅筑也越来越美丽,她那时正是女孩子最好的年龄——十九岁。她的精神病,在长期的治疗下也很收效,她几乎已经是个健康的女孩子。

"一九四三年,战火已蔓延到广西,我带着家眷,辗转到了重庆。嘉嘉和雅筑都跟了出来。这年,绣琳又有了孕,我们决定,不管是男是女,都取名叫皑皑。

"就在这时,雅筑病了。我们请医生治疗无效,查不出任何病源,但她茶不思饭不想,一天比一天憔悴。绣琳十分着急,拼命找医生,一点用也没有。她像一枝突然枯萎了的花,怎么都鼓不起生的希望。说实话,长期和雅筑相处,我难免对她有份感情。美丽的女孩常常本能地引起人的喜爱,何况柔弱的女孩子更容易激发男性的保护感。我承认,我几乎是爱上了雅筑。看到她卧病日久,越来越憔悴,我的焦急也不亚于绣琳。可是,我们的焦急和医治都乏效了,她有三天粒米不进,我们都认为她没有希望了。

"那天夜里,我和绣琳轮流守望她。绣琳有孕,我让她多休息,早些去睡,我就坐在雅筑的床边,凝视着雅筑。然后,那奇异的一刻来临了,雅筑睁开眼睛,默默地望着我,宇宙间一切的东西,在刹那间化为虚无。我知道什么事发生了!直到那一刻,我才明白自己竟然在爱她!那小小的、柔弱的、无法独立生存的小女孩!我握住她的手,她笑了——我这才懂得为什么古人肯为女人的一笑而毁国——凝视着我,她轻轻地说:'我快死了,是吗?''不!'我说。她深深地叹息,说:'如果到了生命的尽头,我能得到,也就满足了,我爱了你那么长久!'

"一句话崩溃了所有的堤防,她已将死!我还要隐瞒我的感情吗?于是,我吻了她。我这一吻,把生命力量重新注进了她的体内,像奇迹一般,她居然没有死!就像她得病的突然,她痊愈得也突然。绣琳雀跃如狂,而我忧心如捣,既高兴雅筑的复生,又愧对绣琳的欢悦。"

"绣琳生了一个女孩，"罗教授抬起眼睛来望着我，"那就是你，忆湄。"我凝视着罗教授，默默不语，火盆里有一块煤烟炭，烟熏了我的眼睛。"新生的小女孩占据了绣琳全部的注意力。那是个强壮而漂亮的小东西，我们叫她皑皑。当绣琳为新来的小女孩忙碌时，我和雅筑的感情也进入了另一阶段。这是难以解释的，雅筑的柔弱、病态，都唤起我一种强烈的感情。她和绣琳是完全不同的，她时时刻刻需要别人的保护，而绣琳时时刻刻要去保护别人。或者，在一种男性的本能上，对于弱者都比强者更加怜爱一些。我不否认，我欣赏绣琳，但，我爱上了雅筑，即使是二十年后的今天，在绣琳和雅筑的孩子们面前，我仍然愿意坦白地直陈这一点！"

我变更了一下坐的姿势，下意识地看了看皓皓和皑皑，皓皓的眉头深锁着，漂亮的黑眼睛一瞬也不瞬地盯着他的父亲。皑皑的脸色苍白而肃穆，眼睛深不可测。

罗教授继续说了下去：

"正像忆湄所说，雅筑是一株菟丝花。真的，这株花一旦生根，就无法拔除，除非让它死。她对我的爱情也是根深蒂固般固执和倚赖。或者，这是有罪的，这是错误的，这是不可原谅的。但感情一经发生，就无法遏止。我知道，她再也离不开我了，除非让她死。而我，也无法抗拒她的美丽和深情。于是，我成了一个欺骗和背叛的丈夫！而我那天真忠厚的妻子，却依然浑然不知地宠爱着她那白雪公主般的小妹妹！

"然后，雅筑怀了孕，这秘密再也保不住了。雅筑怀孕之后,就病得很厉害,医生诊断出已经有了三个月的身孕。我再也忘不了那个晚上,绣琳注视着我的眼光。事情已到这一步田地,我认为只有向绣琳坦白承认一切,我想,以绣琳一向宽大而不拘小节的个性,或者她能原谅我和雅筑,而加以容忍。可是,事实上是错了。我把一切说出来之后,绣琳愤怒悲痛得不可思议,她冲到雅筑房里,抓住雅筑的衣服,摇撼着对她喊:'你的心呢?你的心呢?把你的心拿出来给我看看!我要知道你到底是有心还是没有心。把你的心拿出来,我亲爱的小妹妹!'

"雅筑只是哭,从头到尾地哭,我在她们之间,不知所措。不过,我也有种侥幸的想法,认为让绣琳发一顿脾气,可能可以减少她的愤怒。但是,第二天早上,我们发现她走了,她留下了皓皓,抱走了刚满半岁的女孩。同时,她留了一个简单而残酷的纸条,上面潦草地写着:

我养一只狗,它知道对我友善,
我养一个白痴,她也知道感恩。
而这次,我养了一个人——
没有心的人——
她却咬了我一口。
这一生,我希望不再见到你们,如果有机会再见面,除非是向你们讨还这笔债!

绣琳

"她走了,我们曾四处寻找,各方面打听,却再也没有找到她。"罗教授再一次停顿,我的泪珠从睫毛上跌入火里,发出"嗤"的一声轻响。室内沉静得听不到任何声音,窗外的风大了,月亮仍然很亮,窗玻璃上有个阴影晃了一下,同时有一声叹息。是谁?那传说中的幽灵吗?我凝视着窗子,树影摇动着,风在呜咽——是我神经过敏。掉回眼光来,我看着罗教授,他看着炉火,火映红了他的脸,他的眼光深沉寥落。"我知道绣琳的个性,她这一走似乎再也不会回来了。雅筑经此打击,立即旧病重发,她神志昏乱,整日喃喃地向人说:'我是没有心的,你知道吗?我是个没有心的人!一个没有心的女人!'

"我请医生治疗她,她好了,抓住我的衣服一再哭着说:'我不是存心要抢你,我是情不自已!请别离开我!请别离弃我!'

"我已经失去了绣琳,不愿再失去雅筑,我善待她,爱护她,也照顾她。不久,她也生了一个小女孩,为了纪念我所失去的那个女儿,我让这新生的婴儿顶替了另一个的名字——皑皑。"他望着皑皑,"这就是你。"又望着中枒说,"那张照片里的是头一个皑皑——也就是忆湄。"一段沉默,他又说了下去,"从此,雅筑的病时愈时发,任何触起她回忆到绣琳的东西都会让她发病。我送走了绣琳所畜养的小动物,独独留下嘉嘉。因为那是个无法独立生存的女人,是绣琳下过一番工夫教育的,我不能送走她。我们一直住在重庆,一九四九年,到了香港,曾经打听到绣琳一些消息,知道她

253

已经改嫁。五年前,到了台湾。然后就直到去年,收到绣琳一封信,说女儿已长成,而她将病逝,要我们照顾那孩子,支持她到大学毕业。收信之后,我立即托人调查全省的人名,想找出江绣琳其人,还没等我找到,而你——"他注视我,"已经来了。"

我啜泣着,用手帕拭去了泪,新的眼泪又来了。我无话可说,在泪雾之中,我看到的是我那可怜的妈妈,长期挣扎于贫穷和疾病之中,那么困苦,那么艰难,到生命的末期,还不肯把这一段历史告诉我!噢!我的母亲!我的母亲!

"这之后的事,不用再说了,"罗教授放低了声音说,"我想,你们都了解了。皓皓!你不认认你的妹妹吗?她和你是同父同母所生,你们有一个很伟大的母亲。这就是为什么我必须反对你们太接近,皓皓的自作多情和风流自许,比我年轻时有过之而无不及。至于雅筑,她实在被忆湄所惊吓,她一直以为,你是代替你母亲,来向她讨还那笔债的!但,忆湄,她不会伤害你,她一直是个胆小而善良的小东西。将近二十年来,她受着内心的谴责和折磨,她怕你!又愧对你!想对你好,又本能地抗拒你,再加上她的病,就造成种种变态的行为。她——以为你是有意争取中枂,她实在不知该怎么来对你!"

我泣不成声,我不管罗教授和罗太太——罗太太!她是"罗太太"吗?——我也不管皓皓和皑皑,我心中只有妈妈,我那可怜的妈妈!在这整个故事中,她是个无辜的牺牲者!她有什么过错,该半生困顿?因为她救助了一个将送命的女孩子！我想起我们的生活，贫苦、挣扎，那破旧的小屋，那简陋的三餐和妈妈的病！假若不那么苦，她怎么会那样年轻就离开人世？这世界多么不公平！

"今天，"罗教授又说，"我把这所有的故事都告诉了你们，不管你们做怎样的想法。对我，对雅筑，做怎样的看法。我只希望表明一点，我有个失去的女儿，现在，她回来了！不是个投奔的孤儿，是个失而复得的孩子。在这个家庭里，她有她的身份和地位——我希望，皓皓，你重新来认识你的妹妹。皑皑，你也来认认你的姐姐……"

罗教授的话没有说完，皓皓站了起来，他站得很急，带翻了椅子。接着，他就纵声狂笑了起来，他的笑声在寂静的夜里显得刺激而可怖，一面笑，一面喘息地说："哈哈！怎样荒谬的事情！忆湄是我同父同母的妹妹！一个漠不相关的女人，我竟把她当作母亲！哈哈哈！"他笑得前俯后仰，"爸爸！这是怎样一个疯狂的世界？"

眼泪从他的眼眶中跌落，这是我第一次看到皓皓流泪。他踢开椅子，大踏步地向门外走去，迅速地消失在门外了。

皓皓刺激了我，站起身来，我望着罗教授，泪水在我面颊上奔流，我哭着喊："不！不！不！我不要做你的女儿！我不是你的女儿！罗家给过我什么？你又给过我什么？我和妈妈困苦的生活，你却和那个女人逍遥自在！这世界太不公平！你们该受罚！该受罚！我不要做你的女儿！永远不要！"

"忆湄！"罗教授叫。

"你再也唬不到我，我要离开这儿！永远离开！我恨你

255

们！你和那个女人！那个没有心的菟丝花！"

我哭着跑出门外，我选错了门，跑进了饭厅。我听到罗教授在我身后狂吼狂叫，我神志昏乱，头脑不清，只知道心碎神伤，而急于逃避。我跑进了花园，后面有人在追我，狂叫着我的名字。仓促中，我无目的地沿着小径向前面疾冲，一面冲着，一面哭着，泪水使我看不清东西，我根本不知道自己跑向何方，直到树木的阴影遮住了月光，而树叶拂过了我的面颊，我才知道我已经跑进了那片小树林。风在树木间低幽地呜咽，幢幢的黑影如同妖魔鬼怪，我慌乱地在树丛中乱冲乱撞，头脑里更加昏昧不清。然后，我撞到一件物体上，那东西立即荡开了，我站住，喘息地望着地下。月光从树隙中漏入，地上有一双女性的白色绣花拖鞋。我迷茫地瞪着那双拖鞋，脚像生根般的不能移动。接着，那件荡开的物体又荡了回来，碰到我的身上。我看过去，触目所及，是一双人脚！顺着人脚向上看，一个披头散发的女尸，正赫然地吊在那棵缠着菟丝花的松树上！我恐怖地大叫起来，我的叫声在夜色中尖锐地响着，然后，我昏倒了过去。

尾声

君为女萝草，妾作菟丝花。
轻条不自引，为逐春风斜。
百丈托远松，缠绵成一家。
谁言会面易，各在青山崖。
女萝发馨香，菟丝断人肠！
枝枝相纠结，叶叶竞飘扬。
……

一片叶子飘落在我的唐诗上，打断了我正看着的那首李白的《古意》。拾起了叶子，我抬起头来，呆呆地凝视着面前那棵松树和松树上缠着的菟丝花。这是夏天，菟丝花正盛开着，一串串粉白色的花朵在微风中摇曳，细嫩而脆弱的藤蔓楚楚可怜地缠绕在松树上。绿褐色的藤和粗壮的松树相比，给人一种奇异的、感动的感觉，我看呆了。

一段小树枝弹到我的脸上,惊醒了我,中枂含笑站在我面前。

"你的画画完了?"我问。

"唔,一张很成功的画。"他笑着说。

"是吗?"我望着那支着的画架,"你画了张什么?"

他把画板取下来,递给我。画面是一个小丛林,丛林中的一块石头上,坐着一个托腮的少女,少女膝上有一本摊开的书,而她的眼睛却凝视着前面的一株小小的白花。

"题目叫'凝思',好吗?"中枂问。

"你把我画进去了。"我说。

他取开了画板,蹲下身子来,捉住了我的双手。

"你在想什么?"他低低地问。

"菟丝花。"

"还在想那件事吗?"他凝视着我,"半年多了,你也该从那个恐怖的记忆中恢复了。"

"我不是想那个。"

"你在恨她吗?"他说,我明白他口中的"她"是指的罗太太,不,是雅筑,"她已经用她的死赎了罪,人死了,什么都可以原谅了。是不?忘记那些事吧!"

"她偏偏选择这棵缠着菟丝花的松树来上吊!"我感慨地说,"她也以菟丝花来自比!是吗?我记得有一天,她曾经和我谈起菟丝花,她说,如果生来就是菟丝花,怎样能不做一株菟丝花?这就是她的悲哀。"我叹息,"或者,她并没有太大的过错,她只是一株菟丝花!"

"你想通了,"中枂吻我,"饶恕是一种美德,你真可爱!"

"她一定早就想上吊,"我说,"多年来内心的负担可以压垮一个健康的人,何况她本来就有病!这小树林中曾经吊死过人的事一定给了她启示。我曾看到过人影,听到过叹息,那一定是她,是吗?"

"我想是的。"

"一株菟丝花!"我再叹息,"我刚刚在看李白那首《古意》,突然有个奇怪的想法。以前,我们总把菟丝花比作罗太太,松树比作罗教授,现在,我觉得松树应该是我的母亲,罗教授是那株女萝草!百丈托远松,缠绵成一家!他们借着我母亲来缠绵成一家,我母亲是个默默的牺牲者,供给他们机会来生存!"

"一个很好的譬喻,"中枂说,"罗教授,你还喊他罗教授吗?"

"我改不了口!"我说。

"试试看,忆湄,他很爱你,而且,他又那样——那样——寂寞。"

"皑皑来了!"我说。

真的,皑皑正慢慢地向我们走来,她手中拿着一个信封,脸上微带着笑。半年来,她是罗家变化最大的一个人,她第一个从罗太太(雅筑)的死亡中恢复,迅速地挺起她的脊梁,来面对现实生活!是的,她不再是一株菟丝花,而是一株劲草!望着她坚毅地挣扎着站起来,接受各种狂风暴雨,我佩服她!半年后的今天,她成为我真正的朋友和姐妹,我们的个性仍然不合，但我们都努力地去适应对方。

"嗨！中枡！"她喊着说，"哥哥有一封信给你！快拆开看！"

中枡拆开了信，看着，也笑着。

我说："怎么，他怎样？中枡！信里写些什么？"

"我念几段给你听听，"中枡说，慢慢地念：

告诉忆湄，我终于扬帆远去，学习独立了。外面什么都好，只是没有家里的人情味，也没有个刁钻古怪的小丫头斗斗嘴，殊觉无聊。到处拥挤不堪，连偷偷溜冰的地盘都找不到，颇怀念家中的水泥地和那广大的花圃！不知何年何月才能回去，大概我回去的时候，忆湄已在教她的小忆湄或小中枡溜冰了——教得技巧点，别像他妈妈那样摔碎了骨头……

……上星期自己煎蛋，把手指一齐煎进去了，想想人肉一定没有煎蛋好吃，所以只吃煎蛋没有吃手指……交了好几个女朋友，一个比一个漂亮，有一个红头发，两个黄头发，四个黑头发。结论：还是黑头发最好看，盖为中国人也。最近最亲密的一位女友是美国人，谈得非常投机，我常常带她到我的公寓里来玩，有一天大雷雨，她在我处共度了一夜，美极了。她芳龄四岁零三个月。皑皑怎样？如果她再不交男朋友，我只好回来的时候给她带个丈夫回来……爸爸好吗？希望他已恢复了咆哮的精神，可惜我不在，使他少了咆哮的对象。

问候嘉嘉，还有忆湄的小动物们！

我和皑皑听着，也笑着。中枏把信折了起来，笑着说："看信如见其人，还是那副老样子！"

"不过，到底是独立了。"我说。

"谁独立了？"

一个声音问，我抬起头，罗教授正站在我们面前，他的须发更加蓬乱，眼神黯然无光。半年的时间，他仿佛已经苍老了十年。背负着双手，他看来寥落而孤独。

"是皓皓的信，您要看吗？"中枏问。

"不，"他摇摇头，又闪动着眼睛、无法抑制一份本能的关切，"他好吗？有没有闯祸？"

"他很好，他问候您。"

"是吗？"罗教授转动着眼珠。

"他说，希望您早日恢复咆哮的精神。"

"唔，"罗教授的须发牵动着，他低下了头，又迅速地抬了起来，眼眶竟微微有些湿润，望着我，他说，"忆湄，我查了你的分数。"

"哦！"我叫，心脏猛跳，"很糟，是不是？我知道今年不会有希望！"

"三百六十八分，大概分发到第四五个志愿，第一个志愿是没有希望了！"罗教授慢慢地说，看得出来，他在竭力抑制他的高兴。

"噢!"我欢呼了一声,跳了起来,忘形地扑过去,一把抱住罗教授,我的脸碰上了他的胡子,挪远了一些,我说,"什么时候,您能把这些讨厌的胡子剃掉?嗯?罗——罗——爸爸!"

"爸爸"二字一经叫出口,我如释重负,浑身都轻松了。罗教授——不,爸爸凝视着我,他的须发乱动,眼眶真的湿润了,喃喃地,他不知道在喉咙里说些什么。好久,好久,我们都站在那儿,每个人心中都充满了东西,眼睛里都凝满了泪,谁也无法说话。终于,我轻轻地说:"我懂了,爸爸。"

"什么?"他问。

"你,妈妈和菟丝花。"我说,"你是棵女萝草,妈妈是松树,她是菟丝花。妈妈最伟大,而你们也没有过错。"我轻轻地念:"轻条不自引,为逐春风斜。百丈托远松,缠绵成一家。"

罗教授凄凉地笑了,用他的大手抚摸着我的头发,他说:"你是个善良的女孩,忆湄。"

我也含着泪笑了。远远地,嘉嘉的歌声,随着风飘送而来:"花非花,雾非雾,夜半来,天明去。来如春梦不多时,去似朝云无觅处!"

"噢!来如春梦不多时,去似朝云无觅处!"这是指的什么?一段爱情?一段生命?像爸爸(罗教授)、妈妈和雅筑的故事,也是一场春梦、一片朝云吗?

无论如何，这故事已经过去了。尽管世界上每天还有新的故事在产生，但，那些，也终将如春梦无痕，如朝云流逝！

——全书完——

一九六四年夏于台北

（京权）图字：01-2024-1765

图书在版编目（CIP）数据

菟丝花 / 琼瑶著. -- 北京：作家出版社，2024.10
（琼瑶作品大合集）
ISBN 978-7-5212-2841-0

Ⅰ.①菟… Ⅱ.①琼… Ⅲ.①长篇小说－中国－当代 Ⅳ.①I247.5

中国国家版本馆 CIP 数据核字（2024）第 089048 号

版权所有 © 琼瑶

本书版权经由可人娱乐国际有限公司授权作家出版社出版简体中文版
非经书面同意，不得以任何形式任意重制、转载。

菟丝花

作　　者：琼　瑶
责任编辑：邢宝丹
装帧设计：棱角视觉　纸方程·于文妍
出版发行：作家出版社有限公司
社　　址：北京农展馆南里10号　　邮　编：100125
电话传真：86-10-65067186（发行中心）
　　　　　86-10-65004079（总编室）
E-mail: zuojia@zuojia.net.cn
http://www.zuojiachubanshe.com
印　　刷：中煤（北京）印务有限公司
成品尺寸：142×210
字　　数：165 千
印　　张：8.25
版　　次：2024 年 10 月第 1 版
印　　次：2024 年 10 月第 1 次印刷
ISBN 978-7-5212-2841-0
定　　价：39.00 元

作家版图书，版权所有，侵权必究。
作家版图书，印装错误可随时退换。

品琼瑶经典
忆匆匆那年

琼瑶作品大合集

1963 《窗外》
1964 《幸运草》
1964 《六个梦》
1964 《烟雨蒙蒙》
1964 《菟丝花》
1964 《几度夕阳红》
1965 《潮声》
1965 《船》
1966 《紫贝壳》
1966 《寒烟翠》
1967 《月满西楼》
1967 《剪剪风》
1969 《彩云飞》
1969 《庭院深深》
1970 《星河》
1971 《水灵》
1971 《白狐》
1972 《海鸥飞处》
1973 《心有千千结》
1974 《一帘幽梦》
1974 《浪花》
1974 《碧云天》
1975 《女朋友》
1975 《在水一方》
1976 《秋歌》
1976 《人在天涯》
1976 《我是一片云》
1977 《月朦胧鸟朦胧》
1977 《雁儿在林梢》
1978 《一颗红豆》
1979 《彩霞满天》
1979 《金盏花》
1980 《梦的衣裳》
1980 《聚散两依依》
1981 《却上心头》
1981 《问斜阳》

1981 《燃烧吧！火鸟》
1982 《昨夜之灯》
1982 《匆匆，太匆匆》
1984 《失火的天堂》
1985 《冰儿》
1989 《我的故事》
1990 《雪珂》
1991 《望夫崖》
1992 《青青河边草》
1993 《梅花烙》
1993 《鬼丈夫》
1993 《水云间》
1994 《新月格格》
1994 《烟锁重楼》
1997 《还珠格格第一部1阴错阳差》
1997 《还珠格格第一部2水深火热》
1997 《还珠格格第一部3真相大白》
1997 《苍天有泪1无语问苍天》
1997 《苍天有泪2爱恨千千万》
1997 《苍天有泪3人间有天堂》
1999 《还珠格格第二部1风云再起》
1999 《还珠格格第二部2生死相许》
1999 《还珠格格第二部3悲喜重重》
1999 《还珠格格第二部4浪迹天涯》
1999 《还珠格格第二部5红尘作伴》
2003 《还珠格格第三部天上人间1》
2003 《还珠格格第三部天上人间2》
2003 《还珠格格第三部天上人间3》
2017 《雪花飘落之前——我生命中最后的一课》
2019 《握三下，我爱你——翩然起舞的岁月》
2020 《梅花英雄梦之乱世痴情》
2020 《梅花英雄梦之英雄有泪》
2020 《梅花英雄梦之可歌可泣》
2020 《梅花英雄梦之飞雪之盟》
2020 《梅花英雄梦之生死传奇》